FRANCKE

Helene Hübener

Reich in Gott

FRANCKE
Verlag der Francke Buchhandlung GmbH

Das Buch erschien früher in unserer Reihe
„Heimatlicht“ als Band Nr. 1

Die Deutsche Bibliothek – CIP-Einheitsaufnahme

Hübener, Helene:
Reich in Gott / Helene Hübener. – Marburg an der Lahn : Francke, 1997
(Heimatlicht-Geschenkausgabe)
ISBN 3-86122-343-0

35037 Marburg an der Lahn
Umschlaggestaltung: Reproservice Jung, Wetzlar
Umschlagillustration: Gudrun Dresbach
Satz: Druckerei Schröder, 35083 Wetter/Hessen
Druck: St.-Johannis-Druckerei, Lahr

Heimatlicht Geschenkausgabe

Inhaltsverzeichnis

Die Nachbarskinder

Am Gittertor eines schönen Gartens, der ein apartes Vorstadthaus umgab, standen zwei eifrig miteinander plaudernde Schülerinnen; sie hatten Bücher im Arm und mochten an die fünfzehn sein. Sie waren Nachbarskinder und gingen oft den Schulweg ins Lyzeum gemeinsam. Sonst paßten sie wenig zueinander, sowohl nach Art als nach äußerer Lebensstellung. Die eine war reich, die andere lebte in bescheidenen Verhältnissen. Dunkeläugig mit schwarzem Zopf war Lisa, die Tochter des reichen Fabrikbesitzers Schwarz, während Maria, das einzige Kind des Doktor Ruben, ein Mädchen mit blauen Augen und blonden Zöpfen war.

„Der Shakespeare ist diesmal schwer zu übersetzen", meinte Lisa, „ich bringe es nicht zur Hälfte heraus, ich kann es einfach nicht und mache es nicht." „O doch", antwortete Maria.

„Wenn du zu mir kommen möchtest?" fügte sie mit schüchternem Ton hinzu, als wage sie nicht, diese Bitte auszusprechen. „Mein Vater hilft uns über die schwierigen Stellen hinweg; er kann uns alles gut erklären."

Lisa dachte ein Weilchen nach. Sollte sie, die reiche Fabrikantentochter, in das kleine Nachbarhaus gehen? Aber die Schularbeit leicht und ohne Mühe fertig zu bekommen, hatte doch Reiz. „Gut", sagte sie, „ich werde heute nachmittag um fünf Uhr kommen, bis dahin Lebewohl." Sie klinkte das feine Gittertor auf und eilte über die Kieswege an den geschmackvollen Blumenbeeten und Sträuchern vorbei ins Haus. Maria stand noch eine Weile und sah ihr nach. War Lisa nicht zu beneiden, die in einem so schönen Hause wohnte und täglich in dem prächtigen Garten umherspringen konnte? Wie gern wäre sie einmal mit ihr gegangen, aber bis jetzt hatte Lisa sie noch nie aufgefordert, während andere Schulfreundinnen dort oft verkehrten. Lisa war aber auch noch nicht bei ihr gewesen. Wie würde es ihr gefallen? Vielleicht rümpfte sie die Nase, wenn sie die kleinen Stuben mit den altmodischen Möbeln sehen würde. Aber der Vater würde Lisa gewiß gefallen, der stattliche Mann mit der hohen Stirn und dem gelehrten Aussehen. Als Maria an ihn dachte, flog über ihr Gesicht ein Freudenschein; sie beflügelte ihre Schritte, um schnell zu Hause zu sein.

Das Häuschen, in dem Maria mit ihrem Vater wohnte, lag unmittelbar hinter dem Garten des Landhauses. Man übersah es beinahe, denn an der andern Seite war auch ein großer Garten mit einer großen Villa; es sah fast aus, als habe man vergessen, das kleine Haus abzubrechen, als man am Rande der Stadt ein neues Viertel baute. Es lag da, beschattet von den Bäumen der Nachbarsgärten; einen eigenen Garten besaß es nicht, nur einige Blumenbeete gab es und zur Seite eine geräumige Laube mit einer Bank und einem Tisch. Hier saß der Doktor gern mit seiner Tochter Maria, dort studierte er, dort machte Maria ihre Schularbeiten, auch wurde hier an Sommerabenden das Abendbrot eingenommen.

Maria betrat mit ihren Büchern das Haus, stieg eine schmale, ziemlich steile Treppe hinauf und begab sich in ihr Giebelstübchen. Ein Bücherbrett enthielt die Schulbücher und Schreibhefte, alles in musterhafter Ordnung. Ein Tisch, der am Fenster stand, diente ihrer Arbeit, über dem Bett hing der Spruch „Trachtet am ersten nach dem Reich Gottes und nach seiner Gerechtigkeit, so wird euch solches alles zufallen."

Sie sah sich in ihrem Stübchen um. Sonst hatte es ihr immer gut gefallen; wie glücklich war sie gewesen, als sie zu ihrem zwölften Geburtstag das kleine eigene Zimmer bekam. Heute sah sie es mit kritischen Blicken an. Was würde Lisa sagen, wenn sie es sähe! Schnell nahm sie ein Staubtuch und wischte und putzte an den Möbeln herum, der kleine Spiegel und die Fenster wurden ebenfalls mit einem sauberen Tuch blank gemacht; Maria war so eifrig dabei, daß sie fast die laute Stimme der Mine überhört hätte. Aber als das alte Mädchen, welches schon bei Lebzeiten der Mutter bei ihnen gewesen, zum zweitenmal rief:

„Maria, wo steckst du heute, schnell, der Vater kommt", da flog das Mädchen die Treppe hinunter, gerade auf den Vater zu. „Nun, nun, nicht so stürmisch, mein Kleines", sagte er, während Maria die vordere Stube öffnete, um den Vater einzulassen. Hier war der Tisch gedeckt; Mine setzte eben die dampfende Suppe hin. Der Herr Doktor ging in sein angrenzendes Arbeitszimmer, um Hut, Stock und Bücher abzulegen. Er mußte sich erst etwas auf dem Lehnstuhl ausruhen, denn er war müde von dem langen Weg; die Schule, an der er unterrichtete, lag mitten in der Stadt, und die Straßenbahn benutzte er selten. Man sah es ihm an, daß er nicht zu den Kräftigsten gehörte. Maria fiel es weniger auf; bleich hatte Vater immer ausgesehen, und eigentlich krank war er nie, nur dann und wann, besonders im Winter, plagte ihn der Husten.

Maria räumte seine Sachen beiseite; sie wußte genau, wohin jedes Buch gehörte, darin war der Vater sehr eigen. Dann trat sie zu ihm, legte den Arm um seine Schulter und sagte: „Väterchen, die Suppe!"

„Ja so, die Suppe, die dürfen wir nicht kalt werden lassen. Aber Mine bringt sie ja stets so heiß auf den Tisch; sie hat wohl noch Zeit." Mit diesen Worten stand er auf; Maria schob ihren Arm in den seinen, so gingen sie miteinander zu Tisch.

Er klopfte ihr liebevoll auf die Finger. „Meine große Tochter", sagte er und sah wohlgefällig auf ihre schlanke Gestalt, „nächstes Jahr werde ich's aber gut haben, wenn du aus der Schule bist und für mich sorgen kannst."

„Ja, Vater, dann bekommst du nur Leibgerichte, dann ..."

„Dann verziehst du deinen Vater und trittst in die Fußstapfen deiner lieben, seligen Mutter", unterbrach er sie mit weicher Stimme, „nun, bis dahin ist es noch lange, jetzt kommt erst das Winterhalbjahr in der Schule und die Konfirmationszeit. Da muß meine Tochter viel lernen und das Herz weit auftun, damit es gefüllt werde mit den reichen Schätzen Gottes, denn mein größter Wunsch ist, daß mein Kind reich in Gott werde. Aber", fuhr der Vater fort, als sie beim Essen waren, „du siehst heute aus, als hättest du etwas Besonderes auf dem Herzen?"

„Siehst du mir das an, Vater? Ja, ich habe dir etwas Neues zu erzählen. Lisa Schwarz will mich heute nachmittag besuchen." Des Vaters Stirn runzelte sich ein klein wenig, doch Maria merkte es nicht. „Wir wollen zusammen arbeiten, das Übersetzen des ‚Cäsar' wird ihr so schwer."

„Ach so, da soll ich der Nachbarstochter auch helfen, wie ich es bei meiner Maria mitunter tun muß?"

„Ja, Vater. Die Hauptsache machen wir allein, aber wenn wir gar nicht mehr aus noch ein können, dann hilfst du uns, nicht wahr, Väterchen?" Der Vater nickte.

„Ich muß wohl, aber bring mir bitte nicht nach und nach deine ganze Klasse an."

Schon vor fünf Uhr stand Maria vor der Haustür und hielt Ausschau, ob Lisa wohl erscheine. Richtig, da kam sie, die Bücher im Arm. „Da bin ich", sagte sie, „nun kann's losgehen."

„Wir wollen in mein Zimmer gehen, da sind wir ungestört, willst du die Treppe mit hinaufkommen, es ist aber ein wenig steil.“

„Ja, eine sehr unbequeme Stiege, da solltest du die unsrige sehen, man merkt es gar nicht, wenn man da hinaufsteigt, sie ist dreimal so breit und dann mit Teppichen belegt.“

„Ja, das glaube ich“, sagte Maria, „aber nun sind wir auch schon oben.“

„Wie finster“, rief Lisa.

„Warte, es wird gleich hell“, sagte Maria, die schon vorausgeeilt war und die Tür geöffnet hatte. Durch die Fenster flutete heller Sonnenschein.

„O, wie niedlich“, rief Lisa, „ist das dein Zimmer?“

Hocherfreut, daß es Lisa zu gefallen schien, antwortete Maria: „Ja, das ist meine Stube, sieh sie dir nur an.“

„Ganz nett, aber sehr niedrig. Ist es hier nicht zu heiß zum Arbeiten?“ Maria rückte den Tisch aus der Sonne und legte die Bücher zurecht. „Hier wird es wohl gehen? Oder wenn es dir oben zu heiß ist, könnten wir in der Laube sitzen, dort ist es schattig, auch da sind wir ungestört.“

„Ja, das wollen wir lieber, ich bin nicht gewöhnt, in niedrigen Zimmern zu sitzen, es ist so schwül. Unsere Zimmer sind alle höher und luftiger.“

„Das glaube ich“, sagte Maria überzeugt. „Ihr habt das schöne Haus, und unser Häuschen ist klein, aber wir haben es lieb.“

Sie gingen wieder hinunter und setzten sich in die Laube. „Hier ist es schön schattig und kühl“, sagte Lisa, sie sahen in die Höhe.

„O, das sind wohl Bäume aus unserem Garten, die die Laube beschatten.“

„Vater hat wilden Wein angepflanzt, der hat, wie du siehst, die ganze Laube umrankt; er gibt Schatten genug; die Bäume eures Gartens breiten auch ihre Aste darüber aus, so daß wir kaum merken, wenn es regnet, auch die Sonnenstrahlen kommen kaum durch.“

„Welch ein schöner Tag ist heute. Wenn der September so bleibt, beginnt die Obsternte bald; habt ihr auch Obstbäume?“

„Nur einen Apfelbaum auf dem Hof hinter unserem Hause.“

„Wir haben viel Obst.“ Lisa beschrieb die schönen und seltenen Arten der Äpfel und Birnen, die der Garten lieferte, in so schönen Farben, daß Maria das Wasser im Munde zusammenlief. Maria müsse einmal in ihren Garten kommen, wenn das Obst reif sei, meinte Lisa noch.

Aber jetzt mahnte Maria zur Arbeit. „Wir werden sonst nicht fertig, es gibt außer dem Englischen noch Geschichte, Rechnen und Literatur.“ Bald saßen die Mädchen eifrig bei ihren Büchern, je schwieriger es wurde, desto enger rückten der schwarze und der blonde Kopf zusammen. Sie gaben sich beide Mühe, aber wer zugehört hätte, würde bald gemerkt haben, daß Maria eine bessere

Auffassungsgabe hatte und auch die Sätze viel schneller formte. Das mochte Lisa merken. „Maria, es geht mit dir zusammen viel besser als allein, wir wollen doch öfter miteinander arbeiten.“ Nun kamen aber Stellen, die beiden unklar waren; da schlug Maria vor, zum Vater hineinzugehen, er habe versprochen zu helfen.

„Ist dieses euer Besuchszimmer?“ fragte Lisa, als sie durch das vordere Zimmer ging. „Es heißt die Blaue Stube, weil es blaue Tapeten hat, einen anderen Namen hat's nicht. Komm, hier ist der Vater.“ Sie öffnete die Tür des Studierzimmers, und nun war es Lisa, die verlegen wurde.

„Nun, was soll's sein?“ fragte der Doktor freundlich. „Hier kommen wohl zwei kleine Gelehrte, die mit ihrer Weisheit zu Ende sind.“

Er hatte trotz seiner Freundlichkeit etwas, das Lisa Scheu und Ehrerbietung einflößte, denn das kleine Plappermäulchen war auf einmal ganz still, es kam nur ein schüchternes „Ja“ oder „Nein“ heraus. Doktor Ruben ließ die beiden Mädchen die schwierigen Stellen übersetzen, und mit seiner Hilfe ging es bald gut vonstatten. Als sie fertig waren, dankte Lisa recht schön und meinte, sie müsse wohl nun gehen, worauf Maria sagte, wenn sie Lust habe, könne sie wohl noch etwas bleiben; sie wollten sich wieder in die Laube setzen und ein wenig plaudern.

Erst müsse sie ihr das Haus zeigen, sie habe noch nicht alles gesehen, bat Lisa.

„Es ist weiter nichts zu zeigen, oder willst du

unsere kleine Küche, Mines Stübchen und die Bodenkammern anschauen, dazu wirst du keine Lust haben."

„O ja, sehr", gab Lisa zurück, „ich sah noch nie ein so kleines Haus."

„Nun, dann komm, hier ist die Küche."

„Welch ein kleiner Herd!"

„Und doch kocht Mine sehr gute Sachen darauf, und hier im Bratofen werden Kuchen gebacken, so knusperig und braun, du solltest nur einen kosten."

„Es riecht, als würden heute welche gebacken", sagte Lisa lüstern und schnüffelte um den Bratofen herum. Da öffnete sich eine Tür, die in ein kleines Zimmer führte, und Mine fuhr heraus, mit einer großen Brille auf der Nase. Einen Strumpf, an dem sie stopfte, warf sie auf den Tisch und rief: „Was habt ihr hier herumzuriechen? Haben die kleinen Fräulein nichts Besseres zu tun, als die Küche auszukundschaften? Gehen Sie doch in die Laube bei dem schönen Wetter und lassen Sie mich in Ruhe!"

„Ach, beste Mine", schmeichelte Maria, „es riecht hier so sehr gut, gib Lisa und mir doch einen von deinen schönen Kuchen. Lisa ist heute das erstemal hier, bitte." Die Alte brummte, konnte jedoch den Bitten ihres Lieblings nicht widerstehen und holte aus der Schüssel, die eben dem Ofen entnommen war, Kringel, gab jedem der Mädchen zwei und sagte: „Maria, verrat's dem Vater nicht, es soll morgen eine Überraschung geben für ihn." Knabbernd gingen die jungen Mädchen in die Laube, und Lisa, der die Küchlein köstlich mundeten, meinte: „Du, Maria, es ist sehr hübsch bei euch, ich komme bald wieder. Aber du mußt auch zu mir kommen."

So war denn der erste Schritt getan zur Freundschaft der Nachbarskinder, die sich jahrelang gekannt hatten, aber immer nur nebeneinander hergegangen waren. Nun durfte auch Maria in das früher vor ihr verschlossene Zauberreich gehen. Lisa kam eines Tages und holte sie herüber. Voll Staunen erzählte sie dem Vater, was es da drüben alles Schönes gebe. Als aber der Vater sagte: „Willst du denn lieber ganz bei Lisa bleiben?", schlang sie beide Arme um seinen Hals und rief: „Nein, nein, es ist nirgends schöner als bei dir!"

Die Gesellschaft

Es war im Oktober. Rauhe kalte Winde wehten, viel Regen hatte es gegeben, um so froher begrüßte man die nun folgenden schönen Tage. Ein klarer blauer Himmel wölbte sich über Stadt und Land, die Sonne brach früh durch den lichten Nebel und schien so warm den ganzen Tag, daß man fast glaubte, es sei wieder Sommer geworden. Lisa und Maria sahen auch aus wie ein paar Sommervögel in ihren luftigen Kleidern. Sie kamen wieder eifrig plaudernd aus der Schule. Heute mußte es etwas Besonderes geben, denn sie konnten sich gar nicht trennen. Lisa mußte wohl Geburtstag haben, denn sie erzählte von vielen Geschenken, die sie bekommen, und Maria hörte zu mit Wundern und Staunen. „Nun aber kommt noch das Schönste", sagte Lisa, „du weißt, was ich dir erst erzählt habe, du wirst auch eingeladen, Mutter hat es gesagt." Marias Augen leuchteten. „Darf ich's dem Vater sagen?"

„Natürlich, sag's ihm gleich heute, morgen bekommst du die Einladungskarte, am Freitag ist es."

Der Vater war noch nicht daheim, er blieb heute so lange aus. Wenn er doch nur erst da wäre, daß sie ihm das Neue, Schöne erzählen könnte. Nun endlich hörte sie seinen Schritt, sie lief ihm entgegen, nahm ihm Hut, Stock und Bücher ab, trug alles mit großer Eile in sein Studierzimmer und bat ihn, nur gleich in der Blauen Stube zu bleiben, die Suppe stehe schon ein Weilchen auf dem Tisch.

„Du läßt mich ja kaum verschnaufen, siehst rot und erregt aus, was hat's denn gegeben, Kind?"

„Etwas Wunderschönes, Vater, du kannst es dir gar nicht denken. Stell dir nur vor: Lisa hat heute Geburtstag und am Freitag gibt sie eine große Gesellschaft, dazu werde ich auch geladen! Wir sollen alle verkleidet kommen, o, was haben sich die Mädchen schon alles ausgedacht! Eine will als Bäuerin erscheinen, die eine als Blumenmädchen, eine als Italienerin und Lisa sogar als Zigeunerin. Wird das nicht ein herrlicher Spaß? Ein Mann mit einer Harmonika kommt und macht Musik, und wir tanzen dazu. So etwas Schönes habe ich noch nie erlebt!"

Des Vaters Gesicht war sehr ernst geworden. „Es tut mir leid", sagte er darauf mit fester Stimme, „aber ich kann es dir nicht erlauben, zu dem Fest zu gehen."

„O Vater!" rief Maria erschrocken, „du wirst es mir doch nicht abschlagen, ich habe mich schon so sehr darauf gefreut."

„Ich kann es dir nicht erlauben, liebes Kind, aus verschiedenen Gründen. Erstens brauchen junge Mädchen von fünfzehn Jahren noch keine Maskenscherze. Wenn es schon sein soll in der Welt, laß die erwachsenen Menschen sich daran vergnügen. Zweitens bist du in vier Wochen Konfirmandin, da gilt es, die Gedanken auf etwas anderes zu richten als auf Masken- und Tanzgesellschaften. Du kannst gern mit Lisa verkehren, aber zu diesem Fest gehst du nicht."

Maria wußte ganz genau, wenn der Vater diesen Ton anschlug, vermochte nichts ihn umzustimmen. Sie schwieg also, und das Mahl, das sonst mit heiteren Gesprächen gewürzt war, verlief ziemlich einsilbig. Maria zeigte, was bei ihr selten vorkam, den ganzen Tag ein mürrisches, mißvergnügtes Gesicht, und als der Vater sie abends beim Gutenachtsagen an sich heranzog und sagte: „Maria, grollst du mit deinem Vater?" da brach sie in ein lang verhaltenes Schluchzen aus:

„Alle gehen, keine bleibt zurück!" stieß sie in Absätzen heraus.

„Geht Eva Berg auch?"

„Eva wird gewiß gehen, sie ist natürlich eingeladen. Was soll ich nur sagen, wenn Lisa morgen fragt?"

„Du sagst: dein Vater erlaubt es nicht, und wenn Lisa es nicht glaubt, schicke sie nur zu mir. Nun geh hinauf, sprich dein Abendgebet und schlafe fröhlich ein. Und morgen bekomme ich ein freundliches Gesicht, wie?" Maria schwieg –, ließ sich den Kuß vom Vater geben und ging noch zu Mine in die Küche. Die sah die verweinten Augen, hatte auch bereits gehört, um was es sich handelte, sie klopfte Maria auf die Schulter, als diese hinaufging, und sagte: „Armes Kind."

Maria war wieder dem Weinen nahe. Sie bedauerte sich sehr und ging, tiefes Mitleid mit sich selber im Herzen, in ihr Zimmer.

Am andern Morgen war die Stimmung noch unverändert. Der Vater merkte es gar nicht und plauderte fröhlich von diesem und jenem beim Kaffee. Als Maria mit ihren Büchern das Haus verlassen hatte, schaute Mine herein. „Ist das Kind fort, Herr Doktor?"

„Gewiß, hat sie etwas vergessen?"

„Nein, Herr Doktor, ich wollte Ihnen nur etwas sagen. Sehen Sie, das habe ich in einem Koffer der seligen Frau gefunden." Sie zog ein großes Paket dünnen, weißen Stoffs unter dem Arm hervor. „Es ist ein Kleid, das Ihre Gattin als junges Mädchen getragen hat. Ich wasche und bleiche es, und wenn wir's ein wenig zurichten und enger machen, dann könnte Maria es am Freitag anziehen; Kosten sollen Sie damit gar nicht haben, ich mache alles allein."

„Gute Mine, stecke das Kleid wieder hin, wo du es hergenommen hast, wir lassen Maria zu Hause, auch wenn sie das allerschönste Kleid hätte. Es ist für sie besser, wenn sie derartige Gesellschaften nicht mitmacht."

„Sie müssen es ja besser wissen, Herr Doktor, aber es schneidet einem ins Herz, wenn man das Kind weinen sieht."

„Wir wollen doch so handeln, wie meine Frau es auch getan hätte, nicht wahr?"

„Gewiß, freilich", sagte die Alte, „mir kann's ja auch gleich sein. Na, dann leg' ich das Kleid wieder in den Koffer und mach' etwas anderes." Sie räumte die Tassen weg und verließ das Zimmer.

Maria hatte heute merkwürdigerweise Lisa gar nicht getroffen. Sollte sie schon des Festes wegen die Schule versäumen?

In der Klasse herrschte große Aufregung. „Bist du auch eingeladen?"

„Du auch?" So ging es von Reihe zu Reihe.

„Gehst du zu Lisa, Maria?" fragte eine neben ihr Sitzende. Sie schüttelte den Kopf und fügte leise hinzu: „Ich darf nicht, weil ich bald zum Konfirmationsunterricht gehe."

„Ach gar! – nun – wir werden doch auch konfirmiert – die Stunden fangen ja noch gar nicht an – solch unschuldiges Vergnügen!" Aber sie hatten alle so viel mit sich zu tun, daß sie sich nicht weiter um Maria kümmerten. Die setzte sich in der Zwischenpause an ihren Platz und lernte, während die andern von Lackschuhen und weißen Miedern, von Samtröcken und Goldborten sprachen. Die Aufmerksamkeit in den Schulstunden war sehr geteilt; Maria erhielt ein besonderes Lob, weil sie am besten das vom Lehrer Erzählte wiedergeben konnte. Das frischte sie innerlich auf, und allmählich erkannte sie, daß es eigentlich Torheit sei, sich so zu grämen, und es überlief sie ein wehes Gefühl, daß sie sich gegen ihren Vater, den sie so sehr liebte, recht häßlich benommen hatte. Als sie nach Hause kam, erzählte Mine, Lisa sei dagewesen und habe die goldumränderte Karte hingelegt. Eine solche hätten alle Mitschülerinnen mit der Post bekommen, aber sie bringe sie selbst, hatte sie gesagt.

„Hast du ihr ausgerichtet, daß ich nicht kommen dürfe?“

„Freilich“, versetzte Mine. „Sie meinte, sie habe es sich eigentlich denken können, die Mutter habe es auch schon gesagt.“

„Bedauerte sie es sehr?“

„Das konnte ich ihr nicht anmerken, sie hatte zu viel zu bedenken, da kann sie sich um den einzelnen nicht so kümmern.“ Maria war enttäuscht, sie hatte wenigstens gedacht, Lisa würde sehr jammern und klagen, daß die nachbarliche Freundin nicht käme, aber Mine hatte recht, Lisa hatte zu viel im Kopf.

Sie betrachtete die schöne Karte von allen Seiten. Eine so feine Einladung hatte sie noch nie bekommen. Vielleicht, wenn der Vater die sähe, würde er noch andern Sinnes. Der Vater wurde aber nicht andern Sinnes, und von Maria bekam er in diesen Tagen ein wenig freundliches Gesicht.

Am Freitagnachmittag war er besonders lieb und gut zu Maria. Beim Kaffee sagte er plötzlich: „Maria, auf meinem Schreibtisch liegt ein Brief; es wäre mir lieb, wenn du ihn fortbringen würdest. Wenn deine Schularbeiten fertig sind, kannst du dort bleiben, so lange du willst, vor acht Uhr erwarte ich dich nicht zurück.“ Neugierig, wohin der Brief zu tragen sei, las Maria die Adresse, und ein Freudenschein flog über ihr Gesicht. Der Brief war an Herrn Pfarrer Berg gerichtet. Das war der liebe Freund des Vaters, der sie konfirmieren sollte; er war der Vater von Eva; wie gern ging sie dorthin! Aber wenn nun Eva auch bei Lisa war? Eine Einladung hatte sie, aber sie hatte noch nicht gewußt, ob die Eltern es erlauben würden, und heute früh hatte sie sie in der Zwischenpause nicht sprechen können. „Vater“, stotterte sie, „wenn nun . . . Eva . . . bei Lisa ist?“

„Wenn Eva nicht zu Hause sein sollte, kannst du früher wiederkommen.“

In wenigen Minuten war sie unterwegs. Sie sah im Vorübergehen in den Garten des Landhauses, konnte aber nur zwei Dienstmädchen in weißen Schürzen erspähen, die einen Tisch trugen. Nun ging's in die Stadt. Der Pfarrer wohnte hinter der Paulskirche in einem großen alten Hause mit behaglichen Zimmern.

Da der Brief erst abgegeben werden mußte, klopfte Maria an die Studierstube. Auf das laute „Herein“ öffnete sie. Sie übergab mit höflichen Worten das Schreiben. Der Pfarrer las es langsam und bedächtig, sah Maria während des Lesens ein paarmal forschend an und faßte sie, als er fertig war, freundlich unter das Kinn. „Es bedarf keiner Antwort, mein liebes Kind“, sagte er, „aber willst du ein wenig bei uns bleiben?“

„Ist Eva zu Hause?“ fragte Maria mit einem Ausdruck der Spannung auf dem Gesicht.

„Freilich ist sie zu Hause. Wo sollte sie wohl sein? Du denkst doch nicht, daß ich meine Tochter, die in diesem Jahr am Konfirmandenunterricht teilnimmt, auf ein Trachtenfest für höhere Töchter gehen lasse? Komm, wir wollen sie suchen."

Mit diesen Worten nahm er sie bei der Hand und ging mit ihr in das geräumige Wohnzimmer. Da stand seine Frau mit allen ihren Kindern, Knaben und Mädchen, in großer Aufregung.

„Da kommt der Vater, Mutter, er will es sicher auch!" hieß es von allen Seiten.

„Was will er?" fragte der Pfarrer und fuhr in launigem Ton fort: „Er will mit dem Stock kommen, weil ihr alle nicht bei der Arbeit seid."

„Schon fertig, fertig, Vater", jubelten die Kinder, „wir möchten gern, daß heute Pflaumen geschüttelt werden."

„Da möchtet ihr ja gerade, was der Vater möchte, und Maria, die ich hier bringe, möchte es auch, was?"

Ob sie es wollte!

„Maria, du kommst", rief Eva, „wie reizend, ich glaubte, du seiest bei Lisa?"

„Und ich dachte, du seiest dort." Eine große Freude hatten die Mädchen, daß sie beide nicht gegangen waren und nun den Nachmittag zusammen verbringen durften. Der Pfarrer sprach leise mit seiner Frau, sie nickte ihm freundlich zu, und beide sahen mit Wohlgefallen auf die Mädchen.

„Nur vorwärts, Kinder, in den Garten, wo sind die Jungen?"

„Auf dem Boden, um Körbe zu holen, zwei sind beim Bäcker."

„Zum Bäcker, Mutter?" fragte der Pfarrer verwundert. „Du weißt ja, Vater, daß ich heute den Kindern ein Vergnügen machen wollte."

„Ja so, ich vergaß!"

Nun war die Gesellschaft im Garten unter den schwerbeladenen Bäumen. Pastor Berg schüttelte kräftig; die blauen Pflaumen prasselten hernieder; die Kinder jubelten und sammelten die schönen Früchte in die Körbe und schmausten dabei nach Herzenslust.

„Nur nicht zu viel, es gibt zu Hause noch etwas für den Schnabel", rief die Mutter.

„Noch etwas?" fragten Eva und Maria und sahen sich verwundert an.

„Ja, etwas sehr Schönes", flüsterten Eduard und Benno, die in das Geheimnis eingeweiht waren, „wir wissen es, dürfen es aber nicht sagen."

„Du, Eva, das ist heute wunderschön", bemerkte Maria, „wer weiß, ob wir bei Lisa so vergnügt gewesen wären!"

„Mich freut am allermeisten, daß du da bist", rief Eva.

Alles, was Hände hatte, mußte nun zugreifen und die Pflaumen ins Haus tragen; als man fertig war, ging die ganze Gesellschaft ins Eßzimmer. Da stand auf langer Tafel der schönste Pflaumenkuchen, den man sich denken konnte. Alle setzten sich „Ah" und „Oh" rufend um den Tisch, die Mutter teilte mit vollen Händen aus. Wie das schmeckte!

Nun begann es zu dunkeln, da dachte Maria an

den Vater. „Ich muß heim", sagte sie. „Da wollen wir für den Vater ein schönes Stück Kuchen mitschicken, und die Mine ißt gewiß auch gern ein Stück." Maria bekam noch ein Körbchen voll der auserlesensten Pflaumen, oben darauf wurde der Kuchen gelegt. Herr und Frau Pfarrer gaben schöne Grüße mit, und mit einem „Behüt dich Gott, mein liebes Kind", wurde Maria verabschiedet. Eva begleitete sie ein Stück; als Maria sich auch von ihr verabschiedet hatte, eilte sie heimwärts. Wie sehnte sie sich nach dem Vater und nach seiner Vergebung; wie weh tat es ihr, wenn sie an ihr Benehmen dem Vater gegenüber dachte. Seit er ihr die Bitte abgeschlagen, hatte er kein freundliches Gesicht, kein Lächeln von ihr bekommen. Sie wollte es nie wieder so machen; wenn sie es ihm nur erst gesagt hätte!

Sie ging am Landhaus Schwarz vorüber. Alle Fenster waren hell erleuchtet, Musik tönte aus der Ferne zu ihr herüber; sie achtete nicht darauf, nur zum Vater zog es sie. Sie betrat hastig sein Zimmer: Er hatte noch kein Licht und saß im Lehnstuhl am Fenster, den Kopf auf die Hand gestützt. Sie flog auf ihn zu. „Vater, liebster Vater, vergib mir, daß ich so ungezogen war!"

„Bist du vergnügt gewesen, mein liebes Kind?"

„O sehr, es war wunderhübsch, viel schöner, als es bei Lisa gewesen wäre, und hier —" sie setzte den Korb vor ihn hin, „hier schickt dir die Frau Pate schöne Pflaumen und guten Kuchen. Mine soll auch ein Stück haben. Bist du sehr allein gewesen, lieber Vater?"

„Einsam war's, aber da ich mein Töchterchen vergnügt wußte, war ich zufrieden."

„Du, lieber Vater, denkst nie an dich." Er zog sie an sich.

„Willst du nicht wieder denken, ich meine es böse mit dir, wenn ich dir etwas abschlagen muß, was dir hinderlich ist auf dem Wege zur ewigen Heimat? Willst du deinem Vater grollen, wenn er dir diesen oder jenen Stein wegnimmt, an dem du dich stoßen kannst?"

„Nein, Vater, ich weiß, du meinst es am besten mit mir; es tut mir so leid, daß ich mürrisch und unfreundlich war, es soll nie wieder geschehen."

„Ich wußte, daß meine Maria zur Einsicht kommen würde. Sieh, mein Kind, solche Gesellschaften haben keinen guten Einfluß auf junge Menschenherzen. Es bleibt nicht bei einer Gesellschaft, die andern werden es nachmachen wollen und", fügte er scherzend hinzu, „es währt nicht lange, so verlangt meine Maria von mir, daß ich hier auch einen Maskenscherz veranstalte."

„Nein, Vater, das kommt nicht in Frage", rief Maria fröhlich, „unser Zimmer paßt gar nicht zum Tanzsaal."

„Weißt du, daß Mine mit einem alten Kleid deiner Mutter kam und es für dich zurechtschneidern wollte?"

„Die brave Mine! Für ihren guten Willen soll sie ein großes Stück Pflaumenkuchen haben."

Wie glücklich ging Maria heute nach oben! Dort fiel das Licht gerade auf den Spruch über ihrem Bett: „Trachtet am ersten nach dem Reich Gottes und nach seiner Gerechtigkeit!" Sie bat Gott, ihr zu helfen, daß sie immer daran denken möchte, und legte sich mit dem Gebet zur Ruhe:

Breit aus die Flügel beide,
o Jesu, meine Freude,
und nimm dein Küchlein ein.
Will Satan mich verschlingen,
so laß die Englein singen:
Dies Kind soll unverletzet sein.

Die erste Konfirmandenstunde

Nun war es Winter geworden, richtiger Winter. Die Schneeflocken wirbelten in der Luft, und Maria hatte ihr Strohhütchen mit einer warmen Kapuze vertauscht. Sie zog noch eine dicke Jacke an und eilte durch den bereits in Weiß gehüllten Park dem Landhaus Schwarz zu. Die jungen Mädchen hatten heute die erste Konfirmandenstunde gehabt, und Lisa hatte den Wunsch, alles noch einmal mit Maria durchzusprechen. Als sie in das mit schönen Teppichen belegte Haus trat, kam Frau Schwarz, Lisas Mutter, ihr entgegen und lud sie freundlich ein, im Eßzimmer eine Tasse Kaffee mit ihnen zu trinken. Wie war alles prächtig in dem vornehmen Hause, der geschnitzte Speiseschrank, das elegante Kaffeegeschirr, die blankgeputzte Kaffeemaschine! Eine behagliche Wärme strömte durch das Gemach, die Flügeltüren waren geöffnet, die in die angrenzenden, wohldurchwärmten Zimmer führten. Herr Schwarz saß oben am Eßtisch und las die Zeitung. Ihn hatte Maria nur immer von ferne gesehen. Er war stets sehr beschäftigt. Die Fabrik lag abseits, etwa zehn Minuten entfernt, dort wurden schöne Tuchstoffe hergestellt, die guten Absatz fanden. Dadurch war der große Reichtum der Familie entstanden, schon unter Lisas Großvater.

„Wer ist denn das junge Mädchen mit den blonden Zöpfen, ich habe es noch nie bei uns gesehen?“

fragte Herr Schwarz, während er die Zeitung weglegte und seine Frau ihm eine Tasse Kaffee reichte. „Es ist unsere Nachbarin, die Tochter des Privatlehrers Doktor Ruben." Maria ging höflich auf Herrn Schwarz zu und reichte ihm zutraulich die Hand.

„Wohl eine Schulfreundin von Lisa?"

„Natürlich, Vater, wir gehen alle Morgen zusammen in die Schule, und heute haben wir die erste Konfirmandenstunde gehabt."

„So, so, das wußte ich nicht, also schon Konfirmandenstunde? Dann habe ich ja bald eine erwachsene Tochter."

„Vater, du weißt es doch", sagte Lisa vorwurfsvoll, „daß ich in diesem Jahre konfirmiert werde, Mutter hat immer mit dir davon gesprochen."

„Ja, Kind, ich weiß es auch, aber Mutter besorgt das alles; ich habe meine Geschäftsangelegenheiten im Kopf und nicht mehr daran gedacht."

Wie ganz anders als daheim, dachte Maria.

„Maria soll uns recht oft in dieser Zeit besuchen", sagte Frau Schwarz dann. „Maria ist ein gutes Mädchen, von dem Lisa viel lernen kann. Zudem sind sie Nachbarinnen und können leicht zusammenkommen."

„Mir ganz recht", antwortete Herr Schwarz, „ich freue mich, wenn Lisa guten Umgang hat." Er nickte den jungen Mädchen freundlich zu und vertiefte sich wieder in die Zeitung; man ließ es sich wohl sein beim Kaffee und dem schönen Gebäck dazu. „Lisa, achte ein wenig mit auf die kleinen

Geschwister, du weißt, Fräulein Bauer hat viel zu tun; ich fahre in die Stadt, um einiges zu erledigen."

Lisa hatte fünf kleinere Geschwister, die ihre Mahlzeiten noch nicht mit den Erwachsenen einnehmen durften; sie waren in der Kinderstube. In diese führte Lisa Maria nach dem Kaffee. Dort saßen drei kleine Mädchen bei ihrer Milch. Die eine weinte, denn ihre Milchtasse lag am Boden und die aufgeweichte Semmel auf ihrem Schoß.

„Wo ist Fräulein Bauer?" rief Lisa.

„Sie holt ein Tuch, um es abzuwischen, aber sie kommt gar nicht wieder", jammerte die Kleine. Fräulein Bauer mochte wohl etwas Notwendiges zu besprechen haben; man hörte draußen lautes Schwatzen und Kichern. Lisa und Maria halfen der Kleinen, und eben jetzt kam auch das Fräulein, etwas verlegen, als es die jungen Mädchen erblickte.

„Sie blieben so lange", sagte Lisa, „und lassen das Kind hier sitzen mit dem Milchbrei auf dem Schoß."

„Wer weint denn dort?" fragte Maria, und zeigte nach der offenen Tür. „Das ist Bubi, mein einziger kleiner Bruder", rief Lisa und eilte in die Schlafstube der Kinder. Maria folgte ihr. Da lag ein kleiner, dikker Junge mit zinnoberrotem Gesicht im Bett und weinte, während das Kindermädchen einem Wikkelkind die Flasche gab. „Er will vorgelesen haben, und ich muß erst Gretchen hier zur Ruhe bringen", sagte Trina. „Fräulein Lisa, lesen Sie ihm ein wenig vor."

„Ach, er ist unartig“, sagte Lisa verdrießlich, „ich muß mit meiner Freundin lernen, habe keine Zeit.“

„Lisa, ich will ihm etwas vorlesen, unterdes legst du die Bücher zurecht; was fehlt ihm?“

„Er hat sich erkältet und hat Fieber, sagt Mutter, deshalb muß er heute liegen.“

Der Kleine sah mit dankbarem Blick zu Maria auf. „Willst du mir die Geschichte vom Hahn vorlesen?“ sagte er und hob das Bilderbuch, welches er auf dem Bett liegen hatte, in die Höhe.

„Ja, gern“, war Marias Antwort. Sie nahm das Buch und las die Geschichte vom Hahn so allerliebst vor, daß der Kleine lachte, obwohl ihm die dicken Tränen noch auf den Wangen saßen.

Lisa nahm Maria mit in ihr Zimmer, das auch im Unterstock lag, und zwar links, dicht neben der Haustür. „Siehst du, Maria, du bist in allem besser als ich, du bist freundlicher gegen jedermann, ich muß noch ganz anders werden.“

„Ich auch, Lisa, ich bin nicht so vollkommen, wie du denkst, aber nicht wahr, wir wollen alles, was wir jetzt lernen, recht zu Herzen nehmen und Gott bitten, daß er uns die Konfirmandenstunden segne.“

„Ja, das wollen wir“, erwiderte Lisa. „Es hat mich sehr bewegt, als Pfarrer Berg so ernst für uns betete. Und als er dann das sagte von dem guten Hirten und den Schafen, die auf seine Stimme hören. Nun suchen wir die Sprüche und schreiben sie recht schön in die neuen Bücher.“

„Der erste lautet: ‚Was hülfe es dem Menschen, wenn er die ganze Welt gewänne und nähme doch Schaden an seiner Seele? Oder was kann der Mensch geben, daß er seine Seele wieder löse?'"

Sie holten ihre schwarzgebundenen Spruchbüchlein, auf denen in Goldschrift ihr Name prangte. Auf dem Schulweg hatten sie die Bücher besorgt. Nun saßen sie in Lisas schöner Stube am Arbeitstisch einander gegenüber, die Schwarze und die Blonde. Es war ganz still geworden, man hörte nur das Kritzeln der Federn. Die beiden konnten einem wohl gefallen, doch waren sie äußerlich wie innerlich sehr verschieden. Maria war tiefer veranlagt und ernsthafter als Lisa, die wohl schnell etwas erfassen, aber es ebenso schnell wieder aufgeben konnte. Heute war sie begeistert von etwas Edlem, Gutem, morgen ganz entzückt von irgendeinem äußeren Vergnügen. Jetzt eben, als sie beide den gleichen Spruch schrieben, beide erfüllt von dem Gedanken, ihren christlichen Glauben ernst zu nehmen, da hätte man die Hände über sie breiten mögen und beten: „Gott behüte eure Seelen, ihr lieben Konfirmandinnen, und helfe euch, sein Eigentum zu werden."

Der Arbeitstisch stand so, daß man aus dem Fenster sehen konnte. Es schneite noch immer, eigentlich etwas früh in diesem Jahr, denn es war Anfang November. Im vorigen Jahr hatte es bis Weihnachten noch gar keinen Schnee gegeben.

„O sieh doch, Lisa", rief Maria, als sie eben mit

dem Schreiben fertig waren, „was ist das für eine arme Frau, die mit ihrem Kind auf das Haus zukommt.“ Eine in Lumpen gehüllte Bettlerin, die ein kleines blasses Mädchen an der Hand führte, stieg die Stufen zum Landhaus hinauf, und bald hörte man sie ins Haus kommen. Lisa öffnete neugierig die Tür. Kaum wurde die Frau ihrer ansichtig, so rief sie in kläglichem Ton: „Ach, gnädiges Fräuleinchen, bitte eine kleine Gabe; ich friere so sehr und meine Kleine auch.“

„Kommen Sie hier herein, gute Frau“, sagte Lisa freundlich, „setzen Sie sich doch; ich will Ihnen etwas zu essen holen. Willst du mitgehen, Maria, und mir tragen helfen?“

„Ich will doch lieber dableiben“, meinte diese, eingedenk der Warnung Mines, daß man Bettelleute nicht allein lassen sollte. Sie unterhielt sich freundlich mit der Frau, brachte aber nicht heraus, woher sie eigentlich war und wohin sie wollte.

Bald erschien Lisa mit einer großen Tasse Kaffee und einigen belegten Semmeln. „So, gute Frau, essen Sie und geben Sie der Kleinen etwas ab.“ Die Frau ließ sich das nicht zweimal sagen; sie schlürfte den Kaffee mit Behagen und gab dem Kinde, das die Händchen begierig ausstreckte, auch davon. „O, wenn ich ein warmes Kleidchen hätte für meine Kleine oder ein Röckchen und ein paar Strümpfe.“

„Warten Sie, gute Frau“, sagte Lisa eifrig in der Überzeugung, daß sie jetzt etwas sehr Gutes vollbringe, „ich will einmal nachsehen, was ich habe.“

Sie riß den Kleiderschrank auf und musterte; die Frau verfolgte ihr Tun mit Spannung. „Sehen Sie, hier ist ein schönes, dunkelblaues Kleid, das könnte passen, ich ziehe es nicht mehr gern an, nehmen Sie es.“

„Sie allerbestes Fräulein“, rief die Frau und haschte nach Lisas Hand, um sie zu küssen. „Das ist ja ein wahres Staatskleid, wenn ich doch auch so eins hätte!“

„Mutter ist nicht zu Hause, von ihren Kleidern kann ich keines verschenken; aber ein wollenes Röckchen ist noch da, und Strümpfe habe ich im Überfluß, hier – nehmen Sie gleich zwei Paar, vielleicht passen sie Ihnen auch.“

„Gewiß, ich habe nur einen kleinen Fuß, geben Sie nur alles her, Sie sind aber gut, so ein gutes Fräulein habe ich noch gar nicht angetroffen. Sieh nur, Guste, nun kannst du dich aber sehen lassen.“

„Ziehen Sie ihr nur die Stümpfe gleich an; die Zehen gucken ja durch.“

„Die werden bald genug wieder durchschauen, sie hat ja zerrissene Schuhe.“

„Ja so, Schuhe! Die möchten Sie wohl auch haben?“

„Ja, wenn Sie noch ein Paar übrig hätten!“ Lisa dachte nach. Sie verließ das Zimmer und kam mit einem Korb zurück, in dem wenigstens vier Paar gebrauchte, kleine Schuhe lagen. Die Frau streckte die Hände danach aus mit den Worten: „Ich habe noch mehr Kinder zu Hause.“

„Nun, dann nehmen Sie nur.“ Lisa schüttelte den Inhalt des Korbes in das Bündel der Frau und sagte: „Eigentlich ist es wohl zu viel, aber ich werde in diesem Jahr eingesegnet.“

„Ja, wenn man eingesegnet wird, muß man auch an die Armen denken“, versetzte die Frau, schnürte das Bündel zu und verließ mit der Kleinen sehr schnell das Haus, als fürchte sie, es könne sich noch etwas ereignen. Ebenso schnell lief sie durch den Garten, und bald war sie den Blicken entschwunden.

„Nun, Maria, jetzt bin ich doch gut gewesen gegen die arme Frau, das würde Pfarrer Berg freuen, wenn er es wüßte.“ Maria war auch davon überzeugt, daß Lisa sehr gut gewesen, und doch fragte sie besorgt: „Darfst du denn von deinen Sachen verschenken, was du willst?“

„Warum denn nicht, ich kann leicht ein neues Kleid bekommen, das blaue hatte ich schon satt. Nun wollen wir aber unsere Sprüche lernen.“

„Und dann muß ich heim; der Vater hat mir bis sechs Uhr zu bleiben erlaubt.“ Als sie fertig waren und Maria sich zum Gehen anschickte, sagte sie: „Lisa, ich hab’ dich so lieb, wollen wir immer Freundinnen bleiben?“

„Ja“, war Lisas Antwort, „das wollen wir immer, immer.“

„Und wollen wir uns versprechen, uns gegenseitig auf unsere Fehler aufmerksam zu machen?“

„Mir ist es recht, nur dürfen wir es nicht übelnehmen, sonst ist es mit der Freundschaft vorbei.“

Maria fand den Vater im warmen, gemütlichen Zimmer bei heller Lampe am Studiertisch. „Es ist gut, daß du kommst, Maria; ich wartete schon auf dich, besonders heute an dem wichtigen Tag des ersten Konfirmandenunterrichts. Setze dich zu mir." Er nahm ihre Hand und fuhr fort: „Es beginnt eine schöne Zeit für dich, die nie im Leben wiederkehrt, darum sollst du sie festhalten und sie mit ins Leben hineinnehmen. Du sollst jetzt Schätze sammeln fürs ewige Leben. Schätze, die dich reich machen in Gott. Dieser Reichtum vergeht nicht, er macht glücklich in diesem und jenem Leben. Was hat denn der Herr Pfarrer heute mit euch durchgenommen?"

„Er hat zuerst vom Herrn Jesus, dem guten Hirten, gesprochen, der uns, seine Schäflein, sucht, um uns selig zu machen. Dann hat er begonnen, mit uns vom ersten Hauptstück zu sprechen, von den heiligen Zehn Geboten. Er wird sie noch einmal mit uns durchnehmen; wir kennen sie zwar alle, wie überhaupt den ganzen Katechismus."

Der Vater sah sein Töchterchen prüfend an. „Du sollst", sagte er ernst, „Bekanntschaft machen mit einem Menschen, den du noch wenig kennst."

„Ich, Vater?" rief Maria verwundert, „wer ist denn das?"

„Das bist du selbst."

„Ich kenne mich doch gewiß am allerbesten."

„Die heiligen Zehn Gebote sind ein Spiegel für unsere Seele. Wir sollen sie unserem inneren Menschen vorhalten, damit wir erkennen, was wirklich in uns ist. Denn es sieht in uns ganz anders aus, als wir uns vorstellen. Wir haben von uns selber die beste Meinung; die Menschen urteilen auch nach dem äußeren Schein; Gott weiß, was in uns ist, er sieht unser Herz und versteht unsere Gedanken von ferne. Wenn ein Spiegel in einem dunklen Raum steht, können wir unser Gesicht nicht sehen, nehmen wir aber ein Licht, so sehen wir es, und je heller das Licht ist, um so deutlicher erkennen wir alle Winkel und Flecken. Unser Herz ist von Natur finster, wenn wir aber Gott bitten, daß er uns erleuchte mit seinem Heiligen Geist, so können wir durch den Spiegel der Gebote klar und deutlich Sünde und Unrecht in unserm Herz erkennen."

„Aber das ist doch traurig, Vater, wenn wir erkennen, daß wir ganz anders sind, als wir sein sollten."

„Die Erkenntnis ist traurig und doch selig. Sie treibt uns zu unserem Erlöser, zu dem guten Hirten, der sich seiner armen Schäflein annimmt, besonders der kranken und schwachen. Zum lebendigen Glauben an den treuen Hirten will Pfarrer Berg euch durch Gebet und Unterricht führen. Dazu dienen die Stunden."

Maria mußte später viel darüber nachdenken, ob sie wohl auch anders sei als das Bild, das sie sich von sich selbst gemacht hatte. Wie stellte sie sich denn selber vor? Als ein gutes fleißiges Mädchen, das den Lehrern nur Freude mache und dem Vater noch viel mehr. Sie bekam manches Lob und hatte bis jetzt geglaubt, es zu verdienen. Von nun an wollte sie aber mehr acht haben auf ihr Herz, auf alles, was sich darin regte. Sie wiederholte sich noch einmal das Lied, das sie zu Anfang der Konfirmandenstunde gesungen hatten. Als sie an den Vers kam: „Unser Wissen und Verstand ist mit Finsternis umhüllet, wo nicht deines Geistes Hand uns mit hellem Licht erfüllet; Gutes denken, tun und dichten, mußt du selbst in uns verrichten", da verstand sie schon besser, was der Vater gemeint hatte. Mit der Bitte, daß Gott auch ihr den Heiligen Geist schenken wolle, damit es hell in ihr werde und sie ihr Herz sehen könne, schlief sie ein.

Der Armenbesuch

Lisa hatte für ihre Guttaten wenig Lob geerntet. Tüchtige Schelte von der Mutter hatte es gegeben, daß sie, ohne zu fragen, schöne Kleider, Röcke und Schuhe verschenkte.

Als Maria die Geschichte Mine erzählte, sagte diese: „Ich habe die Frau auch gesehen; sie ist es nicht einmal wert, daß man ihr Almosen gibt. Sie ist unordentlich, liederlich, trinkt und stiehlt."

„Wie gut", dachte Maria, „daß wir nicht alle beide fortgelaufen sind, sonst hätte sie vielleicht aus Lisas Stube noch etwas mitgenommen."

„Ich will dir", fuhr Mine fort, „einmal von einer andern armen Frau erzählen, die es verdient, daß man ihr hilft, denn sie plagt sich redlich mit ihren Kindern und ist jetzt krank. Ich möchte sie einmal besuchen; es ist eine alte Bekannte von mir. Vielleicht kann ich in diesen Tagen einmal ein Stündchen zu ihr gehen."

„Soll ich dich begleiten, Mine?"

„Recht gern, Kind, wenn der Vater es erlaubt. Man muß klug sein beim Geben und muß prüfen. Die verschämten Armen gehen oft leer aus, während die unbescheidenen sich vordrängen."

Maria erhielt gern die Erlaubnis, mit Mine zu gehen. Mine war eine gute treue Seele, die sich in der Familie bewährt hatte, sowohl in der Krankheit der Mutter als auch nach deren Tod. Sie hatte seitdem das Hauswesen geführt und mit Umsicht und Sparsamkeit gewirtschaftet. Sie hielt große Stücke auf ihren Herrn und auf Maria, die sie immer zur Ordnung und Sauberkeit angehalten und ihr freilich in derber, aber biederer Art manch gutes Wort gesagt. Maria hing an ihr; sie konnte sich das Leben ohne Mine gar nicht vorstellen, denn sie sorgte mütterlich für alle ihre leiblichen Bedürfnisse, während der Vater sie erzog und für das geistige Wohl seiner Tochter sorgte.

An einem Nachmittag, an dem Mine Zeit hatte, stand Maria, zum Ausgehen fertig, mit einem Täschchen am Arm ungeduldig an der Küchentür. „Bist du noch nicht fertig, Mine?“

„Eile mit Weile, liebes Kind. Erst müssen die Messer und Gabeln geputzt werden. Ich sagte dir gleich: vor drei Uhr bin ich nicht fertig.“

„Was soll ich denn so lange machen?“

„Zieh dich aus und hilf mir. Du kannst die Messer und Gabeln mit diesem Tuch abreiben, dann geht's schneller.“

„Den Mantel wieder ablegen?“ sagte Maria gedehnt. „Nun – wenn es nicht anders geht.“

Die Alte tat, als merkte sie den Unmut nicht, beeilte sich aber doch mehr als gewöhnlich. „So, nun sind wir fertig. Was hast du denn in der Tasche?“

„Das wirst du sehen, wenn wir dort sind“, sagte Maria geheimnisvoll. Mine band sich ein großes Tuch um, setzte eine dicke Kapuze auf, nahm den Regenschirm zur Hand, und nun ging's fort.

Das Frostwetter hatte aufgehört; der Schnee hatte sich in gelbes, schmutziges Wasser aufgelöst. Auf den Gehwegen der neuen Straßen merkte man nicht viel davon. Als die beiden aber in den engen Stadtteil kamen, da gab es nasse, schmutzige Straßen, und nun begann es zu regnen; Maria war froh, als Mine endlich vor einem schmalen hohen Hause stehen blieb und sagte:

„Hier ist es U ..." Sie stiegen mehrere Treppen hinauf, bis sie ganz oben angekommen waren. Dort klopften sie links an eine Türe. Eine jugendliche Stimme rief: „Herein!" Maria war, als sie eintrat, überrascht von der Sauberkeit, die in dem kleinen Zimmer herrschte. Ihr Blick fiel zunächst auf das Bett, in dem eine blasse Frau in einer sauberen, geblümten Jacke lag. Am Tisch saß ein junges Mädchen, ungefähr in Marias Alter, das sich sofort erhob, als die beiden eintraten. Es war dürftig und ordentlich gekleidet und machte seine Schularbeiten. Auf dem Boden saßen zwei kleine Buben, die spielten mit einem Wägelchen, vor das ein kleines Pferd gespannt war. Am Tisch saß ein Knabe von etwa fünf Jahren, mit einem Bilderbuch. Das alles machte einen friedlichen Eindruck, nur war es nicht allzu warm im Stübchen; wenn Maria ihre Winterjacke nicht angehabt hätte, würde sie gefroren haben.

Während Mine sich an das Bett der Frau setzte, sah Maria das Mädchen, das immer noch verlegen am Tisch stand, prüfend an. Endlich ging sie auf sie zu und sagte: „Dein Gesicht kommt mir so bekannt vor, haben wir nicht die Konfirmandenstunden zusammen?“ Das Mädchen errötete und nickte mit dem Kopf. „Das ist fein“, sagte Maria und schüttelte ihr die Hand, „ich freue mich, dich näher kennenzulernen. Nicht wahr, die Stunden bei Pastor Berg sind schön?“

„Ja, sie gefallen mir sehr gut“, war die schüchterne Antwort.

„Wie heißt du?“

„Johanna.“

„Sind das deine Brüder?“

„Die beiden Kleinen, den Größeren haben wir angenommen.“ Der Junge am Tisch machte ein trauriges Gesicht, als wolle er weinen; Johanna merkte es und fügte schnell hinzu: „Er ist jetzt aber auch unser Bruder.“ Marias Teilnahme war geweckt. „Wollt ihr Schokolade essen?“ fragte sie die kleinen Buben auf dem Boden.

„Ja, und unser Pferd auch.“

Sie langte in die Tasche, holte eine Tafel heraus und brach einige Stücke davon ab. Die Kleinen kamen eilfertig herbei und streckten ihre Händchen nach dem seltenen Leckerbissen aus. Der größere Knabe am Tisch schaute verlangend zu. „Du bekommst auch etwas, natürlich“, sagte Maria, „und dies große Stück nimmt Johanna in Verwahrung; sie gibt euch davon, wenn ihr artig seid.“

„Danke vielmals“, sagte Johanna, als Maria es ihr gab. „Ich heiße Maria; hier habe ich noch etwas mitgebracht für die kranke Mutter und für euch.“ Sie holte eine Flasche mit Saft aus der Tasche und eine Menge goldgelber Semmeln, bei deren Anblick die Buben in die Hände klatschten und riefen: „Mir auch, mir auch!“ Welche Freude empfand Maria beim Geben dieser Brötchen, die sie von ihrem eigenen Taschengeld gekauft hatte. Sie hatte sich eigentlich ein neues seidenes Band für das Geld kaufen wollen, dachte aber: „Das Alte geht schon noch, ich muß den armen Leuten etwas mitbringen.“ Wie froh machte sie nun die Freude der Kleinen!

Als die Mutter vom Bett her rief: „Fräulein, ich danke Ihnen für alles Schöne, was Sie den Kindern bringen; wenn es Semmel gibt, ist jedesmal ein Festtag“, ging Maria zu der kranken Frau und sprach ihre Teilnahme aus, worauf diese sagte: „Ich habe wohl viele Schmerzen und bin sehr krank gewesen, aber der Doktor sagt, daß ich auf dem Wege der Besserung sei. Es ist nur gut, daß ich meine Johanna habe; sie sorgt für alles und hält die Kinder ruhig.“

„Sie sind alle so artig“, meinte Maria. „Das kommt, weil sie eine gute Schwester haben.“ Johanna errötete bei diesen Worten und sagte: „Nein, mein Verdienst ist es nicht, daß die Kinder artig sind; wir haben eine gute Mutter, die uns von früh an sagte, was recht und unrecht ist.“ Die Frau blickte zu dem Christusbild über ihrem Bett auf und sagte: „Der Herr hat's mich gelehrt, was gut oder böse ist. Er lehrt mich auch geduldig sein und auf seine Hilfe hoffen.“ Maria unterhielt sich weiter mit der Frau; wie war alles so schlicht und so einfach, was sie sagte. Keine Klage, kein Murren kam über ihre Lippen, nur Dank für alles.

„Die Krankheit ist noch lange nicht das Schwerste, was ich durchgemacht habe, Fräulein. Lassen Sie sich nur von Mine erzählen, was wir im vorigen Jahr durchstehen mußten."

Die Zeit flog Maria so schnell dahin, daß sie sich wunderte, als Mine zum Aufbruch trieb.

Der Regen hatte aufgehört, es war dunkel geworden. Maria hing sich an Mine, als sie auf der Straße waren; sie war erfüllt von allem, was sie gesehen und gehört hatte. Die kranke Frau, ihre Geduld im Leiden, das hübsche junge Mädchen, welches mit ihr in die Konfirmandenstunde ging, alles bewegte ihr Herz. „Was hat die arme Frau nur erlebt, das noch schwerer ist als Krankheit und Armut, Mine?"

„Das ist eine traurige Geschichte, Maria. Sie hatte eine Schwester, die verlor ihren Mann durch einen Unglücksfall; sie versuchte sich mit ihren drei Kindern zu ernähren, war aber selbst schwach, und da es ihnen am Nötigsten fehlte, verzweifelte sie und nahm sich das Leben mit ihren Kindern. Der eine Knabe ist wunderbarerweise gerettet worden, Frau Roß hat ihn angenommen."

„Das ist der Knabe, der am Tisch saß und die Bilder ansah! Er hatte ein so trauriges Gesicht; o Mine, wie konnte die Frau das tun!?"

„Sie glaubte nicht an den lebendigen Gott. Wer seine Hoffnung auf ihn setzt, den verläßt er nicht."

„Für diese Frau müssen wir sorgen, Mine; seit wann ist die Frau Witwe?“

„Der Mann lebt noch, er ist Arbeiter und verdient augenblicklich wieder etwas in einer Ziegelei, einige Stunden von hier. Sonnabends hat er bisher immer Geld geschickt, aber seit vierzehn Tagen ist es ausgeblieben; die Frau hat nichts von ihrem Mann gehört, darum ist sie in Sorge.“

Sie waren, ehe sie sich's versahen, in lebhaftem Gespräch an ihr Haus gekommen. „Sieh doch, im vorderen Zimmer ist Licht, es muß Besuch da sein, sonst sitzt der Vater immer in seiner Studierstube.“ Verwundert, wer es wohl sein möchte, gingen sie hinein. Beim Öffnen der Türe zur Blauen Stube sprang Lisa auf. „Endlich!“ rief sie, „Endlich bist du da, Maria. Aber mir ist die Zeit gar nicht lang geworden.“ Sie errötete und blickte den Doktor verlegen an.

„Wir haben uns ganz gut miteinander unterhalten“, sagte Doktor Ruben freundlich.

„Und ich habe viel erlebt“, rief Maria, und was das Herz voll ist, des geht der Mund über. Anschaulich schilderte sie die traurige Lage der Armen, die Krankheit der Frau, den Fleiß und das bescheidene Benehmen der Tochter und „denke dir, Lisa“, fuhr sie fort, „das Mädchen ist eine von unseren Mitkonfirmandinnen, Johanna heißt sie, ich will sie dir morgen zeigen; sie sitzt weiter vor uns, und ihr freundliches, nettes Gesicht ist mir schon früher aufgefallen.“

„Hätte ich nur nicht meine Sachen so verschleudert", klagte Lisa, „diese Leute verdienten es gewiß viel mehr."

„Lisa, ich habe schon gedacht, du bekommst immer so viel Taschengeld, davon mußt du etwas opfern für die Armen; wir gehen dann zusammen hin und bringen der kranken Frau etwas für sie und ihre Kinder."

„Von meinem Taschengeld werde ich wohl nicht soviel übrig behalten", sagte Lisa gedehnt, „das brauche ich zu andern Dingen."

„Wenn ein Geschenk Wert haben soll, muß man sich etwas versagen können, um andern eine Freude zu machen" , sagte der Doktor ernst. Maria errötete. Sie hatte es diesen Nachmittag getan, aber eingedenk des Wortes: „Laß deine linke Hand nicht wissen, was die rechte tut", schwieg sie.

„Ich will's den Eltern sagen", begann Lisa wieder, „vielleicht tun sie etwas."

„Was wolltest du denn eigentlich von mir, Lisa, warum bist du gekommen?"

„Ich kam, um mit dir eine schwere Stelle zu übersetzen, dein Vater war so freundlich, mir zu helfen." Es klopfte. Man kam, um Lisa abzuholen, die sich mit vielem Dank verabschiedete, während Maria sich zu ihrem Vater setzte und ihm viel erzählte von ihren Erlebnissen. Mine deckte den Abendtisch und mußte Marias Bericht ab und zu ergänzen. Am traurigsten war dem Vater die Geschichte von dem kleinen August; für diesen Jungen müsse etwas geschehen, meinte er, damit die Verwandten die Last nicht allein hätten. Dann dachte er sich mit Maria noch einen schönen Plan aus, den sie ausführen sollte. Es war etwas Besonderes, daß sie bei dem Gedanken kaum einschlafen konnte, und als sie am andern Morgen aufwachte, war es das erste, woran sie dachte.

In der Schule

Maria verriet auf dem Schulweg Lisa noch nichts. Sie sagte nur, sie habe heute in der Schule etwas vor, sie werde es dort hören. In der Zwischenpause herrschte, wie immer, reges Leben. Gruppenweise standen die Mädchen zusammen und verzehrten unter Lachen und Plaudern ihr Frühstück. Maria klopfte das Herz; sie war von Natur schüchtern und hatte doch den kühnen Plan, vor der ganzen Klasse zu reden. Aber wie sollte sie die Mädchen zum Hören bringen; es war unmöglich. „Käte, Martha, Gabriele, Emmi, Alma, bitte hört, ich möchte euch etwas vorschlagen."

„Du?" riefen sie mit Lachen, „wir haben jetzt keine Zeit." Damit stoben sie davon. Wo war nur Eva heute? Dort am Fenster stand sie und zeigte einer andern etwas in der französischen Grammatik.

„Eva, kannst du einen Augenblick kommen?"

„Gewiß, was gibt's?" Maria zog sie in eine Ecke, erzählte ihr alles gestern Erlebte und teilte ihr den Plan mit, den sie mit dem Vater ausgedacht hatte. „Das ist ja ein feiner Gedanke", sagte sie, „da müssen die andern heran."

„Es ist unmöglich, sie zusammenzubringen."

„O, das wollen wir schon machen." Eva war beherzter als Maria. Sie nahm ein Lineal, schlug dreimal damit auf den Tisch und rief mit lauter Stimme: „Alle Konfirmandinnen hierher."

Sofort horchten alle auf, und bald standen etwa zehn Mädchen um Eva und Maria.

„Es ist wohl keine Stunde, Eva?“ riefen mehrere.

„Natürlich“, war Evas Antwort. „Maria möchte gern etwas von einer Mitkonfirmandin erzählen, seid so freundlich und hört einmal zu.“ Alle sahen auf Maria, die rot wurde und erst mit leiser stockender Stimme, dann immer mutiger und freudiger zu erzählen begann. Alle schienen bewegt von der Not der armen Familie, wohin nun aber Marias Bitte ging, war dies: Mine hatte ihr erzählt, daß die kranke Frau sich sorge, woher das Geld nehmen zu einem Konfirmationskleid für Johanna; nun forderte sie die jungen Mädchen zu einem gemeinsamen Beitrag auf, damit sie ihr alles schenken könnten, was sie brauchte, um auch äußerlich würdig vor den Altar des Herrn zu treten. Einige waren sofort bereit, ihre Taschen zu leeren, andere zögerten, meinten, sie müßten zuerst die Eltern fragen. Dies fanden Maria und Eva auch in Ordnung, nahmen daher heute keine Beiträge an, sondern bestimmten einen Tag in der nächsten Woche, an welchem alle, die sich beteiligen würden, das Geld mitbringen sollten. Kurz darauf betrat der Geschichtslehrer die erste Klasse, und der Unterricht begann wieder.

Nach Schulschluß gingen die Konfirmandinnen ins Pfarrhaus zur Stunde. Als sie das Unterrichtszimmer betraten, blickte Maria sofort nach dem Eckplatz, wo Johanna saß. Sie nickte ihr freundlich zu, reichte ihr über die andern weg die Hand, was natürlich bei Johannas Bekannten Aufsehen erregte. Marias Schulfreundinnen aber, die sofort wußten, daß dies das fragliche Mädchen sei, nickten auch. Johanna und ihre Mitschülerinnen erwiderten die Grüße. So herrschte gleich ein freundlicheres Verhältnis unter sämtlichen Konfirmandinnen.

Am Nachmittag dieses Tages – Maria schrieb gerade an einer französischen Übersetzung – kam Lisa mit der Freudenbotschaft herein, ihr Vater wolle aus seiner Fabrik so viel schwarzen Stoff schenken, wie Johanna zu einem Kleide gebrauche. Diese Nachricht machte auch Maria froh, „denn“, sagte sie, „nun können wir das Geld, das wir bekommen, zur Anschaffung der andern nötigen Sachen verwenden; es wäre doch auch sehr schön, wenn Johanna ein neues Gesangbuch bekäme.“ Die jungen Mädchen malten sich aus, wie es sein würde, wenn sie zu Weihnachten die arme Familie beschenkten.

Plötzlich rief Lisa: „Noch etwas Neues, Maria; morgen bekommen wir Besuch. Tante Josephine kommt mit ihrer Tochter Adelheid; da gibt's gute Tage. Die Tante bringt immer schöne Geschenke mit; wenn sie da ist, werden allerlei Gesellschaften gegeben und Ausfahrten gemacht.“

„Da werden wir wohl nicht viel zusammenkommen“, sagte Maria langsam.

Und so war es auch. Der Besuch nahm Lisa vollständig in Anspruch; sie machte zwar die Schulwege mit Maria zusammen, aber in der Schule selbst unterhielt sie sich viel mit Margarete Haller, deren ältere Schwester mit Adelheid befreundet war. Sie luden sich gegenseitig ein, und Lisa hatte kaum Zeit und Gedanken für die Schularbeiten. Ja, der Besuch von Tante und Cusine war gar zu schön. Adelheid war voller Leben und Unsinn; sie spaßte viel mit den kleinen Geschwistern und hatte immer die Taschen voll Süßigkeiten für die Kinder. Das ließ sich auch Lisa gern gefallen, für Schokolade und Zuckerplätzchen hatte sie besondere Vorliebe.

„Heute abend gehen wir ins Theater", sagte Tante Josephine eines Tages. „Du, Lisa, gehst auch mit, ich habe Karten für euch alle."

„Ich?" sagte Lisa zweifelnd, „ich glaube, – ich darf jetzt nicht gehen."

„Warum denn nicht?" fragte Adelheid. „Weil ich Ostern konfirmiert werde."

„O, das währt noch lange, jetzt ist noch nicht einmal Weihnachten, komme nur getrost mit, es ist ein ganz unschuldiges Vergnügen. Und ... überhaupt ... was sollte es schaden!"

Lisa beeilte sich, mit ihren Schularbeiten fertig zu werden, und war eben dabei, ihre Bücher wegzuräumen, als es klopfte und Maria eintrat.

„Wollen wir unsere Sprüche zusammen schreiben, Lisa", sagte sie freundlich.

„Heute nicht, ich bin schon fertig", war Lisas hastige Antwort.

„Schon fertig, Lisa, warum hast du nicht wie sonst auf mich gewartet?"

„Weil wir heute abend etwas vorhaben. Komme doch ein anderes Mal wieder."

Eben trat Adelheid festlich gekleidet ein. „Kind, Lisa, du bist noch nicht angezogen, schnell, schnell! Das Theater beginnt um halb sieben Uhr, um sechs Uhr müssen wir fahren."

Maria stand da und sah Lisa erschrocken an. „Du willst ins Theater?" sagte sie gedehnt, aber eh' sie den Satz vollendet hatte, klatschte Adelheid in die Hände und jagte Lisa in das angrenzende Schlafzimmer. Die rief noch: „Auf Wiedersehen, Maria, morgen auf dem Schulweg", und war verschwunden.

Am andern Morgen, als Maria wie gewöhnlich am Tor stand, um Lisa zu erwarten, kam die etwas verlegen auf sie zu. Nicht wie sonst plauderten die Mädchen miteinander, jede schien etwas auf dem Herzen zu haben. Endlich begann Lisa: „Du sprichst ja gar nicht, Maria, was fehlt dir?"

„Mir fehlt nichts, aber ich möchte dir sagen, daß ich es sehr unrecht von dir finde, das, was uns Pfarrer Berg in der ersten Stunde ans Herz legte, so geringzuachten und sein Verbot zu übertreten."

„Das weiß ich gar nicht mehr, was meinst du?"

„Hast du vergessen, daß er uns ermahnte, in dieser ernsten Zeit alles zu unterlassen, was es an Vergnügungen und Lustbarkeiten gebe, damit wir in rechter Ruhe und Sammlung Gottes Wort lernen und betrachten könnten."

„Wenn Mutter und Tante es mir erlauben, kann ich gehen, wohin ich will."

„Wenn du selbst den ernsten Willen gehabt hättest, zu Hause zu bleiben, würde deine Mutter dich nicht gezwungen haben. Du bist selbst schuld, Lisa. Weißt du nicht, daß der Herr Pfarrer gesagt hat, wir sollten Gott um ein festes Herz bitten?"

„Du mußt nicht um mein Wohl besorgt sein."

„Wir haben uns versprochen, uns gegenseitig auf unsere Fehler aufmerksam zu machen."

„Dann wird das Tadeln wohl auf deiner Seite bleiben, du bist ja so tugendhaft, daß es an dir gar nichts zu bessern gibt."

Ein klein wenig mochte Maria wohl auch davon überzeugt sein; sie antwortete nichts darauf, sondern schwieg.

In der Konfirmandenstunde aber merkte Lisa, daß ihr der gestrige Abend mehr geschadet als genützt hatte. Sie war so in Gedanken, daß Pfarrer Berg zweimal ihren Namen rufen mußte, ehe sie es hörte. „Du bist wohl nicht bei der Sache", sagte er. Lisa, die wirklich auf seine Frage nicht antworten konnte, wurde glühend rot und senkte den Kopf, da merkte sie, wie aller Blicke auf ihr ruhten.

Beim Nachhausegehen waren die Mädchen wieder schweigsam, endlich begann Lisa: „Du, Maria, die Vorstellung gestern abend hat mich doch recht stark gefesselt. Ich habe den andern Mädchen in der Zwischenpause so viel davon erzählt, daß ich in der Stunde vorhin immer die bunten Gestalten, die Tänzerin und die schönen Bühnenbilder vor mir sah, so daß ich gar nicht auf Gottes Wort achten konnte. Ich werde es doch lieber nicht wieder tun, denn einen Tadel zu bekommen, ist schlimm."

Maria nickte, blieb aber schweigsam; es war, als ob sie etwas Besonderes bedrückte. „Nun? bist du mir noch böse?" fragte Lisa, „du tust ja, als ob du die Lippen nicht voneinander bringen könntest."

„Nein, Lisa", sagte Maria mit größter Freundlichkeit, „ich bin dir nicht im geringsten böse, warum sollte ich wohl?"

„Heute ist überhaupt ein Unglückstag", fuhr Lisa klagend fort. „Daß diese dumme Geschichte mit dem Rechenlehrer auch noch vorkommen mußte! Heute nachmittag wollte Adelheid mit mir in die Stadt gehen, um Weihnachtseinkäufe zu machen, und nun haben wir von drei bis vier Uhr Strafarbeiten in der Schule. Es ist nur gut, daß es die ganze Klasse betrifft, nur du und Eva, ihr seid ausgenommen, wie immer."

Als Maria ihr Häuschen betrat, erfüllten liebliche Düfte die Räume. Die gute Mine hatte Eierkuchen gebacken, Marias Lieblingsspeise. Sonst flog sie in die Küche und konnte wohl sagen: „Du liebe Mine, wie gut meinst du es mit mir." Heute legte sie still die Bücher weg, setzte sich ans Fenster und stützte nachdenklich den Kopf in die Hand.

„Was ist mir das?" sagte Mine, „sonst bekomme ich gute Worte und ein freundliches Gesicht, heute sitzest du da, als sei dir die Petersilie verhagelt, was hat's denn gegeben?"

„Nichts weiter, Mine. Jetzt kommt der Vater."

Während des Essens sah auch Doktor Ruben seine Tochter prüfend von der Seite an. Sie war nicht wie sonst, was hatte sie nur? Sie gab einsilbige Antworten und zeigte eine bedrückte Miene. Nach dem Essen, als sie ihm „gesegnete Mahlzeit" geboten hatte, nahm er sie mit sich in sein Zimmer. Als er sich gesetzt hatte und sie vor ihm stand, sagte er mit einem prüfenden Blick: „Nun, Maria, was drückt dich, du hast etwas auf dem Herzen, Kind." Da legte das junge Mädchen den Kopf auf des Vaters Schulter und begann heftig zu weinen. Der Vater ließ sie gewähren, nach einer Weile sagte er: „Nun erzähle mir, was es gegeben hat."

„Ja, Vater, ich habe Unrecht getan und niemand weiß es." Der Vater machte ein sehr ernstes Gesicht, als Maria erzählte, daß es bei Herrn Röder, dem Rechenlehrer, oft sehr laut hergehe; er mache mitunter recht sonderbare Bewegungen, daß man lachen müsse. Heute habe die Vorsteherin im Nebenzimmer gegessen, ohne daß die Schülerinnen es gewußt hätten. Es sei wieder viel geschwatzt und gekichert worden, auch sie selber habe einmal mitlachen müssen, als Herr Röder in der Aufregung einen Luftsprung gemacht habe. Später habe Fräulein Mosen plötzlich in der Tür gestanden und der ganzen Klasse eine Strafstunde für diesen Nachmittag von drei bis vier Uhr aufgegeben und dann gesagt, Eva Berg und Maria Ruben nehme sie aus, von ihnen wisse sie, daß sie sich still und artig betragen. „Nun tut es mir sehr leid", fuhr Maria unter

Schluchzen fort, „daß ich mich nicht gemeldet habe, sondern daß ich still weggegangen bin."

Der Vater sah sie betrübt an und schwieg. Sie fuhr fort: „Pfarrer Berg hat uns, als er das achte Gebot durchnahm, so gewarnt vor der Lüge und gesagt, daß jedes Hintergehen der Wahrheit, jede Unlauterkeit vor Gottes Augen auch eine Lüge sei."

„Da hat der Herr Pfarrer ganz recht, meine Tochter. Unser Herz soll wie ein klarer Bach sein, lauter bis auf den Grund. Nicht nur die groben, handgreiflichen Lügen sind verdammungswürdig, viel gefährlicher sind die Unlauterkeiten, wenn der Mensch sich besser zeigt, als er ist. Ein unwahres Wesen ist dem Herrn ein Greuel, darum weg damit, bitte den Herrn, daß er dir dein Unrecht vergibt, daß er dein Herz wahrhaftig mache." Der Doktor zog seine Uhr heraus. „Es ist jetzt halb drei, du hast noch Zeit, in die Schule zu gehen und Fräulein Mosen zu gestehen, daß du auch gelacht hast und deine Strafe mit den andern abzubüßen. Mache dich fertig, Kind!"

„Vater, muß ich das? Es ist zu schwer."

„Du mußt, Maria, es ist demütigend für dich, aber nur den Demütigen gibt Gott Gnade." Maria ging, sich anzuziehen. Noch nie war ihr ein Gang so schwer geworden. Ebenso schwer war ihr das Bekennen vor der Lehrerin. Aber es mußte sein, der Vater hatte es verlangt, und sie fühlte, daß er recht hatte.

Sie traf Lisa nicht, die war gewiß schon vorausgeeilt. Im Unterstock des Schulhauses waren die Zimmer der Vorsteherin. Mit bangem Herzen klopfte sie und öffnete leise, als sie das „Herein“ vernahm.

Oben in der Klasse waren alle Schuldigen versammelt. Sie hatten ihre Hefte herausgeholt und warteten auf Fräulein Mosen.

„Hört, ich will euch etwas sagen“, begann eine der Schülerinnen, eine kleine Wilde, die oft Strafe bekam, weil sie schwer zu bändigen war. „Maria Ruben, die sonst immer so tugendhaft ist, hätte heute auch Strafe verdient; sie hat ebenso gelacht wie wir, ich habe es mit meinen eigenen Augen gesehen.“

„Sie wird eben vorgezogen“, rief eine aus der Mitte. Da öffnete sich die Tür und die Vorsteherin trat ein, begleitet von Maria Ruben. Alle sahen gespannt auf. „Maria Ruben hat mir eben gesagt, daß sie auch gelacht habe, sie ist deshalb gekommen, um die Strafarbeit mit euch zu machen. Setze dich, mein Kind.“

Gesenkten Hauptes, mit geröteten Wangen ging Maria an ihren Platz, um vieles erleichtert, seit sie Fräulein Mosen ihr Unrecht eingestanden hatte. Als nun aber die Stunde vorbei war und alle Mitschülerinnen besonders freundlich und herzlich zu ihr waren, da wurde sie auch wieder fröhlich, denn ein Bann war von ihr genommen.

Auf die Mitschülerinnen aber hatte die Sache großen Eindruck gemacht; eine jede fragte sich in Gedanken, ob sie auch so ehrlich gewesen wäre.

Einen fröhlichen Geber hat Gott lieb

In der Blauen Stube brannte ein helles Feuer. Es sah gar gemütlich in dem kleinen Zimmer aus. Der Sofatisch war festlich gedeckt. Mine brachte eben einen Teller mit Gebäck und sagte bedenklich: „Wenn die Gäste nur kommen, Maria, es schneit so sehr!"

„Mine, du kennst meine Freundinnen schlecht; je mehr es schneit, desto lieber kommen sie."

Der Vater war heute nicht daheim, er besuchte verschiedene Freunde und hatte Maria erlaubt, einige Mitschülerinnen einzuladen, aber nicht nur zum Vergnügen, nein, große Körbe mit Strickereien und Wolle bewiesen, daß man fleißig sein wollte. Mine hatte den Vorschlag gemacht, die zu verschenkenden Strümpfe selbst zu stricken. „Denn", sagte sie, „das Selbstgestrickte hält besser und ist auch billiger." Maria und ihre Freundinnen waren damit einverstanden. Für das gesammelte Geld hatte man außer den andern nötigen Sachen Wolle gekauft, daraus wurden nun Strümpfe gestrickt für Johannas kleine Geschwister, auch für den kleinen Jungen, der seine Mutter und seine Brüder auf so tieftraurige Weise verloren hatte.

Jetzt stampfte sich draußen jemand den Schnee ab; es war Eva. „Wie hübsch, daß du die erste bist, Eva", sagte Maria, „da können wir noch ein wenig ungestört plaudern."

„Die andern kommen gleich, ich sah sie die Straße hinuntergehen, da sind sie schon.“ Sie kamen mit fröhlichem Lachen herein. „Wie wunderschön ist es draußen“, rief Martha Walter. „Wir könnten in der Laube Kaffee trinken“, fügte ihre Schwester Emmy scherzend hinzu.

„Wo bleibt nur Lisa, die Nachbarin?“ sagte Maria, „sie müßte doch längst hier sein.“

„Sie hat gewiß irgend etwas mit ihrer Cusine Adelheid vor, das ist ihr wichtiger, als für Arme zu stricken.“ Man setzte sich zum Kaffee, er mundete trefflich nach dem Spaziergang im Schnee. Mine wurde sehr gelobt wegen des Gebäcks. Als die Kaffeetassen weggeräumt waren, griff jede nach der Arbeit, denn man war schon öfter zum Stricken zusammengekommen, und Maria rief: „Heute müssen wir sehr fleißig sein, in vierzehn Tagen ist Weihnachten.“

„Du hast versprochen, uns mehr von der armen Familie zu erzählen, das mußt du jetzt tun, Maria“, bat eine der Freundinnen.

„Das will ich gern, wenn ich etwas vergesse, kann mir Eva helfen; sie hat mich gestern begleitet. Ich erzählte euch, daß die arme Frau krank sei und sich dabei um ihren Mann sorgte, von dem sie lange nichts gehört hat. Er arbeitet in einer auswärtigen Ziegelei, schickt aber sonst alle acht Tage seinen Wochenlohn oder kommt selbst, ihn zu bringen. Endlich kam ein anderer Arbeiter mit der Nachricht, daß sein Kollege unglücklich gefallen sei und das Bein gebrochen habe. Er liege dort in der Behausung eines anderen Arbeiters; da er gewußt, daß sie auch krank sei, habe er es nicht gleich schreiben lassen. Wenn sie genesen sei, möge sie kommen und ihn holen. Sobald es nun ihre Kräfte erlaubten, ist sie hinausgegangen nach dem einige Stunden von hier gelegenen Ort, hat dort um ein Fuhrwerk gebeten und ist mit dem verunglückten Mann hierher gekommen. Er wird noch mehrere Wochen zu Hause bleiben müssen, kann natürlich nichts verdienen, bekommt nur eine Kleinigkeit aus der Krankenkasse. Die Frau geht nun wieder auf Tagesarbeit, ist aber selbst so schwächlich, daß sie sich bestimmt bald wieder legen muß. Johanna muß neben ihren Schulstunden den ganzen Haushalt führen, ihre kleinen Geschwister versorgen und dem Vater helfen. Sie hat es schwer."

„Und ist noch immer freundlich", riefen die andern. „Ich freue mich", fuhr Maria fort, „daß wir dieser Familie eine Weihnachtsfreude machen können."

„Es ist überhaupt eine Freude, wenn man andern Menschen etwas schenken kann", sagte Emmy Walter.

Das spornte die Mädchen zu doppeltem Fleiß an; sie strickten, daß die Nadeln klapperten, und sangen dazu schöne Advents- und Weihnachtslieder, so daß sie ein Klopfen ganz überhörten. Plötzlich stand Lisa in ihrer Mitte. „Ei, wie schön das klingt, man glaubt ja in der Konfirmandenstunde zu sein."

„So soll es auch sein!“ rief Eva, „wir sind ja lauter Konfirmandinnen, Vater sagt: daran müssen wir jeden Tag und jede Stunde denken. Aber warum kommst du so spät, Lisa?“

„Wir hatten ein Festessen, sind eben erst vom Tisch aufgestanden, und den Nachtisch wollte ich mir nicht entgehen lassen.“ Lisa bekam nun auch ihren Strumpf, es wurde noch etwas gesungen, von Weihnachten gesprochen, und als Mine Nüsse und Äpfel brachte, wurden die Strickstrümpfe weggelegt, und Eva lud die jungen Mädchen ein, nächste Woche einen Nachmittag zu ihr zu kommen, damit die Strümpfe dann fertig würden. Diese Einladung wurde mit großem Beifall aufgenommen; wie gern gingen die jungen Mädchen ins Pfarrhaus!

Lisa blieb noch ein wenig bei Maria. „Ihr nehmt es mit der Konfirmation zu ernst“, begann sie. „Man muß doch auch sein Leben genießen, kann nicht immer beten und singen.“

„Das wollen wir gar nicht, wir wollen auch arbeiten und fleißig sein, aber alles, was wir tun, dem Herrn zuliebe, dem wir nachfolgen wollen.“

„Ich kann nicht soviel über das alles nachdenken“, meinte Lisa. „Adelheid tut es auch nicht. Sie ist lustig und vergnügt, und jeder hat sie gern. Es ist schade, daß sie und die Tante schon zu Weihnachten nach Hause wollen; aber sie müssen zur Bescherung wieder auf ihrem Gute sein.“

Maria dachte, es sei besser, wenn Lisa nicht zu viel mit der lebenslustigen Base zusammen sei, sie sagte es aber nicht. Als Maria später mit dem Vater allein war, äußerte sie: „Vater, es ist doch merkwürdig, daß viele Leute gar nichts von Jesus wissen wollen und doch dabei fröhlich und vergnügt sind."

„Mein liebes Kind, das scheint nur so. Das Glück ist äußerlich; im Innern sind sie oft die unglücklichsten, unbefriedigtsten Menschen. Ruhelos jagen sie von einem zum andern, weil sie das wahre Glück, den Frieden in Gott nicht kennen." Maria schwieg, aber Vaters Worte gingen ihr sehr zu Herzen.

Nun stand das liebe Weihnachtsfest vor der Tür. Alles freute sich und schaffte mit fleißigen Händen. Auch Maria und Lisa hatten Geheimnisse und flüsterten heimlich, wenn die Eltern oder Geschwister in Hörweite waren. Lisas Verwandte waren abgereist; seitdem schloß sie sich wieder mehr an die nachbarliche Freundin an, holte sie zu sich herüber oder verweilte stundenlang im kleinen Hause. „Im vorigen Jahr kannten wir uns nur von den Schulwegen her, du bist noch nie an Weihnachten bei uns gewesen, in diesem Jahr mußt du kommen und sehen, wie prächtig sich der hohe Christbaum in dem großen Saal ausnimmt!"

Maria dachte, schöner als bei ihnen im Blauen Zimmer könnte es nirgends sein.

Es war am letzten Advent. In dem kleinen Dachstübchen der Familie Roß brannte ein trübes Lämpchen. Die Stimmung der Familie war noch trübe. Dem Vater machte sein Unfall noch sehr zu schaffen. Er mußte den Fuß hochlegen und konnte fürs erste nicht daran denken, seine Arbeit wieder aufzunehmen. Die Kälte hatte zugenommen, der Verdienst aufgehört – da war es kein Wunder, daß die Familie immer mehr in Not geriet. Frau Roß arbeitete so gut sie konnte, aber es gehörte zu viel dazu, um allem nachzukommen. Zum Essen hatte es bisher gereicht; die dürftige Kleidung wurde immer wieder geflickt und gestopft von ihren und Johannas geschickten Händen; nun sollte der Hauszins bezahlt, Feuerung mußte beschafft werden, woher sollte das Geld kommen? Da bemächtigte sich des Mannes, der immer ein braver Mensch gewesen war, eine Mutlosigkeit und Bitterkeit, die sich in murrenden Worten Luft machte.

„Warum muß es nur so gehen, erst hatten wir das Unglück mit der Schwägerin, dann wurdest du bettlägerig", sagte er zu seiner Frau, „nun liege ich, kann nichts verdienen und sehe die Familie darben, es ist fast des Schweren zu viel, man möchte verzagen. Ich möchte sagen, die Schwägerin hatte nicht so unrecht!"

„Halt ein, Mann, versündige dich nicht", rief die Frau erschrocken. „Halte fest an Gottes Verheißungen. Er schickt uns das Kreuz, um unsern Glauben zu prüfen. Denke an Abraham, wieviel Schweres wurde ihm auferlegt! Er blieb treu und erfuhr Gottes Hilfe. Ebenso Hiob. Laß uns zu Gott flehen, daß er uns nicht versinken läßt in Unglauben und Verzweiflung."

„Unsere Mitbewohner im Untergeschoß leben

herrlich und in Freuden; sie stehlen sich Holz und Kohlen und sitzen in warmen Stuben, während wir ehrlich sind und dabei frieren."

Die Frau seufzte: sie hatte sich warm gearbeitet und empfand es nicht, daß die Stube kalt war, ihr armer Mann saß Tag für Tag still in der schlecht geheizten Stube und hatte bis jetzt nicht geklagt. „Leg dich ins Bett und wärme dich ein wenig; die Kinder haben warmes Blut, sie merken die Kälte nicht so. Soll ich dir ein Adventslied lesen, es gibt Trost ins bekümmerte Herz."

„Meine Kameraden halten nichts von frommen Liedern und vom Kirchengehen; sie sagen, es käme nichts dabei heraus, und es geht allen besser als mir."

„Sie haben etwas mehr Geld als du, aber sie haben keinen Gott, und wenn's zum Sterben geht, haben sie keine Hoffnung auf eine zukünftige Herrlichkeit. Sieh, lieber Mann, durch dich habe ich unseren Heiland kennengelernt, und nun willst du mich wieder abspenstig machen vom Glauben, der mich so glücklich macht."

Der Mann schwieg eine Weile, dann sagte er: „Ach, ich bin so traurig, daß ich nichts für meine Kinder habe, morgen ist Heiliger Abend, ich kann ihnen nicht einmal einen Apfel schenken."

Laute Schritte dröhnten auf der Treppe. Ein Mann in schweren Stiefeln näherte sich der Tür. Er steckte den Kopf herein und sagte: „Komme ich hier recht zu dem Arbeiter Roß?"

„Ja, das ist hier", sagte die Frau, „was soll's sein?"

„Ich habe eine Fuhre Kohlen unten, die sollten hier abgeladen werden."

„Guter Mann, das ist ein Irrtum, wir haben keine bestellt", antwortete Frau Roß.

„Das ist mir gleich, abladen soll ich sie beim Arbeiter Roß in der Grubenstraße und bezahlt wären sie, soll ich sagen. Einige Säcke mit kleingemachtem Holz sind auch dabei."

Die Frau eilte an den Schrank, um den Schlüssel zum Keller zu holen, und flüsterte ihrem Mann im Vorübergehen zu: „Karl, die Hilfe kommt." Dann rief sie Johanna, die mit den Kindern in der Küche war, brachte die Kinder zum Vater und machte sich mit Johanna daran, das wertvolle Geschenk zu versorgen. Nachdem dies geschehen, kam sie mit einem Arm voll Holz fröhlich in die Stube und mit den Worten: „So, Vater, nun machen wir dir ein helles Feuer, dann wird dir's warm und gemütlich werden", setzte sie sich zu ihm, während Johannas geschickte Hände bald das Holz und die Kohlen in Brand steckten. Der Mann schwieg und drückte die Hand seiner Frau; sie wußte, was das bedeutete. Johanna setzte sich mit den Kindern an den Tisch und beschäftigte sie.

Es war gegen sechs Uhr, da hörte man wieder Schritte auf der Treppe; aber diesmal nicht von schweren Stiefeln, leichte Füße huschten leise hinauf, und ein Flüstern von vielen Stimmen hätte man vernehmen können, wenn man darauf geachtet hätte. Aber Johanna war in ihre Arbeit vertieft und erzählte den Kleinen dabei; die Mutter verband dem Vater den Fuß, so achtete man nicht auf das Flüstern und Rascheln, das Knistern und Klirren. Doch nun wurde Johanna aufmerksam.

„Was gibt's nur draußen?" sagte sie und sah nach der Tür. „O seht doch den hellen Schein, der durch den Spalt kommt", rief sie plötzlich und wollte öffnen. Aber in diesem Augenblick tat sich die Tür auf, helles Licht, das von einem Christbäumchen ausging, flutete herein; ein junges Mädchen, das das Bäumchen trug, betrat die Wohnung, gefolgt von noch sechs andern, die Körbe und Taschen trugen. Sie setzten das Bäumchen auf den Tisch, das Mitgebrachte auf den Boden und sangen mit ihren hellen Stimmen: „O du fröhliche, o du selige, gnadenbringende Weihnachtszeit." Johanna wollte mitsingen, aber sie konnte nicht; die hellen Tränen stürzten ihr aus den Augen; die Kinder aber standen mit leuchtenden Augen und sperrten die Mäulchen auf. So etwas hatten sie noch nicht erlebt. Als das Lied zu Ende war, packten die Mädchen aus. Was kam da alles zum Vorschein: Kaffee und Reis, Brot und Fleisch, ein warmes Tuch für Frau Roß, ein gefütterter Rock für den Mann, für die Kinder Strümpfe, die die fleißigen Hände selbst gestrickt hatten, dazu allerlei Spielsachen, die die kleinen Herzen erfreuten. Zuletzt rief Maria, die Johanna am besten kannte: „Nun, Johanna, kommt dein Weihnachten." Mit diesen Worten legten sie vor das erstaunte Mädchen Stoff zu einem schönen, schwarzen Konfirmationskleid, eine Jacke, Schuhe und alles, was dazu gehörte. Die überraschte Familie konnte sich nicht genug bedanken, die kleinen Jungen aber jubelten und klatschten in die Hände über ihre Spielsachen, während der stille, besinnliche August sich in ein Bilderbuch vertieft hatte.

Wieder öffnete sich die Tür, und Pfarrer Berg trat ein und grüßte mit den Worten: „So ist's recht, Kinder, das ist ein schönes Bild. Wohlzutun und mitzuteilen vergesset nicht, denn solche Opfer gefallen Gott wohl. Sie freuen sich doch sicher, lieber Herr Roß; nun, immer noch so gedrückt?"

Der Pfarrer ging auf das Ehepaar zu, das immer den Kopf schüttelte über all dem Unerwarteten, Wunderbaren. Er redete herzliche Worte mit den Leuten. „Seht",sagte er dann, „nun komme ich auch noch mit etwas, das euch nicht unwillkommen sein wird. Maria Ruben hat uns zuerst erzählt von eurer Not und von dem Kleinen, den ihr so barmherzig aufgenommen habt. Das hat die Herzen der reichen Leute gerührt, es haben sich mehrere zusammengetan und verpflichtet, ein jährliches Kostgeld von sechshundert Mark für das Kind aufzubringen. Es soll monatlich bezahlt werden; ich bringe euch heute die ersten fünfzig Mark. Erziehet den Knaben zu Gottes Ehre."

Mann und Frau waren tief gerührt und dankten mit bewegten Worten. Sie meinten, die Kohlen, die vorhin gekommen, seien wohl auch aus derselben Quelle, worauf der Herr Pfarrer die jungen Mädchen musterte und sagte: „Ist nicht Martha Walter darunter; ich meine, der Vater hat einen großen Kohlenhandel."

Martha errötete und sagte: „Vater hat die Kohlen herfahren lassen."

„Seht ihr", sagte der Pfarrer lächelnd, „es geht alles mit natürlichen Dingen zu. Aber nun, Kinder, vorwärts. Zieht eure Mäntel und Kapuzen an, wir wollen uns auf den Heimweg machen."

Es war gut, daß die jungen Mädchen ihre Sachen draußen abgelegt hatten, denn im Stübchen war's mittlerweile heiß geworden; man konnte beinahe denken, es sei nun Hochsommer.

Allmählich verhallten die Schritte auf der Treppe, es wurde still im Zimmer. Hätten nicht das Bäumchen und die vielen schönen Geschenke gezeigt, daß alles Wirklichkeit war, so hätte man glauben können, es sei ein schöner Traum gewesen.

Johanna war die erste, die das Stillschweigen brach: „Mutter, Vater", rief sie, „gestern noch sorgtet ihr, wie ihr alles für mich beschaffen solltet, und nun hat Gott durch gute Menschen mir geschenkt, was ich gebrauche. Freut ihr euch nicht mit mir?"

Der Vater hatte beide Hände vors Gesicht gelegt und sagte immer wieder: „Ich bin's nicht wert; ich habe es nicht verdient."

Frau Roß aber dankte Gott mit Tränen in den Augen, daß er mit seiner Hilfe gerade zur rechten Zeit gekommen sei. „Hilft er nicht zu jeder Frist, hilft er doch, wenn's nötig ist", sagte sie zu ihrem

Mann und streckte ihm die Hand hin. „Nicht wahr, Karl, unser Gott ist getreu, wir bleiben bei ihm?"

„Ja, immer und ewig, und wenn alles wider mich ist, will ich an diese Stunde denken."

„Johanna, gib mir das Gesangbuch", rief die glückliche Mutter. Dann las sie mit bewegter Stimme dem Mann das schöne Lied vor: „Wie soll ich dich empfangen." Als sie an den Vers kam:

Er kommt, er kommt mit Willen,
ist voller Lieb und Lust,
all' Angst und Not zu stillen,
die ihm an euch bewußt,

da beugte er tief den Kopf.

Die jungen Mädchen aber kamen freudestrahlend nach Hause, besonders Maria, die dem Vater und der guten Mine alles erzählte, was sie erlebt hatte.

Der Heilige Abend

Am Tage vor dem Fest half Maria überall in Küche und Haus. Der Vater war in der Stadt und machte Einkäufe, gewiß Überraschungen zum Abend. Und dort auf dem Tisch stand ein geheimnisvolles Etwas, in Seidenpapier gewickelt, es schien ein Kästchen zu sein. Der Vater hatte es eilig hingestellt und hatte nach seinem Schreibtischschlüssel gesucht, dann war er schnell wieder fortgegangen. Es war gewiß ein Geschenk für sie, sie wollte nicht daran rühren, der Vater mußte vergessen haben, es wegzulegen. Der gute Vater, wie war er immer darauf bedacht, ihr Freude zu machen!

Da rief Mine aus der Küche, sie solle kommen, ihr zu helfen. Eilfertig lief sie hinaus und ließ die Tür halb offen stehen. Nun war aber die Haustür auch nur angelehnt, eine Klingel hatte sie nicht. Da es in der Küche geräuschvoll zuging, so hörte niemand, daß ein Handwerksbursche hereinkam, sich scheu umsah und, da die Stubentüre nicht geschlossen war, das Zimmer betrat. Nach einer Minute etwa kam er wieder, schlich zur Haustüre hinaus, ohne daß es jemand merkte, und war bald hinter der Mauer des nach links liegenden Gartens verschwunden. Maria half Mine, kleine Kuchen aus dem Ofen nehmen und belegte das Blech mit neuen, die wieder hineingeschoben wurden.

Dann ging Mine, um etwas aus der Stube zu

holen, kam aber mit Schelten zurück. „Maria, du denkst wohl, die Kohlen kosten kein Geld, du hast die Türen weit offengelassen, daß alle Winterkälte hineinzieht. Die Haustür ist auch nicht geschlossen, es ist gerade, als ob wir Sommertag hätten!"

„O liebste Mine, zanke heute nicht, es ist ja Heiliger Abend."

„Geh nur hinein und mache die Türen zu, sonst wird der Vater bös, wenn er kommt."

Der Vater kam schon, diesmal mit einem mächtigen Paket, das er gleich in sein Zimmer trug. Nach einem Weilchen trat er heraus, rieb sich vergnügt die Hände und sagte: „Nun soll aber mein Töchterchen Augen machen, wenn's an die Bescherung geht." Plötzlich blieb er wie suchend vor dem Tisch stehen. „Ich habe doch ein Kästchen hingestellt", sagte er ... „oder täusche ich mich? Sollte es in meinem Zimmer stehen?" Er ging zurück und kam nach einer Weile mit etwas verstörter Miene aus seinem Studierzimmer.

„Hör einmal, Kind", sagte er, sich wieder unruhig im Zimmer umsehend, „hast du hier nicht ein Kästchen gesehen?"

„Gewiß, dort auf dem Sofatisch stand etwas in weißem Seidenpapier, ich habe es aber nicht angerührt, Vater, ich glaubte, es sei ein Geheimnis." Sie ging auf den Tisch zu und blieb verdutzt stehen. „Jetzt ist es fort", sagte sie betroffen, „es ist aber gewiß, daß es hier stand, als du gegangen warst."

„Das ist ja merkwürdig", sagte der Vater und sah

sich von neuem im Zimmer um. „Ich wollte es gleich verschließen und hatte den Schlüssel nicht bei mir; es ist doch niemand hier gewesen?“

„Nicht daß ich wüßte, Vater, ich will einmal Mine fragen.“ Diese versicherte jedoch, daß kein Mensch während des Doktors Abwesenheit das Haus betreten habe. Nun ging es an ein Suchen, das oberste wurde zu unterst gekehrt, alles vergeblich. „Wenn ihr beide nicht zu Hause gewesen wäret, würde ich denken, das Kästchen sei gestohlen. Es enthielt das Wertvollste, was ich auf Erden besitze, lieber würde ich auf alles andere verzichten.“ Maria ahnte nicht, was es sein konnte, aber da der Verlust den Vater tief betrübte, wurde auch sie traurig.

Plötzlich rief Mine: „Jetzt fällt mir etwas ein! Weißt du nicht, Maria, daß die Türen aufgestanden haben? Es ist also möglich, daß sich jemand hereingeschlichen hat.“

Maria schob sich die Schuld zu, weil sie unachtsamerweise die Stubentür nicht zugemacht hatte; der Vati meinte, sie hätten beide Schuld, er hätte nicht vergessen dürfen, das Kästchen einzuschließen. Man ging zu Tisch, die gedrückte Stimmung wollte nicht weichen. Mine, die von ihrem Herrn erfahren, um was es sich handelte, jammerte in der Küche um den Verlust. Dabei ging es ihr gar nicht gut; schon seit gestern fühlte sie eine Mattigkeit in allen Gliedern, heute schüttelte sie der Frost, aber sie sagte nichts, sondern hielt sich aufrecht und riß sich zusammen. Wer sie aber genau angesehen, hätte merken müssen, das sie eher ins Bett gehörte als in die Küche. Doktor Ruben und seine Tochter waren jedoch zu sehr von dem Erlebten erfüllt, als daß sie auf Mines Aussehen geachtet hätten.

Am Nachmittag kam Lisa und forderte Maria zum Besuch am morgigen Nachmittag auf, Maria lehnte es ab mit dem Bemerken, daß der Vater und sie schon eine Einladung hätten, ins Pfarrhaus zu kommen; wenn es Lisa recht wäre, würde sie am zweiten Feiertag einige Stunden hinüberkommen.

Maria sagte nichts von dem Verschwinden des Kästchens; als aber Lisa gegangen war, bat sie noch einmal den Vater, nicht weiter an den Verlust zu denken. „Ich will's auch nicht, meine Tochter, es ist unrecht, heute, wo uns so große Freude winkt, den irdischen Verlust höher zu stellen. Wir wollen unser Christbäumchen aus der Kammer holen und es zusammen schmücken."

Das taten sie und sangen sich dabei die Weihnachtsfreude ins Herz. Auch über das Gesicht der alten Mine zuckte es wie Freude, als sie Vater und Tochter wieder glücklich sah. Nun war das Bäumchen fertig, und es dunkelte schon. Maria eilte nach oben, um ihre Geschenke für den Vater zu holen, dann mußte sie mit Mine in der Studierstube warten, während der Vater im Nebenzimmer alles vorbereitete. „Mine, du bist gar nicht wie sonst, früher hast du fröhlich mit mir geplaudert, heute bist du so still und einsilbig. Du grämst dich gewiß um das

Kästchen; bitte, laß das Trauern mir zulieb, sei fröhlich heute zum Weihnachtsabend."

„Kind, mir ist nicht ganz wohl, der Kopf schmerzt, darum kann ich nicht viel reden; es wird gewiß morgen besser sein."

„Ja, morgen wird's besser sein", wiederholte Maria zuversichtlich.

Nun öffnete sich die Tür, und die Blaue Stube stand im Weihnachtsglanz. Lieder zur Ehre Gottes erklangen, sie lauschten dem Weihnachtsevangelium, und dann freute man sich der Gaben. Maria war glücklich über allerlei nützliche Gegenstände, besonders über einen neuen Wintermantel, da sie aus dem alten schon herausgewachsen war; der Vater freute sich über die Hausschuhe und über ein Zigarrentäschchen, das ihm Maria sehr mühsam in Perlen gearbeitet hatte; Mine war dankbar für ein schönes Kleid, Schürzen und dergleichen. Sie hatte die Gewohnheit, ihre Sachen gleich an sich zu nehmen. Nachdem sie sich herzlich bedankt hatte, verließ sie das Zimmer.

„Nun, Maria, laß dir sagen, was ich mir für dich als größte Freude für heute ausgedacht hatte: Du solltest die goldene Uhr deiner seligen Mutter bekommen."

„O", sagte Maria und ihr Gesicht nahm einen schmerzlichen Ausdruck an, „so war es Mutters Uhr, die uns gestohlen wurde." Der Vater nickte und fuhr fort: „Ich hatte mich so lange darauf gefreut, sie dir zu geben. Die Mutter hat bestimmt, du solltest sie haben, sobald du erwachsen seiest. Nun liebe ich es nicht, am Konfirmationstag Gold zu verschenken, deshalb solltest du sie jetzt haben. Ich nahm sie vor einigen Tagen heraus, merkte, daß eine Kleinigkeit in Unordnung war, und brachte sie zum Uhrmacher. Heute morgen holte ich sie wieder und ließ sie unvorsichtigerweise auf dem Tisch liegen."

„Wer konnte ahnen, lieber Vater, daß sie dort verschwinden würde! Kann denn nichts geschehen, um sie wieder zu bekommen?"

„Ich habe es beim Polizeiamt gemeldet, aber da wir niemand gesehen haben, ist der Fall schwierig." Maria begriff die Trauer des Vaters, da sie wußte, wie das Andenken an die verstorbene Mutter ihm über alles teuer war.

„Es war das erste Weihnachtsfest, das ich mit deiner lieben Mutter verlebte, als ich ihr die Uhr zum Geschenk machte. Wie war sie glücklich, als sie das Kästchen öffnete und die Uhr erblickte. Nun wollte ich dir die gleiche Freude machen. Wenn wir sie nicht wiederbekommen, muß meine Maria sich ohne Uhr begnügen, kaufen kann ich ihr keine."

„Sollst du auch nicht, Vater, wir wollen nicht mehr daran denken."

„Du hast recht, vielleicht hätte die Uhr uns beide so beschäftigt, daß wir darüber die große Gabe Gottes vergessen hätten. Warum beschenken wir uns zu Weihnachten? Unsere irdischen Gaben sollen uns hinweisen auf das schönste Geschenk, das wir aus Gottes Hand empfangen, auf Gottes Sohn, der für uns geboren ist, damit Er für unsere Sünden leiden und sterben könnte. Willst du mir versprechen, Maria, beim Verlust irdischer Güter in späteren Jahren immer an diesen Heiligen Abend zu denken und dich in allen Leiden und Nöten dieser Welt stets daran zu erinnern, daß Jesus dir bleibt, daß er dir Leben und volles Genüge gibt."

So tröstete der Vater sein Kind und sich über den Verlust eines irdischen Gutes, und Maria, die mit großer Liebe an ihrem Vater hing, ließ sich alles, was er sagte, zu Herzen gehen. Sie bat ihn an diesem stillen Abend, ihr noch mehr von der Mutter zu erzählen, und so erfuhr sie vieles, was sie noch nicht gewußt hatte.

Die Mutter war das einzige Kind reicher Eltern. Sie hatten ungern in die Heirat mit dem einfachen Gelehrten gewilligt, aber da die Tochter ihn über alles liebte, hatten sie ihren Bitten nachgegeben. Die Eltern verloren durch unvorhergesehene Unglücksfälle Hab und Gut und mußten schließlich die Unterstützung des Schwiegersohnes annehmen.

„Der Großvater starb bald in unserem Hause, die Großmutter hat länger gelebt, wir haben getan für sie, was wir konnten, in den letzten Jahren wurde sie bettlägerig, da hat deine teure Mutter viel mit der Pflege von Großmutter zu tun gehabt. Sie hat es ohne Murren und Klagen getan, aber ihre Gesundheit hat dabei gelitten. Als dann die Großmutter von ihrem Leiden erlöst war und im gleichen Jahr dein kleiner Bruder an der Diphtheritis starb, da waren die Kräfte der Mutter auch zu Ende. Sie siechte langsam dahin; sie wußte, daß sie sterben würde, und freute sich, bald in der ewigen Heimat zu sein, obwohl sie noch gern bei uns geblieben wäre, denn sie hatte uns beide sehr lieb."

„Ich kann mich noch dunkel auf die Mutter besinnen; sie war sehr schlank und hatte ein schmales, blasses Gesicht."

Der Vater nickte. „In den letzten Jahren war es bleich, während früher die Rosen der Gesundheit darauf blühten. Nun ist sie ewig gesund, alles Leid, alle Not dieses Lebens haben ein Ende."

Eine Weile war es still im Weihnachtsstübchen. Plötzlich fragte Maria: „Nicht wahr, Vater, du bist auch das einzige Kind deiner Eltern gewesen?" Über das Gesicht des Mannes zuckte es.

„Eigentlich nicht, ich hatte noch einen Bruder."

„Ist er früh gestorben?"

„Ich weiß nicht, ob er gestorben ist. Er mußte in die weite Welt gehen, und ich habe seit vielen Jahren nichts von ihm gehört. Doch davon erzähle ich dir ein andermal; laß uns jetzt noch ein Weihnachtslied singen und dann zur Ruhe gehen." Maria ging ans Klavier und spielte die Melodie des Liedes: „Gelobet seist du, Jesu Christ", und als der letzte Vers verklungen war:

Das hat er alles uns getan,
sein große Lieb zu zeigen an.
Des freut sich alle Christenheit
und dankt ihm des in Ewigkeit,

da schloß der Vater das Klavier mit den Worten: „Sonst pflegte unsere alte Mine immer mitzusingen am Heiligen Abend, wo steckt sie nur heute?"

Maria ging schnell in die Küche. Es war finster darin, Mine saß gewiß in ihrem Stübchen. Sie öffnete die Tür; da brannte ein kleines Lämpchen und aus dem Bett kam eine Stimme: „Liebe Maria, Kind, ich habe mich gelegt, der Kopf schmerzte, es war mir so übel – ich hätte es wohl sagen müssen – aber ... ich wollte dir und dem Vater die Freude nicht stören. Zurechtgelegt habe ich alles ... und ... morgen wird's schon besser sein."

Maria war recht erschrocken; es war ihr, so lange sie denken konnte, noch nicht vorgekommen, daß Mine krank gewesen. Was sollte nur werden, wenn es morgen nicht besser war, morgen, am ersten Feiertag? Betreten kam sie zum Vater zurück. Der fragte ernst, ob Maria vorher nichts gemerkt habe von Mines Krankheit. Maria sann nach und sagte, daß Mine allerdings geklagt, sie aber nicht darauf geachtet habe.

„Das mußt du künftig nicht tun, mein liebes Kind, denke daran, mit welcher Treue sie uns beide versorgt, wie sie nie an sich denkt, sondern immer nur daran, daß es uns an nichts fehlen soll.“ Maria tat es leid, sich so wenig um Mine gekümmert zu haben, sie war daran gewöhnt, daß das Mädchen alles für sie tat. Daß nun aber ein Fall eintrat, daß sie für Mine sorgen mußte, war ihr ganz neu. Aber sie sollte auch hieraus lernen, an andere zu denken und andern zu dienen.

Sie ging nochmal zu ihr ans Bett, faßte ihre Hand und sagte: „Gute Mine, kann ich etwas für dich tun, soll ich dir vielleicht eine Tasse Tee kochen?“

„Nein, mein Kind, ich habe eine Tasse heißen Tee getrunken, der hat mich erwärmt. Sorge dich nicht um mich; es wird schon morgen anders sein, lege dich ruhig schlafen.“ Diese Worte wirkten beruhigend auf Maria; sie sprach noch mit dem Vater darüber und ging dann hinauf in ihr Giebelstübchen. Sie konnte noch nicht gleich einschlafen; der Tag hatte so vielerlei gebracht. Aber in allen Widerwärtigkeiten des Lebens wollte sie das eine festhalten, daß der Heiland der Welt auch für sie geboren war, daß er auch sie selig machen wolle.

Erlebnisse in den Feiertagen

Am andern Morgen erwachte Maria schon früh. Wie, wenn Mine noch krank wäre? Wenn sie nicht aufstehen konnte? Da war es doch wohl ihre Pflicht, für den Kaffee zu sorgen und die Zimmer in Ordnung zu bringen. Schnell sprang sie auf. Es war empfindlich kalt und hu! die Fenster waren fest zugefroren. Sie öffnete ein wenig die Tür, alles war still. Leider fühlte Mine sich noch krank und hatte nicht aufstehen können! Jetzt wurde ihr aber doch bange. Mine nicht da! Das war etwas so Ungewöhnliches, daß sie es gar nicht ausdenken konnte. Wie sollten die Zimmer warm werden, wer sollte den Weihnachtsbraten machen, wie sollte es mit der Kirche werden und wie mit dem Besuch im Pfarrhaus, auf den sie sich schon so lange gefreut? Beinahe war's zum Weinen, aber der erste Feiertag durfte sie doch nicht in Tränen sehen. War sie nicht sonst immer die Treppe heruntergekommen mit „O du fröhliche, o du selige", und dann hatte der liebe Vater die Tür der Weihnachtsstube gcöffnet und war mit seinem schönen Baß eingefallen: „gnadenbringende Weihnachtszeit" –, dann war sie in die wohldurchwärmte Stube gekommen, und der würzige Duft des Tannenbaums, vereint mit dem Duft des von Mine aufgetragenen Kaffees und des frischen Kuchens, hatten die Feststimmung noch erhöht. Und heute? Sie wollte versuchen, fröhlich zu sein trotz allem. Sie wollte bitten, daß Gott ihr helfe, alles, was ihr durch Mines Krankheit Unangenehmes auferlegt wurde, wacker zu tragen. Der Herr Pfarrer hatte ihnen in der letzten Konfirmandenstunde gesagt, sie dürften den Herrn um alles bitten, auch um Kleinigkeiten. Und siehe – beim Gebet schwanden alle Sorgen. Schnell zog sie sich ihre Kleider an und ging leise hinunter, zuerst in die Küche, dann öffnete sie behutsam Mines Stubentür.

„Ach, Maria", tönte eine schwache Stimme aus dem Bett, „nun kommt es doch so, wie ich fürchtete; ich kann nicht aufstehen und habe doch solche Angst, wie es ohne mich gehen soll. Versucht habe ich zweimal, mich aufzuraffen, aber immer, wenn ich mich erhebe, wird mir schwindlig."

„Bleibe ruhig liegen, Mine, ich werde alles für dich machen; zuerst mußt du etwas Warmes haben."

„Ich habe überall in den Öfen schon gestern abend alles bereitgelegt, du brauchst sie nur anzünden." Maria hatte leichtes Spiel. Mit Hilfe eines Streichhölzchens hatte sie unter dem Herd sowohl als in der Stube bald ein helles Feuer. Es machte ihr schließlich selbst das größte Vergnügen, Mines Arbeit zu tun. Die Blaue Stube war bald in Ordnung, der Kaffeetisch gedeckt, und als der Vater kam, war es behaglich warm und ganz wie sonst.

Doktor Ruben war schon wach gewesen und hatte in der Stille dem Wirken seines Töchterchens gelauscht. „So ist's recht", sagte er freundlich, sie unter das Kinn fassend, „war's denn recht schwer, die grobe Arbeit am Feiertag?"

„Gar nicht", sagte sie strahlend, „ich habe nicht geglaubt, Vater, daß die Arbeit ein solches Vergnügen ist."

„Du hast es aus Liebe getan, deshalb hat es dir Freude gemacht. Alles was aus Liebe um Gott und den Menschen geschieht, bringt Segen und Befriedigung mit sich. Nun laß uns beim Kaffee beraten, wie wir uns den Tag einteilen."

Es wurde beschlossen, der Vater solle allein zur Kirche gehen, Maria aber beim Mädchen bleiben und das Essen besorgen. Der Braten wurde einstweilen zurückgestellt; man behalf sich mit den Resten des gestrigen Tages. Nachmittags sollte Maria zum Gottesdienst gehen; der Besuch im Pfarrhaus aber sollte abgesagt werden. Es wurde Maria schwer, darauf zu verzichten. Es gab wieder einen kleinen Kampf, obwohl niemand es merkte.

Als der Vater in der Kirche war, ging Maria zu Mine und fragte, ob sie ihr eine Weihnachtspredigt vorlesen solle. Die faßte ihre Hand und sagte, sie streichelnd: „Das wäre mir schon recht, aber, liebstes Kind, wie wird es mit dem Weihnachtsbraten?" Maria versicherte lachend, sie und der Vater hätten reichlich zu essen.

„Ja, und die Uhr, die Uhr", stöhnte Mine, „ich glaube, sie ist schuld, daß ich hier liege; mir war ja freilich schon schlecht, aber der Schreck ist mir in die Glieder gefahren." Maria tröstete sie damit, daß der Vater nach dem Fest alles tun wolle, die Uhr wieder zu bekommen, sie solle sich nicht weiter grämen, damit sie bald gesund werde. Dann setzte sie sich zu der Kranken und las ihr eine Predigt über das Weihnachtsevangelium vor. Es war eine sonntägliche Ruhe in dem sauberen kleinen Zimmer des Mädchens. Mine hatte es sich tags zuvor mit Tannenzweigen geschmückt, wie sie zu Weihnachten immer zu tun pflegte, auf der Kommode hatte sie ihre Geschenke ausgelegt.

„Nun, meine kleine Haushälterin, ist das Essen fertig?“ fragte der Vater, als Maria ihn in zierlicher, weißer Schürze nach der Kirche begrüßte.

„Alles fertig, Vater, du mußt aber schon vorliebnehmen.“

„Ich werde streng prüfen, ob mir die Haushälterin für später einmal zusagen wird.“ So scherzend setzte er sich zu Tische und erzählte dabei, daß man im Pfarrhause lebhaft bedauere, auf Marias Besuch verzichten zu müssen, obwohl man vollkommen einsehe, daß es unter diesen Umständen unmöglich sei.

Es war Nachmittag. Maria stand oben in ihrem Stübchen und machte sich zum Gottesdienst zurecht. Da klopfte jemand an ihre Tür. Als sie öffnete, stand ein junges Mädchen in einfachem Sonntagskleid draußen.

„Johanna“, rief Maria überrascht, „woher weißt du, daß wir hier wohnen, und daß ich gerade hier mein Zimmer habe?“

„Mine, bei der ich war, hat mich hinaufgeschickt. Ich hörte heute morgen im Pfarrhaus, daß sie krank sei; Fräulein Eva bedauerte, daß du der Einladung nicht folgen kannst. Nun wollte ich sagen, daß ich bei Mine bleiben will und möchte dich bitten, mit deinem Vater ins Pfarrhaus zu gehen; ich will schon alles gut besorgen."

Und Marias Vater meinte, er habe nichts dagegen. Johanna sei ein verständiges Mädchen, der man das Haus wohl anvertrauen könne. Groß war die Freude bei jung und alt, als Vater und Tochter nach dem Gottesdienst unerwartet kamen. Sie verlebten bei den Freunden Stunden herzlicher Gemeinschaft. Maria war fröhlich mit Eva und ihren Geschwistern, und als am Abend der Christbaum angezündet wurde, da sang groß und klein und freute sich am Lichterglanz.

Johanna begrüßte abends Vater und Tochter mit der Nachricht, daß es Mine viel besser gehe, sie wolle durchaus morgen aufstehen. Aber sie, Johanna, würde kommen und alle Arbeit für Mine tun, damit sie sich schone. Maria wollte es nicht annehmen, aber Johanna bestand darauf, und es blieb dabei.

Von Lisa hatte Maria noch gar nichts gehört. Gewiß hatte sie vor all dem Schönen, was sie erlebt hatte, noch keine Zeit gefunden, Maria zu besuchen. Aber am zweiten Feiertag kam sie und bat noch einmal dringend um Marias Besuch am Nachmittag.

Lisa hatte Weihnachten freilich anders gefeiert als Maria. Bei ihr war nicht das wertvollste Geschenk verschwunden; niemand war krank geworden, und wenn auch, es wäre reichlich Ersatz dagewesen. Lisa hätte nicht nötig gehabt, deshalb einen Finger zu rühren. Die Mutter hätte es freilich gern gesehen, wenn Lisa sich der kleinen Geschwister am Nachmittag vor der Bescherung angenommen hätte. Aber Lisa scheute jede Mühe; sie beschäftigte sich mit den Kleinen höchstens, wenn es ihr gerade einmal Vergnügen machte. Sie dachte nur an den Besuch, der heute eintreffen sollte. Die verwitwete Schwester ihres Vaters, die in einer entfernten Stadt lebte, hatte den Wunsch, das Weihnachtsfest im Familienkreis des Bruders zu feiern und zugleich eine geschäftliche Angelegenheit mit ihm zu erledigen. So hatte sie sich zum Fest angemeldet, und Lisa, die als Pate von Tante Lotte Helm schon viel Güte von ihr erfahren hatte, war sehr begierig, ihre Bekanntschaft zu machen.

„Sie ist ganz anders als meine Schwester, die Tante Josephine", hatte die Mutter gesagt. „Sie ist ernster und lebt am liebsten für sich allein." Wie dem auch sei, die Tante hatte sie immer sehr reich beschenkt ... was würde sie wohl alles mitbringen, wenn sie nun selbst erschien!

Lisa durfte sie vom Bahnhof abholen. Die Tante, eine kleine Dame, freute sich sehr, Lisa zu sehen. Sie wunderte sich über das große Mädchen und erzählte ihm, daß sie es zuletzt als dreijähriges Kind gekannt habe. Damals war Lisa noch einziges Kind gewesen; wie strahlte die Tante, als ihr eine ganze Kinderschar im Hausflur entgegenkam. „Das wird ja ein fröhliches Weihnachten geben, wie ich's lang nicht erlebt habe", meinte sie. Als Lisa sie oben in das Gastzimmer geleitete, sah die Tante sie noch einmal von oben bis unten an und sagte: „Ein großes Mädchen! Du bist gewiß der Mutter eine rechte Hilfe bei den vielen kleinen Geschwistern."

Lisa wurde rot und antwortete nichts; sie dachte wohl daran, daß sie es eigentlich sein müßte, und schämte sich in diesem Augenblick doch ein wenig, daß sie es nicht war.

Jetzt kamen zwei kleine Mädchen angetrippelt, blieben an der offenen Tür stehen und schauten ins Zimmer, um auch die fremde Tante kennenzulernen. „Fort mit euch, ihr habt hier nichts zu gukken", rief Lisa in nicht eben freundlichem Ton, schob die Kleinen beiseite und schloß die Tür.

„Warum das?" fragte die Tante befremdet. Lisa, die eigentlich hatte zeigen wollen, daß die Kleinen Respekt vor ihr hatten, antwortete: „Sie müssen bei ihrem Fräulein bleiben."

„Das sehe ich nicht ein", sagte die Tante, „wenn sie Tante Lotte kennenlernen wollen, sollen sie auch hereinkommen." Sie öffnete die Tür und winkte den Kleinen, die schon davonliefen. Wie dankbar sahen sie die gute Tante an, die ihnen gestattete, in ihr Zimmer zu kommen. „Wir wollen doch einmal sehen, ob die Tante eine Tüte von der Reise mitgebracht hat." Mit diesen Worten ging sie an den Koffer, holte eine große Tüte mit allerlei guten Sachen heraus, gab sie der Größten und sagte: „Laßt euch das gut schmecken und teilt es mit den Geschwistern." Die Kleinen liefen hocherfreut davon.

Nun kam die Tante auf sie zu. „Lisa", sagte sie und legte beide Hände auf ihre Schultern, „ich meine, die Eltern schrieben mir, du würdest in diesem Jahre konfirmiert. Du bist eine Konfirmandin und lebst in einer ernsten, wichtigen Zeit. Denkst du auch daran?"

„Ja, ich bin viel mit Maria zusammen."

„Wer ist Maria? Ich meine dich, kleine Lisa."

Lisa schwieg. Die Tante nahm aus ihrem Koffer ein kleines Büchlein, in Schwarz gebunden, und gab es Lisa. „Die Kleinen haben eine Tüte bekommen, so sollst du auch etwas haben. Dies hat mehr Wert als die Tüte; Gottes Wort ist darin enthalten. Es sind kurze Betrachtungen auf jeden Tag des Jahres. Lies jeden Morgen darin, dann bekommst du gute Gedanken für den Tag. So wie wir immer sorgen, daß der Leib seine Nahrung hat und gehegt und gepflegt wird, so sollen wir täglich daran denken, die Seele zu nähren mit dem Brot des Lebens, damit sie nicht verkümmert."

Lisa, die bei den Worten der Tante ganz ernst und nachdenklich geworden war, nahm mit vielem Dank das Buch in Empfang. Die Tante gab ihr einen herzlichen Kuß und sagte: „Nun lauf, ich komme bald nach, will mich nur noch ein wenig einrichten."

Die Worte der Tante waren wieder ein Mahnruf an Lisa. Aber sie hatte einen leichten Sinn, das Vergnügen, das Genießen all des Schönen, das die Welt bot, standen ihr höher, als die unvergänglichen Schätze des ewigen Lebens.

Am Heiligen Abend fand sie alles auf ihrem Tisch, was die Liebe reicher Eltern zu geben vermochte, aber ob sie wohl innerlich so glücklich und froh war wie Maria? Schon am ersten Feiertag, als sie, wie die Mädchen zu tun pflegen, hier und da bei Freundinnen hereingeschaut hatte, um die Geschenke zu sehen und mit den ihrigen zu vergleichen, regte sich in ihrem Herzen Mißmut, daß sie dies und jenes, was andere hatten, nicht auch bekommen habe, Neid, daß Marthas Kleid kostbarer war als das ihre, und als gar Alma stolz auf eine Uhr zeigte, hatte sie Lust, mit den Eltern zu hadern, daß sie nicht auch daran gedacht hatten. Doch sie wollte nichts sagen, zur Konfirmation würde dies Geschenk natürlich nicht ausbleiben.

Als nun Maria am Nachmittag des zweiten Feiertags kam, da prahlte Lisa dem bescheidenen Mädchen gegenüber mit den schönen Sachen, die sie bekommen hatte. Maria bewunderte aufrichtig alles, was Lisa Schönes hatte, aber in ihrem zufriedenen Herzen regte sich nichts von Neid oder Mißgunst. Sie war dankbar, daß sie in den schönen großen Saal hinein durfte und freute sich auf den Abend, an dem die beiden großen Christbäume, die bis an die Decke reichten, angezündet werden sollten. Es war auch ein imposanter Anblick, als der Saal im Lichterglanz strahlte, und als die fremde Tante vorschlug, es müßten Weihnachtslieder gesungen werden, da strahlten Marias Augen ebenso hell wie die Lichter am Baum, und sie sang aus vollem Herzen mit. Später beteiligte sie sich an dem Jubel der kleineren Geschwister und beschäftigte sich dauernd mit ihnen, so daß auch Lisa allmählich fand, es sei ganz unterhaltend. Tante Lotte aber bemerkte in der Stille, daß Marias Art alles belebte, daß sie es war, die durch ihre witzigen Einfälle dem ganzen Spiel Reiz verlieh, und die Eltern freuten sich mit an der Fröhlichkeit ihrer Kinder.

Als Maria abends nach Hause kam, war sie sehr glücklich, daß Mine wieder aufgestanden war; morgen, sagte sie, werde sie ihre gewohnte Arbeit wieder aufnehmen. Maria dankte Johanna für ihre treue Hilfe. Diese wehrte allen Dank ab mit dem Bemerken, daß sie ja viel mehr zu danken habe, ja, daß sie die große Dankesschuld nie mehr würde abtragen können.

Und doch sollte es gerade Johanna sein, die der Familie einen großen Dienst erwies.

Die Uhr

„Die Tante zieht nun ganz her“, brachte Lisa nach einigen Tagen als Neuigkeit zu Maria. „Sie will unser kleines Haus bewohnen, ihren eigenen Haushalt führen und kann uns besuchen, so oft sie will.“

„Habt ihr denn noch ein kleines Haus?“ fragte Maria verwundert. „Freilich, du mußt es doch gesehen haben“, meinte Lisa, „es liegt zwar ganz versteckt hinter den großen Bäumen unseres Parks, man kann aber durch ihn dorthin gelangen, obwohl die Vorderseite nach der Rosenstraße hin liegt; ein Pförtchen verbindet den Garten des Hauses mit dem unsern.“

„War es denn vorher bewohnt?“

„In den letzten Jahren nicht, aber früher, ehe Vater dieses Haus bauen ließ, haben wir darin gewohnt, obwohl es der Tante durch Erbschaft gehört. Nun, da der Onkel gestorben ist, kann ja Tante wohnen, wo sie will; ihr einziger Sohn, mein Vetter Erich, hat sich ein Gut gekauft, weit von dem Ort, an dem sie jetzt lebt; da sie keine näheren Verwandten dort hat, will sie hierherziehen. Es ist alles noch sehr gut erhalten, nur einige Zimmer müssen neu tapeziert werden. Findest du das nicht reizend?“

„Ja, sehr fein“, stimmte Maria bei, „ich habe deine Tante zwar erst einmal gesehen, aber sie scheint sehr gut zu sein.“

„Sie ist sehr fromm“, versicherte Lisa eifrig. „Sie

redet immer so schön zu mir und hat mir das hübsche Buch geschenkt, das ich dir Weihnachten zeigte; ich lese jeden Morgen darin."

„Das ist schön", sagte Maria erfreut, „ich lese auch jeden Morgen Gottes Wort; Vater sagt: ohne das soll man den Tag nie anfangen, auch nicht ohne Gebet, sonst haben wir keine Lust und auch keine Kraft, in Gottes Wegen zu wandeln." Die Mädchen schwiegen eine Weile, plötzlich sagte Lisa, deren Gedanken noch immer mit dem Umzug der Tante beschäftigt waren: „Meine Tante hatte sogar schon ein Mädchen eingestellt, obgleich sie Ostern erst herzieht."

„Wie schade", sagte Maria, „wenn ich es früher gewußt hätte, würde ich Johanna vorgeschlagen haben, sie sucht zu Ostern einen Dienst."

„Auf eine Anzeige in der Zeitung haben sich viele gemeldet, und Tante hat eine, die ihr am besten gefallen hat, ausgesucht, damit sie, wenn Ostern kommt, keine Arbeit mehr damit hat. Morgen reist Tante übrigens schon wieder ab."

Wer war nun das Mädchen, das die Tante genommen hatte? Die Mutter wohnte mit Johannas Eltern in einem Hause; nicht hoch oben, sondern im Parterre. Wenn man allerdings in die Wohnung trat, konnte man wenig Freude haben; es sah wüst und unordentlich darin aus; man hätte denken können, es gäbe keine Besen, Wischtücher und kein Wasser. Und doch machte das junge Mädchen einen ordentlichen Eindruck, so daß es auf den ersten Blick gefallen mußte. Es war sauber gekleidet und hielt auf sich, die Umgebung interessierte sie nicht, das war der Mutter Sache.

Die Mutter aber hatte keine Zeit, sich viel um die Ordnung im Haushalt zu kümmern. Sie ging in die Häuser waschen; am liebsten aber trieb sie sich auf der Straße umher und schwatzte. Sie verstand auch das Betteln. Das war bequemer, als wenn sie auf Arbeit ging, denn das Arbeiten machte Mühe und das Betteln brachte oft noch mehr ein. Außer der erwachsenen Tochter hatte sie einen Sohn, der in der Fremde gewesen und zu Weihnachten heimgekehrt war. Er war Maurer, hatte jetzt in der Stadt Arbeit gefunden und hielt sich bei der Mutter auf. Von einem rechtschaffenen Wandel wußte die Familie nichts, sie lebte dahin ohne Gott. Die Tochter Elsa hatte schon verschiedene Stellungen gehabt. Sie war klug und geschickt und hatte mancherlei gelernt.

Da sie recht hübsch aussah und sauber gekleidet war, so gefiel sie, und mit ihren Leistungen war man zufrieden. Sie hatte zuletzt in einem großen Haus mit vielen Dienstboten gearbeitet. Da konnte auf den Einzelnen nicht so geachtet werden. Wurde einmal genascht oder fehlten Kleinigkeiten, so wurde es von einem auf den andern geschoben, und Elsa stand immer rein da. Die letzte Herrschaft wechselte den Wohnort, da zog Elsa es vor, in der Heimat zu bleiben und sich erst einmal gründlich auszuruhen. Zu Ostern würde sie ja, wie sie meinte, schnell eine Stellung finden. Und recht hatte sie. Noch vor Neujahr wurde sie von einer Dame, welche Ostern hierherziehen wollte, als einziges Mädchen eingestellt.

Sie saß also in ihrer Wohnung am Tisch, es war etwa Mitte Januar, und hatte ein kleines Kästchen vor sich stehen, das in weißes Seidenpapier eingewickelt war. Sie nahm es aus dem Papier, öffnete es behutsam und sah hinein. Ihre Augen funkelten. Es war lange ihr Wunsch gewesen, eine Uhr zu besitzen; nun war dieser Wunsch erfüllt. Ihr Bruder hatte ihr das Kästchen am Heiligen Abend mitgebracht. Sie wußte wohl, wie er dazu gekommen war, er hatte es ihr unter Lachen erzählt. Nun, er hatte es ja zu verantworten, daß es nicht mit rechten Dingen zugegangen war. Sie nahm die Uhr heraus. Es war sicher ein wertvolles Familienstück, beim nächsten Ausgang wollte sie sich damit schmücken. Sie hing sich die Uhr, die an einem einfachen, schwarzen Seidenband befestigt war, um und sagte:

„Nun fehlt nur noch eine schöne Kette dazu."

In diesem Augenblick klopfte es, und ehe sie die Uhr weglegen konnte, stand Johanna vor ihr. Als gemeinsame Bewohnerinnen eines Hauses hatte sie irgend etwas zu fragen, sonst verkehrten sie nicht miteinander.

„Was haben Sie denn da, Elsa, ich glaube gar eine Uhr, und noch dazu eine goldene, wie kommen Sie denn dazu?"

„Die hat mir mein Bruder von der Reise mitgebracht; möchten Sie nicht auch einen solchen Bruder haben?“

„Ich möchte gar keine Uhr haben“, erwiderte Johanna und ging gleichgültig davon.

Als sie später der Mutter erzählte, daß Elsa mit einer goldenen Uhr vor dem Spiegel gestanden habe, rief sie sogleich: „Kind! Es wird doch nicht Marias Uhr sein. Weißt du nicht, wie Mine uns erzählte, daß die Uhr am Heiligen Abend verschwunden sei und daß sich der Herr Doktor im stillen darum grämte? Am Heiligen Abend ist gerade der Bruder aus der Fremde gekommen, und die Nachbarn haben der Mine erzählt, es sei ein Handwerksbursche in der Landhausstraße gesehen worden; es hätte ihn aber niemand näher beschreiben können.“

„Mutter, das wäre ja schlimm.“

„Liebes Kind“, sagte Frau Roß, „du weißt, daß die Bewohner des Unterstockes ein weites Gewissen haben; wir haben die Beweise. Die Sache können wir nicht auf sich ruhen lassen, wir müssen es der Mine noch heute sagen, sonst wird die Uhr verkauft.“

„Nein, Mutter, das tut Elsa nicht. Du weißt, sie ist sehr eitel und schmückt sich gern; sie wird bei ihren Freundinnen damit großtun. Aber der Mine müssen wir es natürlich sagen.“

Johanna traf Mine allein zu Haus. Als das Mädchen ihren Bericht angehört hatte, rief sie erschrokken und erfreut zugleich: „Das könnte die Uhr sein." Johanna beschrieb die Uhr näher, so wie sie sich nach flüchtigem Sehen erinnern konnte, es bestätigte nur Mines Vermutung. „Wir sagen Doktor Ruben vorläufig nichts davon", meinte Mine, „es würde ihn nur unnötig aufregen. Ich will doch sehen, ob ich die Uhr nicht ohne die Polizei wiederbekomme."

Gesagt, getan. Als Mine abends ihre häusliche Arbeit erledigt hatte, ging sie zu Frau Roß. Man überlegte hin und her, wie die Sache wohl am besten anzufassen wäre. Endlich war ein Entschluß gefaßt.

Nach einigen Tagen kam Johanna zu Mine und sagte, daß Elsa abends ausgehen würde. Mine war sofort bereit mitzugehen, und als die beiden das Haus betraten, erschienen sie gerade im richtigen Augenblick, denn eben kam Elsas Mutter aus der Stube mit den Worten: „Nun, Johanna, wollen Sie nicht einmal sehen, wie schön sich meine Elsa gemacht hat?"

Johanna war natürlich gern bereit. „Kommen Sie nur auch mit herein", sagte die Frau und winkte Mine. Da stand Elsa mitten in der Stube und schaute wohlgefällig an sich herunter. Das hellblaue Kleid mit den Atlasschleifen stand ihr gar zu gut und auf dem Tisch stand das offene Kästchen mit der Uhr, die Elsa eben herausnehmen und umhängen wollte. Mine war mit mißtrauischen Blicken an den Tisch getreten, die Augen fest auf die Uhr gerichtet. Gerade als Elsa die Hand danach ausstreckte, griff sie energisch zu. „Weiß Gott, die Uhr meiner seligen Frau! Schämen Sie sich nicht, gestohlenes Gut umzuhängen!“

Elsa wollte Mine die Uhr entreißen. „Was fällt Ihnen ein“, sagte sie und wurde dunkelrot, „mein Bruder hat mir die Uhr zu Weihnachten geschenkt.“

„Die er bei uns entwendet hat! Seien Sie ja ruhig, die Uhr bekommen Sie nicht wieder, Sie können froh sein, wenn wir Ihnen die Polizei nicht auf den Hals schicken.“ Mit diesen Worten ging Mine hinaus, Johanna folgte ihr, Mutter und Tochter blieben wie angewurzelt stehen. Endlich machte Elsa ihrem Ärger Luft. „Warum läßt du die dumme Frau hier herein, Mutter, nun haben wir das Nachsehen.“

Mine war mit ihrer Beute nach oben gegangen, wo Frau Roß mit Spannung auf sie harrte.

„Ich habe die Uhr“, rief sie jubelnd, „wie wird sich der Doktor freuen!“

Im Häuschen aber gab es abends große Freude. Doktor Ruben drückte immer wieder der alten treuen Mine die Hände und versicherte ihr, es sei das größte Geschenk, das man ihm hätte machen können. Maria war natürlich auch sehr glücklich; sie versprach dem Vater, die Uhr in Ehren zu halten und sich durch sie immer mahnen zu lassen, wie flüchtig die Zeit sei und wie sie keine Stunde dürfe ungenützt vorübergehen lassen.

Als Elsas Bruder kam und von dem Auftritt hörte, wurde er zornig. „Hab’ ich dir nicht gesagt, du dumme Gans“, fuhr er die Schwester an, „die Uhr niemand sehen zu lassen? Du weißt recht gut, daß ich sie nicht gekauft habe. Mußtest du sie denn den Leuten da oben zeigen? Ich werde mich hüten, dir wieder etwas mitzubringen.“

„Wie gewonnen, so zerronnen“, sagte Elsa lachend. „Sei nur froh, daß es so abgegangen ist; wir hätten auch noch die Polizei auf den Hals kriegen können.“

„Das kann noch kommen“, sagte der Maurer, warf die Mütze in die Ecke und sagte, er ginge nicht mit, er hätte alle Lust verloren. So ging Elsa allein mit einem Bekannten, der sie abholte. Als sie wiederkam, war der Bruder auf und davon, und die Mutter erklärte, sie würde sich auch eine andere Wohnung suchen; bei solchen Leuten, die alles belauerten, wolle sie nicht wohnen.

Der Abschied von der Schule

Auf Maria hatte diese Geschichte einen tiefen Eindruck gemacht. Sie mußte immer wieder an das junge Mädchen denken, das sie zwar nie gesehen hatte, für das sie aber große Teilnahme empfand. So jung und schon eine Diebin!

„Aber sie ist ja eigentlich gar nicht die Diebin, der Bruder hat die Uhr gestohlen und ihr geschenkt, so kann man es ihr doch nicht so hoch anrechnen", meinte sie zum Vater.

„Sie hat aber von dem Diebstahl gewußt, hat das gestohlene Gut an sich genommen und getragen, ist also ebenso schlecht wie der Bruder", sagte der Vater ernst. „Aber wir dürfen die beklagenswerten Menschen nicht verachten, sondern müssen vielmehr Gott bitten, daß er ihre Herzen ändere, damit sie ihr Unrecht bereuen und sich bessern. Wir selbst aber sollen uns um so mehr prüfen, wie wir vor Gottes Augen dastehen, denn du weißt, mein Kind, nicht nur die äußere grobe Verletzung des siebenten Gebotes ist in Gottes Augen Sünde, nein, jegliche Untreue, sie sei klein oder groß, jeder Betrug, jedes Verhehlen ist eine Übertretung, und Gott der Herr, dessen Augen alles durchdringen, richtet anders als wir Menschen."

Maria nickte zustimmend. Sie hatte angefangen, bei allem, was sie tat oder dachte, sich ernstlich zu prüfen. Jetzt lernte sie, daß sie auch den Erlöser nötig hatte, der auch sie teuer erkauft hatte, nicht mit Gold oder Silber, sondern mit seinem heiligen, teuren Blute und mit seinem unschuldigen Leiden und Sterben, auf daß auch sie sein eigen sei und ihm diene. Und als ihr dann in den Stunden, die vom Sakrament der heiligen Taufe handelten, aufs neue die Versicherung gegeben wurde, daß auch sie in der heiligen Taufe als sein Kind und Erbe angenommen sei, und daß nun die Stunde nahe, in welcher der Taufbund bestätigt werden und sie selbst sich dem geloben solle, der sie, bevor sie denken und reden konnte, zu seinem Kinde erkoren hatte, da erfüllte sie Freude und Friede.

Sie schloß sich immer mehr an ihren Vater an. Er freute sich des inneren Wachstums seines Kindes und bat Gott, sie zu segnen.

Auch die Gefährtinnen wurden stiller und ernster, je mehr die Konfirmandenstunden sich ihrem Ende nahten. Pfarrer Berg verstand es so gut, sie von der Wichtigkeit des Tages zu überzeugen.

Es gab auch in der Schule ernste Stunden. Die Klasse rüstete sich zum Abschied von den ihnen seit zehn Jahren lieb und vertraut gewordenen Räumen; zum Abschied von den Lehrern und Lehrerinnen, die alle mit Treue an ihnen gearbeitet hatten, denen sie so viel verdankten; zum Abschied endlich voneinander, denn nach der Konfirmation würden sich ihre Wege trennen. Die eine ging hierhin, die andere dorthin.

Still und in sich gekehrt kam Maria nach der letzten Schulstunde heim. Der Vater saß am offenen Schreibtisch. Er reichte ihr die Hand.

„Der Abschied von der Schule war wohl schwer, mein Kind, nun beginnt die Schule des Lebens.“

„Was wird nun aus mir, Vater, wir haben noch gar nicht darüber gesprochen; Fräulein Mosen fragte uns alle, ob wir einen Beruf wählen würden.“

„Was meinst du, Maria, soll ich dich hinausschikken in die Welt, damit du siehst, wie es draußen ist?“ Maria sah ihn erschrocken an. Der Vater lächelte und zog sie an sich. „Vorderhand, denke ich, bleiben wir zusammen. Du lernst bei Mine, die in allem erfahren ist, Kochen, Waschen, Plätten und was sonst zum Haushalt gehört. Du machst alle Arbeit gemeinsam mit ihr, aber dabei dürfen die geistigen Interessen nicht vernachlässigt werden. Ich selbst werde dir noch einige Privatstunden geben; vielleicht kann eine oder die andere deiner Schulfreundinnen, die hier am Ort bleiben, daran teilnehmen. Und zu den Sommerferien“ – er zeigte auf ein Fach seines Schreibtisches – „da gibt's ein Geheimnis.“ Maria, die schon immer gemerkt, daß in diesem Schubfach etwas Besonderes sein müßte, bat den Vater, ihr doch zu sagen, was es mit diesem Geheimnis auf sich habe. Der Vater schwieg eine Weile, dann sagte er: „Nun ja, die Vorfreude ist auch etwas wert, ich will es dir sagen: Ich habe vor, in den Sommerferien eine schöne Reise mit dir zu machen; du sollst etwas von der Welt und von Gottes schöner Natur kennenlernen. Zu diesem Zweck mußte ich sparen, in diesem Fach liegt das Sparbuch."

„O Vater", sagte Maria und sah ihn mit leuchtenden Augen an, „das habe ich mir lange gewünscht, ich werde mich alle Tage darauf freuen."

„Mein Töchterchen macht keine großen Gesellschaften mit, schafft sich nichts Unnötiges an, dafür kann ich ihr schon diese Freude machen."

Die alte Mine, die gerade hereingekommen war, um den Tisch zu decken, meinte dazu: „Da kann die Mine wohl den Abschied bekommen?"

„Behüte", sagte der Vater, „Mines Arbeit beginnt nun erst. Du sollst meine Tochter in allen Künsten des Haushalts unterrichten, damit sie einmal ein so braves, tüchtiges Mädchen wird, wie du es bist, und damit sie, wenn du einmal wieder krank bist, nicht nötig hat, Reste zu wärmen."

„Vor dem Krankwerden behüte mich der liebe Gott", brummte Mine. „Es ist kein schöner Zustand, wenn man daliegt und weiß, im Hause geht alles drunter und drüber."

Die Konfirmation

Der Konfirmationstag war angebrochen. Palmsonntag fiel in diesem Jahr spät, erst Mitte April. Es schien, als wollte der Frühling heute mit Macht durchbrechen. Alles in der Natur keimte und knospte; die Bäume waren zwar zum Teil noch kahl, aber sie standen da voller Saft und Kraft. Hier und da gab es schon grünende Büsche, und die ersten Frühlingsblumen grüßten und nickten im lauen Winde.

Auch in den Straßen der Stadt sah es festlich aus. Groß und klein schritt dem Gotteshaus zu. Und nun begannen von allen Türmen der Stadt die Glocken zu läuten. Klar und voll drangen die Klänge hinein in jedes Haus, in jedes Herz. Manchem, der seine Konfirmation längst vergessen hatte, wurde es weich ums Herz, wenn er sich erinnerte, wie auch ihm einst die Glocken feierlich geläutet hatten zu seinem Ehrentag.

Schon früh am Morgen war Maria erwacht mit dem Bewußtsein, daß heute etwas Großes geschehe. Sie betete zu Gott, daß er sie segnen wolle.

Für gewöhnlich machte sie das Haar allein, heute stand Mine schon bereit, um ihrem Liebling zu helfen, was sonst treue Mutterhände getan hätten. Dann wurde das schwarze Feiertagskleid mit einfacher weißer Krause am Hals angezogen. Als sie zum Vater kam, empfing er sie mit einem innigen Kuß. Bei der Morgenandacht sangen sie:

Hirte, nimm dein Schäflein an,
Haupt, mach es zu deinem Gliede,
Himmelsweg, zeig ihm die Bahn,
Friedefürst, sei du sein Friede,
Weinstock, hilf, daß diese Rebe
fest im Glauben an dir klebe.

Dann betete der Vater mit seinem Kinde.

Lisa holte Maria ab. Auch sie sah still aus, sie hatte die besten Vorsätze. Ihre Patentante hatte auch mit ihr gebetet, die Eltern fanden es am heutigen Tage ganz in Ordnung. Auch sie wünschten, daß ihr Kind auf rechter Bahn bleiben möchte. Die Mutter weinte, als Lisa abfuhr, es war ihr weich ums Herz.

Nun gingen sie beide nebeneinander, die Schulgefährtinnen, die so manchen Weg miteinander gemacht hatten. Nun waren sie beide auf dem Wege nach dem Gotteshause, wollten beide sich dem Herrn geloben für Zeit und Ewigkeit.

Unter Glockengeläute zog die Schar, mit ihrem Seelsorger an der Spitze, in die Kirche ein. Sie umstanden dichtgedrängt den mit Blumen und Palmen geschmückten Altar. Die Orgel brauste durch den Raum, und die Gemeinde stimmte an: „Komm, Heiliger Geist, Herr Gott." Dann begann der Pfarrer seine Konfirmationspredigt, die davon Zeugnis ablegte, wie lieb er die ihm anbefohlene Herde hatte, über den Text 1. Johannes 2, 28: „Und nun, Kindlein, bleibet bei ihm.“ Mit herzlichen Worten ermahnte er sie noch einmal, bei Jesu zu bleiben und die Gnadenmittel, die der Herr ihnen gegeben, fleißig zu gebrauchen.

„Aber wenn ihr fragt, wie können wir bei ihm bleiben, so antworte ich euch: durch uns selber nicht, aber durch ihn. Darum laßt euch dreierlei gesagt sein:

Erstens. Wir haben ihn im Worte. Wer sein Wort nicht braucht, bei dem ist's kein Wunder, daß er die erste Liebe verläßt. Aber, wer sein Wort braucht, der erfährt ja immer aufs neue von seiner Liebe und wird immer aufs neue von seiner Liebe gefesselt, daß er gern bei ihm bleibt.

Zum andern. Er hat nicht nur zu uns geredet, sondern wir dürfen auch zu ihm reden im Gebet. Wenn man zu ihm betet und es ihm sagt, daß man Kraft braucht, um bei ihm zu bleiben, dann hilft er auch, daß man bei ihm bleibt.

Und zum dritten. Er tritt uns auf das wunderbarste entgegen im heiligen Abendmahl. Da kehrt er selber bei uns ein, daß er in uns wirke, lebe und bleibe. Wer bei ihm bleiben will, der lasse ihn doch im Sakrament fleißig zu sich kommen, so wird er das Herz durchdringen und wir immer treuer bei ihm bleiben.

Dieses dreifältige Band hält uns. Wer sich mit

Wort, Gebet und Sakrament an den Heiland festbindet, der bleibet bei ihm, wie die Rebe am Weinstock, der wird einst als Gnadenlohn der Treue noch einmal das Wort zu hören bekommen, das euch heute zugerufen worden ist: Und nun, Kindlein, bleibet bei ihm, bei eurem Heiland auf ewig. Amen."

Nach dem Gebet mußten die Kinder selbst Zeugnis ablegen von ihrem Glauben, dann erfolgte die Einsegnung. Als der Pfarrer die Hand segnend auf sein Kind legte und Eva den Spruch gab: „Der verborgene Mensch des Herzens, unverrückt mit sanftem und stillem Geist; das ist köstlich vor Gott", da versagte dem teuren Mann fast die Stimme, so bewegt war er. Dann trat Maria vor den Altar. Der Pfarrer erhob seine Hand wieder, legte sie auf des Mädchens Kopf und sprach: „Eines aber ist not. Maria hat das gute Teil erwählet, das soll nicht von ihr genommen werden." Dann trat Lisa vor den Altar. Sie erhielt den Spruch: „Und wisset, daß ihr nicht mit vergänglichem Silber oder Gold erlöset seid von eurem eitlen Wandel nach väterlicher Weise, sondern mit dem Blute Christi, als eines unschuldigen und unbefleckten Lammes."

So bekam ein jedes einen Spruch mit auf den Lebensweg, ein Licht, das leuchten sollte auf dem Wege zur ewigen Heimat. Danach sang die Schar:

Jesu, geh voran
auf der Lebensbahn,
und wir wollen nicht verweilen,
dir getreulich nachzueilen.
Führ uns an der Hand
bis ins Vaterland.

Dann wurde das heilige Abendmahl ausgeteilt; die jungen Christen traten herzu, um zum erstenmal den Leib und das Blut unseres Heilandes zu empfangen. Unter Loben und Danken endete der Gottesdienst.

Maria und Lisa fuhren zurück. Sie reichten sich die Hände. „Lisa", sagte Maria, „wir wollen bei ihm bleiben, nicht wahr? Nichts soll uns von Jesu scheiden."

„Nein, nichts!" versicherte diese.

„Und wir wollen uns immer lieb behalten!"

„Natürlich, wie kannst du daran zweifeln?"

Maria war früher daheim als der Vater. Es war ihr recht. Sie hatte das Bedürfnis, jetzt allein zu sein. Sie eilte hinauf in ihr liebes Giebelstübchen. Dort kniete sie nieder, und was ihre Seele mit Gott gesprochen, wissen wir nicht, wir wissen nur, daß Friede und Freude aus ihrem Angesicht strahlten.

Der Vater schloß sie gerührt in seine Arme, kaum konnte er alles aussprechen, was er auf dem Herzen hatte.

Nun kam Mine mit ihrem Segenswunsch. Sie

hatte sich heimlich vorher von Pfarrer Berg Marias Einsegnungsspruch sagen lassen, ihn gekauft und einrahmen lassen. Das alte Mädchen hatte gerade das getroffen, was Maria die größte Freude machte. Der Vater überreichte ihr eine mit Goldschnitt verzierte Bibel. „Sie ist nicht neu, deine selige Mutter hat sie benutzt, um so lieber wird sie dir sein. Ihr Name steht darin, du sollst den deinen darunter schreiben, und nun: laß Gottes Wort nicht von deinem Munde und von deinem Herzen kommen; lese darin jeden Morgen und jeden Abend, nur so allein kannst du täglich den rechten Weg finden. Das halte fest, meine liebe Tochter."

Freunde des Vaters erschienen, um der Tochter ihre Segenswünsche auszusprechen, auch die Schulvorsteherin kam, um ihrer Schülerin ein Büchlein zu bringen, das sie an die Konfirmation erinnern sollte. Verwandte hatte Maria keine. Die Großeltern waren tot, der einzige Bruder des Vaters wahrscheinlich auch, man hatte wenigstens seit vielen Jahren nichts von ihm gehört; auch zwei Paten waren nicht mehr am Leben, eine Patin, Frau Pfarrer Berg, würde sie diesen Nachmittag sehen.

Etwa um drei Uhr machten sich Vater und Tochter auf den Weg. Sie gingen aber nicht gleich ins Pfarrhaus, sondern begaben sich zuerst zur Familie Roß, um Johanna eine Bibel zu bringen, die der Vater für sie gekauft hatte. Wie schmuck und festlich sah es in dem Dachstübchen aus! Der Fußboden war gescheuert, die Fenster blank, auf dem

Schrank stand ein frischer Strauß von Anemonen. Der Tisch war mit einem weißen Tuch bedeckt, darauf standen verschiedene Tassen, geblümte und buntfarbige, auch ein Kuchen prangte zur Feier des Tages darauf. Der Vater saß im Sonntagsrock am Fenster, die Mutter lief eilfertig hin und her, um den Kaffee zu besorgen. Johanna kam gerade mit ihren Freundinnen, zwei armen Mädchen, die sie eingeladen hatte. Wie stattlich sah Johanna aus in ihrem geschenkten Konfirmationskleid; noch schöner aber war der friedvolle Ausdruck und der Ernst auf ihrem Gesicht. Maria gab Johanna die Bibel, und Doktor Ruben sagte ihr einige herzliche Worte dazu. Sie dankte gerührt.

„Vater", sagte Frau Roß, „du wolltest zur Feier des Tages deine Harmonika holen, spiele doch das Lied, das du zum heutigen Tage eingeübt hast." Doktor Ruben und Maria wollten sich eigentlich nicht aufhalten, aber nun mußten sie sich doch ein Weilchen setzen, und als der Mann anfing zu spielen: „So nimm denn meine Hände und führe mich bis an mein selig Ende und ewiglich." – da fielen die jugendlichen Mädchenstimmen ein: „Ich mag allein nicht gehen, nicht einen Schritt, wo du wirst gehn und stehen, da nimm mich mit." Auch Maria sang das schöne Lied bis zu Ende, das mit seinen Worten und seiner Melodie so recht zu dem heutigen Tag paßte.

Im Pfarrhaus wurden Doktor Ruben und Maria schon erwartet. Nach der Begrüßung sagte die Patin, Frau Pfarrer Berg, zu Maria und Eva:

„Ich habe für euch beide das gleiche Geschenk", und nahm für jedes ein goldenes Kreuz aus einem Kästchen. „Meine lieben Kinder, laßt euch das Gold an die Treue mahnen, die ihr in allen Stücken zeigen sollt; das Kreuz aber sei das Zeichen eures Glaubens, es soll euch beständig an den gekreuzigten Heiland erinnern, dem ihr nachfolgen sollt, ihm auch das Kreuz nachzutragen, wenn es sein Wille ist."

„Das ist eine schöne Auslegung deines Geschenkes, Mutter", sagte der hinzutretende Pfarrer, „nun mußt du es den beiden jungen Mädchen selbst umhängen."

Nachdem dann die Familie im großen Wohnzimmer Kaffee getrunken hatte, gingen Eva und Maria Arm in Arm in den Garten. Sie verstanden sich gut und versprachen, einander treu zu bleiben, auch wenn sie nicht mehr zusammen sein würden. Eva kam nämlich in ein Lehrerinnenseminar, das ziemlich entfernt von der Heimat war. Sie gingen im Garten auf und ab, pflückten sich Veilchen, die es in großer Menge gab, und freuten sich des erwachenden Frühlings.

Dann rief der Vater Maria, um mit ihr auf den nahen Gottesacker zu gehen; Eva schloß sich ihnen an. Da lag das stille, mit Efeu umwachsene Grab der seligen Mutter. Die goldenen Buchstaben am Kreuz glänzten im Abendschein. „Selig sind, die reines Herzens sind, denn sie werden Gott schauen", Maria hatte es oft gelesen, der Vater hatte ihr erzählt von dem reinen, lauteren Sinn der Mutter, von dem Herzen ohne Falsch; heute war es Maria, als verstände sie den Spruch noch weit besser als sonst.

Sie standen da in stillem Gebet. „Werde deiner Mutter ähnlich“, sagte dann der Vater, und Maria antwortete: „Mit Gottes Hilfe, Vater.“

Dann wandten sie sich zum Gehen. Sie gingen zum Pfarrhaus zurück. Es war ein gesegnetes Beisammensein. Der Pfarrer erzählte allerlei aus seinem reichbewegten Leben, auch wurden viel Lieder gesungen. Dann machten sich Vater und Tochter auf den Heimweg.

„Welch schönes Familienleben herrscht im Pfarrhaus“, sagte Doktor Ruben. „Ein christlicher Geist durchweht es, mit fröhlichem Wesen wird die Arbeit getan, ein jeder steht an seinem Platz, die Kinder sind an Zucht und Gehorsam gewöhnt; es kann allen zum Vorbild dienen.“

Als Lisa nach der Konfirmation heimkam, ging sie ernst und nachdenklich in ihr Zimmer. Bald aber hieß es: „Komm schnell in den Saal, Lisa, dort ist für dich beschert.“ Ein reich mit Geschenken beladener Tisch stand dort, dazu waren mit der Post verschiedene Pakete gekommen, die noch nicht geöffnet waren. Auf dem Tisch lagen einige gute Bücher, Lisa sah flüchtig hinein und las die Widmungen. Dann griff sie nach einem Kästchen, das die Erfüllung eines längst gehegten Wunsches in sich barg, eine goldene Uhr mit Kette. Auch Broschen, Ringe, Armbänder waren unter den

Geschenken. Alles wurde genau und mit sichtlichem Wohlgefallen angesehen.

„O wie schön, Lisa", riefen die kleinen Geschwister. „Ich möchte auch konfirmiert werden", setzte eine der kleinen Schwestern hinzu.

„Lisa soll heute nicht an den Schmuck denken", sagte die Mutter. „Die vielen Verwandten und Freunde haben nur alle zeigen wollen, daß sie ihrer gedenken."

Nun trat die Patentante in den Saal. Tante Lotte war wirklich vor einigen Tagen in das alte Haus gezogen und hatte den Umzug beschleunigt, um den Konfirmationstag mit Lisa, die sie sehr liebhatte, zu verleben. Sie schloß sie in ihre Arme und sagte ihr herzliche Segenswünsche. „Ich kann dir nichts anderes wünschen, um nichts anderes bitten, als was Pfarrer Berg euch mit auf den Lebensweg gegeben hat: ‚Kindlein, bleibet bei ihm'. Ja, meine Lisa, es ist mein größter Wunsch, daß du bei dem bleibest, der dich nicht", sie zeigte auf die Schmucksachen, „mit vergänglichem Silber oder Gold erlöset hat, sondern mit seinem heiligen, teuren Blut." Das wußte Lisa, und sie wollte es auch beherzigen. Aber dennoch – die schönen Sachen glitzerten und glänzten, ein wenig Gefallen durfte sie schon daran haben.

Nun kamen Besuche, viele Freunde und Bekannte aus der Stadt, dann trafen die geladenen Gäste ein. Lisa mußte doch gefeiert werden, als älteste, nun erwachsene Tochter des Hauses! Ein auserlesenes

Festessen folgte. Lisa war heute der Mittelpunkt, ein wenig durfte sie sich schon darauf einbilden. Es schwirrte um sie her, nicht nur äußerlich, auch innerlich schwirrten die Gedanken, die geistlichen vermischten sich mit den weltlichen. So verging der Tag eigentlich, ohne daß sie zur inneren Sammlung kam. Sie vertröstete sich auf den Abend und erschrak über sich selbst, als sie vor dem Zubettgehen ihre Geschenke aufnahm und die verschiedenen Goldsachen prüfend in der Hand hielt, mit dem Gedanken, bei welcher Gelegenheit sie wohl diesen und jenen Schmuck tragen könnte.

Sie packte alles hastig weg und holte ihr Neues Testament, in dem täglich zu lesen sie sich ernstlich vorgenommen hatte. Aber wie müde war sie heute! Sie gähnte schon, bevor sie den Abschnitt zu Ende gelesen hatte. Nun, von morgen an sollte ein neues Leben beginnen. Mit diesem Gedanken schlief sie ein.

Die Heimsuchung

Sechs Wochen sind seit der Konfirmation vergangen. Wie schnell ist die Zeit dahingeeilt. Wie schmuck und freundlich liegt das uns bekannte Häuschen im Sonnenschein eines schönen Maientages. Maria, die größer und schlanker geworden ist, steht mit rosigem Gesicht in der offenen Haustür. Sie schaut auf die schönen Blumen, die von Schmetterlingen umschwebt werden, dann sieht sie hinauf zu den großen Akazienbäumen, deren weiße traubenartige Blüten sich gegen den blauen Himmel abheben, dann auf die Laube, die mit wildem Wein und blühendem Jelängerjelieber umrankt ist. „Mine", ruft sie ins Haus hinein, „ich glaube wirklich, wir könnten einmal draußen zu Mittag essen; es ist so schön in der grünen Laube."

„Mir soll's recht sein", ist die Antwort, und nun läuft das junge Mädchen eiligst, um alles zu besorgen, ehe der Vater heimkommt. Wie lieblich sieht sie aus in ihrem hellblauen Kattunkleid und der sauberen Wirtschaftsschürze, wie flink bringt sie das Tischtuch und die Servietten, wie zierlich ordnet sie den Mittagstisch, wie wohl steht ihr alles an! Sie ist bei der Mine in einer guten Schule. So sehr diese sonst ihrem Liebling alles Schwere aus dem Weg geräumt hatte, so streng ist sie jetzt in der Ausübung ihrer Pflicht, Maria im Kochen und in anderen Arbeiten des Haushaltes zu unterweisen. Wie glücklich ist Maria, wenn sie schon manchmal dem Vater das Mittagessen ganz allein zubereiten kann, wie wohl tut ihr ein Lob aus seinem Munde! Auch heute sieht man es den heißen Wangen an, daß sie in der Küche geschwitzt hat; sie wartet nun jeden Augenblick auf sein Kommen.

Jetzt läuft sie ihm entgegen, steckt ihren Arm durch den seinen und plaudert fröhlich mit ihm. Als er ins Haus will, nimmt sie ihm schnell die Bücher ab, zeigt auf die Laube und sagt: „Hier bleiben, Väterchen."

„Heute wird wohl im Freien gegessen. Da sollen wohl die Bienen und Schmetterlinge ihr Mahl mit uns halten?"

„Wir müssen doch den herrlichen Tag genießen", versetzte Maria, „du hast in der Schule genug Staub geschluckt, es wird dir wohltun, im Freien zu sitzen." Mit diesen Worten lief Maria mit den Büchern ins Haus, der Vater aber ging in die Laube und setzte sich gleich nieder. Der Weg hatte ihn angegriffen, er fühlte sich schon seit einigen Wochen nicht wie sonst. Als er nun aber in der schattigen Laube saß und seine jugendfrohe Tochter ihn bediente, vergaß er seine Schmerzen und freute sich ihres geschäftigen Treibens. Wie erinnerte sie ihn jetzt an seine verstorbene Frau! Der elastische Gang, das gleichmäßig fröhliche Wesen, die Bescheidenheit älteren Leuten gegenüber, vor allen Dingen aber darin, daß sie sich selbst vergaß, um andern zu dienen.

„Nein, Vater, ist es nicht reizend hier draußen, war es nicht ein guter Gedanke von mir?"

„Gewiß", war die Antwort. „Ich habe aber auch einen, der dir gefallen wird. Wie wär's, wenn wir heute nachmittag nach der Literaturstunde einen weiten Spaziergang machten?"

„Das wäre wundervoll", rief Maria, die nichts Schöneres kannte, als mit dem Vater durch Feld und Wald zu streifen. Er kannte jede Blume und jedes Gräschen, konnte ihr über alles Auskunft geben und sie so am besten in der Pflanzenkunde unterrichten.

Erst galt es nun fleißig zu sein. Nach Tisch mußte sie Mine beim Aufräumen in der Küche helfen, dann kamen Martha und Emmy, zwei frühere Mitschülerinnen, die an der Literaturstunde beim Vater teilnahmen. Auch Lisa, die mit den Eltern seit einigen Wochen in Karlsbad weilte, sollte diese Stunde mitnehmen. Überhaupt wünschte Frau Schwarz, daß der Verkehr mit Maria gepflegt würde. Sie hatte das junge Mädchen gern und wußte, daß sie einen guten Einfluß auf Lisa hatte. In einigen Tagen sollten sie von Karlsbad zurückkommen. Doktor Ruben hatte diese gemeinsamen Stunden veranlaßt, weil er nicht wollte, daß Maria, die Mutter und Geschwister entbehrte, ohne Freundinnen sein sollte. Wenn er auch von großen Gesellschaften und Tanzstunden nichts wissen wollte, so war er durchaus nicht gegen Geselligkeit. Im Gegenteil, er hielt eine einseitige Erziehung für falsch und wünschte, daß seine Maria harmlos fröhlich mit ihresgleichen verkehrte. Deshalb freute er sich, als bei Ankündigung seiner Stunden sich Eltern gemeldet hatten, von denen er wußte, daß sie ihren Töchtern eine einfache, aber gediegene Erziehung angedeihen ließen.

Kurz vor drei Uhr erschienen die Freundinnen. Sie wußten schon, wo Maria zu finden war, und eilten die Treppe hinauf ins Giebelstübchen. Dorthin zog sich Maria stets zurück, wenn sie in der Küche nichts mehr zu tun fand. „Maria, was machst du Schönes?“ riefen die Mädchen, als sie sie malend am Tisch fanden. „Wie reizend, wer bekommt das?“

„Es ist Lisas Konfirmationsspruch; sie soll ihn bei ihrer Rückkehr vorfinden.“

„Wie wunderhübsch hast du die Buchstaben gemalt und die Passionsblumen mit ihren feinen Blättern, die sich herumranken. Du konntest immer so hübsch zeichnen, nun wirst du uns auch im Malen übertreffen.“

„Ach nein“, sagte Maria errötend, „es ist noch fehlerhaft, doch ich muß zusammenräumen, es wird gleich drei schlagen, und ihr wißt, Vater ist pünktlich.“

„Die Stunden sind so interessant, daß ich gern zwei hintereinander hätte“, rief Emmy, und nachdem Maria ihre Malerei beiseite gelegt hatte, gingen die jungen Mädchen ins Studierzimmer, wo sie sich in die ältere deutsche Literaturgeschichte vertieften. Sie lasen zur Zeit den Parzival miteinander, dazu gab Doktor Ruben kurze Erläuterungen.

Nach der Stunde fragte er die jungen Mädchen, ob sie Lust hätten, sich an dem Spaziergang zu beteiligen, aber leider waren sie heute anderweitig beansprucht, so gingen Vater und Tochter allein. In der Umgebung der Stadt gab es bewaldete Höhen, dorthin lenkten sie ihre Schritte. Das lichte Maiengrün der Birken und Buchen hatte schon eine tiefere Färbung angenommen, doch hob es sich immer noch grell ab gegen die dunklen ernsten Tannen, die Sommer und Winter ewig grünen. Auf dem weichen Moosteppich unter den Bäumen gingen sie schweigend nebeneinander. Maria pflückte dann und wann ein Waldblümchen oder brach sich einen frischen Zweig von dem Waldgebüsch, das Knistern unterbrach die Stille.

„Vater“, sagte Maria mit besorgtem Blick, „ich glaube, du bist nicht wohl, du bist so schweigsam.“

„Ich habe etwas Schmerzen, mein Kind.“

„Wollen wir lieber umkehren?“

„Nein, im Gegenteil, ich hoffe, es wird durch den Spaziergang besser.“

Sie waren nun oben. Die Bäume lichteten sich, und man gewann eine freie Aussicht von der Höhe. Zu ihren Füßen lag die stolze Stadt mit ihren Türmen und dem Häusermeer, dann fiel der Blick auf den glitzernden Strom, der sich einem Silberfaden gleich durch lachende Felder und grüne Wiesen wand. Aus dem Wald tönte der Ruf des Kuckucks, dazwischen zirpten die Meisen, Amsel und Drossel sangen ihr Lied.

„Wie schön ist es hier, Vater, wollen wir uns ein wenig setzen?“ Sie ließen sich auf das weiche Moos nieder und waren ganz versunken in den schönen Anblick. Der Vater brach zuerst das Schweigen.

„Da unten liegt die große Stadt; wieviel Armut und Reichtum, Sorgen und Freuden, Leiden und Not, Arbeit und Gewirre birgt sie in ihren Mauern! Droben in lichter Höhe liegt Jerusalem, die hochgebaute Stadt mit ihren goldenen Gassen und den Perlentoren. Maria, wann werden wir dahin kommen, wo uns ewige Freude umgibt und wir unseres Heilandes Antlitz schauen!“

Maria drückte ihm still die Hand.

„So, nun wollen wir heimwärts gehen.“ Mit diesen Worten stand Doktor Ruben auf; Maria folgte seinem Beispiel und beide gingen miteinander langsam den Berg hinunter, immer wieder stehenbleibend und sich an der Aussicht erfreuend. „Das war ein schöner Spaziergang, Maria, nun wollen wir ausruhen“, sagte der Vater, als sie das Haus erreicht hatten. Er ließ sich erschöpft in den Lehnstuhl nieder. Maria strich ihm die Stirn: „Väterchen, es ist dir heute zuviel gewesen, ich sehe es dir an, deine Schmerzen sind nicht weg.“

„Du könntest mir heute abend eine Tasse starken Tee machen.“ Maria beeilte sich, seinen Wunsch zu befolgen, und war glücklich, als der Vater später versicherte, es habe ihm gut getan, nun werde schon alles wieder zurechtkommen.

Als Maria, seinetwegen besorgt, sich erbot, die

Nacht in seiner Nähe zu schlafen, lehnte er es entschieden ab und schickte Maria hinauf. Die Jugend läßt sich leicht beruhigen; mit dem Gedanken: morgen wird's schon besser sein, begab sie sich zur Ruhe. Es war mitten in der Nacht. Im Traum war ihr, als säße sie mit dem Vater wieder oben auf dem Berg. Plötzlich geriet der Berg ins Wanken, der Vater sprang auf und kam dem Abgrund zu nahe; er strauchelte; sie sprang zu, ihn zu halten –

da war's, als ob jemand sie am Arm rüttelte.

„Maria, Kind, du hast einen festen Schlaf, der Vater ist recht krank geworden, ich möchte zum Arzt."

Sie fuhr auf und rieb sich die Augen. Da stand die alte Mine vor ihrem Bett.

„Maria", sagte sie wieder, „du mußt aufstehen, ich muß zum Arzt."

Im Nu hatte sie sich die Kleider übergeworfen und ging mit Mine hinunter. Die hatte ihr in aller Eile mitgeteilt, daß sie es dem Herrn Doktor angemerkt, wie schlecht ihm sei; die Schmerzen hätten so zugenommen, daß sie ihm Umschläge gemacht habe. Dann sei er zu Bett gegangen, sie aber sei aufgeblieben und habe sich in die Studierstube gesetzt, um gleich bei der Hand zu sein. Der Vater habe viel gestöhnt, dann sei er still geworden, sie habe gemeint, er schlafe. Da habe sie sich auch zu Bett legen wollen, als sie plötzlich eifriges, unzusammenhängendes Sprechen gehört habe. Nun sei sie ins Schlafzimmer gegangen und habe gemerkt, daß der Vater starkes Fieber habe. Nachdem Mine dies erzählt, ging sie eiligst zum Arzt, während Maria leise ins Schlafzimmer trat. Sie konnte das Gesicht des Kranken sehen, es sah sehr bleich, fast erdfahl aus. Sie trat an das Bett, ergriff eine Hand, die sehr heiß war, und sagte: „Vater!"

„Anna, kommst du endlich, kühle mir den Brand." Er zeigte nach dem Kopf, Maria legte ihre eiskalte Hand auf die brennende Stirn, das schien den Kranken zu beruhigen. Aber daß er sie „Anna" genannt, bei dem Namen der Mutter, das war ihr kein gutes Zeichen. Der Vater schien das Bewußtsein verloren zu haben. Wenn doch erst der Doktor käme! Jetzt sprach er wieder unzusammenhängende Worte, das Herz wurde Maria zum Zerspringen schwer, sie konnte nur seufzen: „Herr, hilf uns."

Endlich hörte sie Tritte, die Haustüre wurde geöffnet, Mine ließ jemand herein mit den Worten: „Hier, Herr Doktor!"

Der alte Hausarzt, Dr. Stein, kam herein, dem keine Nacht zu schwarz, kein Weg zu weit war, wenn es galt, einen Kranken zu besuchen. Er sah Doktor Ruben aufmerksam an, fühlte den Puls und schüttelte den Kopf. Dann setzte er sich an das Bett des Kranken und beobachtete ihn genau. „Er hat hohes Fieber", sagte er zu Maria, „und braucht gute Pflege."

„Aber nicht wahr, Herr Doktor", antwortete sie zuversichtlich, „besser wird's doch bald mit dem Vater?"

„Wollen sehen, was sich tun läßt“, war die Antwort, und der Doktor wandte sich schnell ab. Er schrieb dann Rezepte und versprach, am Tage wiederzukommen. Er brachte dann am zweiten Tage noch einen Arzt mit, aber statt besser, wurde es schlimmer mit dem Vater, und dennoch lebte in Marias Herz die unumstößliche Gewißheit, daß nach allen schlimmen Tagen Besserung eintreten würde, und sie freute sich auf den Tag, an dem sie ihren lieben Vater wieder in den warmen Sonnenschein hinausbringen würde.

Es war am sechsten Tage nach der Erkrankung gegen Abend. Maria war nicht vom Krankenbett gewichen, weder Tag noch Nacht, unterstützt von der treuen Mine, die alles tat, was in ihren Kräften stand, um dem armen Herrn Linderung zu verschaffen. Maria saß im Lehnstuhl am Krankenbett und hatte, wie gewöhnlich, eine Hand des Kranken in der ihren. Sie sah bleich aus von aller Sorge und den Nachtwachen, aber was tat es, wenn sie nur den armen Vater nicht hätte so leiden sehen müssen. Er lag meistens still und unbeweglich; oder er redete im Fieber. Dann sprach er gewöhnlich mit seiner seligen Frau; es war eigen, Marias Namen hatte er noch gar nicht genannt.

Im Moment war etwas Ruhe eingetreten; die Augen waren, wie immer, geschlossen, da überkam sie plötzlich eine solche Müdigkeit, daß sie ihr Köpfchen zurücklehnte und einschlief. Wie lange sie geschlafen, wußte sie nicht, sie erwachte aber, als jemand klar und deutlich ihren Namen nannte. Die Augen des Vaters waren geöffnet, er streckte ihr matt die Hand hin und sagte wieder: „Maria!" Im Nu kniete sie vor seinem Bett, Tränen rollten über ihre Wangen und schluchzend rief sie: „Vater, lieber Vater, nun wirst du gesund?" Er machte eine abwehrende Bewegung, das Sprechen wurde ihm schwer; jeder erfahrene Mensch würde gleich gewußt haben, wie es stand. Marias Gesicht strahlte in Hoffnung. „Maria, eines ist not, vergiß es nicht. Gott – segne dich – mein teures Kind."

Diese Worte wurden in Absätzen gesprochen. Maria fühlte die Hand des Vaters auf ihrem Kopf, aber jetzt sank sie schlaff herunter, und als sie aufblickte, war plötzlich das Gesicht so verändert, daß sie einen Schrei ausstieß. „Vater, liebster Vater!" rief sie und warf sich über das Bett, „mein Vater, geh nicht von mir!"

Mine, die kurz zuvor eingetreten und Zeugin des Geschehens gewesen war, nahm sie sanft hinweg und brachte sie in die andere Stube. Dort sank Maria aufs Sofa und brach in bitterliches Weinen aus. Als Mine zu ihrem Herrn zurückkam, war er entschlafen. Sie drückte ihm in tiefer Wehmut die Augen zu und ging zu Maria, streichelte ihr die Wangen und das Haar und konnte nichts weiter sagen als: „Armes Kind."

Da öffnete sich die Tür. Pfarrer Berg trat ein. Er war jeden Tag gekommen, hatte aber den Kranken stets bewußtlos angetroffen, auch seine Frau war mehrere Male dagewesen und hatte sich erbeten, nachts zu wachen, aber Maria hatte jedesmal gesagt: „Wenn ich nicht mehr kann; jetzt kann ich noch, auch habe ich Mine zum Beistand."

Der Pfarrer ging auf Maria zu, faßte ihre Hand und sagte: „Du könntest noch die Eltern gebrauchen und stehst nun allein. Aber der gesagt hat: ‚Ich will dich nicht verlassen noch versäumen', der ist ein Vater der Waisen. Er wird seine Verheißungen an dir wahr machen."

Er schwieg eine Weile, weil er selbst mit innerer Bewegung zu kämpfen hatte, dann sich stark machend, nahm er sie bei der Hand und sagte: „Komm, nun wollen wir zu deinem Vater gehen." Sie betraten das Sterbezimmer. Da lag der Vater, sein Mund war auf ewig verstummt, aber ein himmlischer Friede lag auf den verklärten Zügen.

Er kniete mit Maria am Bett des Vaters nieder und empfahl sie der besonderen Hut Gottes. Er betete so ernst und zuversichtlich, daß Maria, gestärkt durch das Gebet ihres Seelsorgers, ruhiger wurde.

Da Frau Roß eben gekommen war, die mit Mine alles Nötige besorgen wollte, so nahm der Pfarrer Maria in sein Haus mit, da mußte sie den Abend und die Nacht bleiben. Willenlos ließ sich das Kind leiten, das nun weder Vater noch Mutter auf Erden hatte.

Wohin nun?

Obwohl Pfarrer Berg und seine Frau alles taten, um Maria Liebes zu tun, verlangte sie am anderen Morgen heim; sie fühlte, da war jetzt ihr Platz. Frau Berg begleitete sie. Als sie an das Häuschen kamen, war alles wie ehedem. Die Vöglein sangen in den Zweigen, die Blumen blühten und dufteten, die Sonne schien am blauen Himmel und die Akazienzweige beugten sich vor der Menge der Blüten; alles war wie sonst, nur Maria war todtraurig, denn das Liebste auf der Welt war ihr genommen. Sie brach einige von den weißen Blüten und trat mit ihrer Patin leise in das Haus, wo Mine ihren Liebling mit Tränen empfing.

Es war Maria alles wie ein Traum. Oft schien es ihr unmöglich zu denken, daß sie keinen Vater mehr habe, aber wenn sie den leeren Platz sah, wurde es ihr nur zu deutlich in Erinnerung gebracht. Es war ein Kommen und Gehen von Freunden und Bekannten. Ein jeder sprach dem armen Kind seine Teilnahme aus, jeder wollte trösten, und doch verstand es nur einer, ihr Herr und Heiland, der ihr in seinem Worte manche trostreiche Verheißung zurief.

An Blumen und Kränzen fehlte es nicht, für den, den alle so liebgehabt hatten. Wie mancher Arme, dem er in der Stille wohlgetan hatte, war schon im Häuschen gewesen und hatte ein paar Blumen, die

die Natur gerade jetzt in üppiger Fülle spendete, für den lieben Entschlafenen gebracht. Maria selbst schmückte sein Sterbebett mit den weißen Akazienblüten, über die er sich vor wenigen Tagen noch so gefreut hatte. Und als nun der schwerste Tag angebrochen war, da stand Maria wieder in ihrem schwarzen Konfirmationskleide, statt der weißen Krause schloß sich eine schwarze um den Hals; aber was war die äußere Trauer gegen das innere Herzweh! Zum letztenmal ging sie hinein in das stille Zimmer, um noch einen Blick auf das teure verklärte Antlitz zu werfen. „Vater", schluchzte sie, „hättest du mich doch mitgenommen, was soll ich ohne dich in der großen, weiten Welt." Da umschlangen sie die Arme der Freundinnen, die leise, ohne daß sie es gemerkt hatte, eingetreten waren. Eine Menge Mitschülerinnen der ersten Klasse brachten eine selbstgewundene Girlande von weißen Rosen und Lebensbaumzweigen. Sie sagten ihr Worte der Liebe und des Trostes zu. Sie alle wollten bei ihr bleiben und mit ihr gehen, wenn sie den schwersten Gang ihres Lebens tat.

Viele Menschen kamen an dem Tage: Maria hörte und sah nichts. Nur als der Pfarrer die Trauerrede hielt, horchte sie auf und behielt die Worte in ihrem Herzen. Er pries nicht den Edelmut und die Frömmigkeit des Mannes, sondern er pries Gottes Barmherzigkeit und Gnade, die sich an ihm verherrlicht hatte. Er bat Gott, daß er sich der verlassenen Waise annehmen und sie recht führen wolle, damit auch sie einst das vorgesteckte Ziel erreichen möge.

Am andern Tage war es still, ganz still. Ein feiner Regen rieselte hernieder und erfrischte die durch die Hitze der vorigen Tage verschmachteten Gräser und Blumen. Maria saß am Fenster der Blauen Stube in tiefes Sinnen verloren. Da kam Mine herein.

„Ja, gute Mine, nun laß dir zuerst danken für alles, was du getan hast. Du hast alles treulich besorgt, während ich mich nur dem Schmerz hingab."

„Das war so in Ordnung, aber nun müssen wir doch über das sprechen, was dir bisher ferngeblieben ist. Ich meine – die Geldangelegenheiten. Ich habe natürlich viel gebraucht in diesen Tagen; ein Freund des Vaters, Herr Behr, hat auch mancherlei besorgt, was noch nicht bezahlt ist. Weißt du vielleicht – hat der selige Vater dir etwas gesagt, wo er sein Geld aufbewahrt?" Da wurde es Maria auf einmal klar, daß sie nun nicht mehr das sorglose Kind des Vaters war und daß andere Pflichten auf sie warteten. Sie hatte alle Sorgen in diesen Tagen, wie immer, Mine überlassen, hatte nicht daran gedacht, wie Mine sonst alle Aufträge von ihrem Vater erhalten, aber auch von ihm das zum Wirtschaften nötige Geld. „Das das – Begräbnis hat wohl viel gekostet? Bringe mir die Rechnungen."

Die Alte ging davon und kam bald mit verschiedenen Papieren in der Hand zurück. Unterdes hatte

Maria den Schreibtisch des Vaters geöffnet, unwillkürlich schob sie ein Fach auf, darin lag ein Sparbuch und Geld.

Zu einer Ferienreise in die Schweiz war es bestimmt gewesen. Es durchfuhr Maria schmerzlich. Sie nahm das Geld und gab es Mine. „Bestreite damit alles, es wird reichen. O Mine!“ Wieder kamen die Tränen, und auch Mine schluchzte.

„Und das Traurigste ist“, brachte Mine weinend hervor, „daß wir beide uns trennen müssen.“

„Wir beide?“ sagte Maria, „du willst mich doch nicht verlassen, Mine, was soll dann aus mir werden!“ Das Kind hatte noch nicht daran gedacht, daß der Tod des Vaters auch große, äußere Veränderungen für sie mit sich bringen würde.

„Maria, denkst du denn, wir beide können immer in diesem Häuschen wohnen bleiben? Der Vater hat es in Miete gehabt, nun, da der Verdienst aufhört, haben wir kein Geld für die Miete und kein Geld für den Lebensunterhalt.“

Jetzt auf einmal fiel es Maria wie Schuppen von den Augen. Daran hatte sie bis jetzt gar nicht gedacht. Der Vater hatte stets für alles gesorgt, nun ward es ihr klar, daß es auch noch andere Sorgen gab, als die Trauer um ihn. „Da müssen wir also unser liebgewordenes Haus verlassen, den kleinen Garten mit allem Schönen darin. Aber wo soll ich denn hingehen? Und du, Mine, wo bleibst du? Kannst du nicht mit mir gehen?“

„Ich werde wohl zu meiner Schwester ziehen, die

einige Stunden von hier verheiratet ist; ich bin zu alt, um einen neuen Dienst anzunehmen."

„Aber wo soll ich denn nun bleiben, Mine, und wann müssen wir fort?"

„Ich weiß es auch nicht, ich denke aber bald. Pfarrer Berg wird uns gewiß über alles aufklären, wenn er kommt."

Wie schwer, wie bitter war das alles für Maria, aber sie hatte es in diesen Tagen gemerkt, welche Kraft vom Worte Gottes ausgeht. Wußte sie vor Traurigkeit nicht wohin, so nahm sie die Bibel zur Hand, in der sie gut Bescheid wußte.

So las sie auch jetzt, als Mine gegangen war, trostbedürftig ein Wort Gottes.

Und der Herr, der Vater der Witwen und Waisen, hatte auch hier schon Herzen und Häuser aufgetan. Während sie noch betete, traten Herr und Frau Pfarrer Berg ein und sagten ihr, sie wollten sie bei sich aufnehmen, bis es ihr möglich sei, für sich selbst zu sorgen. Daß sie ein wirkliches Opfer brachten, verschwiegen sie; sie hatten eine große Kinderschar, Eva kostete viel im Seminar; aber Maria war das Patenkind, sie wollten und konnten es nicht verlassen.

Eben wollte Maria nochmals danken, da wurde die Türe aufgerissen, Lisa stürzte herein. Sie eilte auf Maria zu und begrüßte sie mit herzlichen Worten. „Du arme Maria, wieviel Trauriges hast du erlebt, während ich so schöne Tage hatte. Nun sollst du es aber gut haben, du kommst zu uns, wirst meine

Schwester, die Eltern wollen es auch, du sollst alles mit mir teilen."

Gerade so bereitwillig, wie damals Lisa der Bettlerin alle ihre Sachen gab, wollte sie jetzt alles, was sie hatte, mit der Schulfreundin teilen. Sie wunderte sich nur, daß Maria nicht gleich bereit war, auf ihren Vorschlag einzugehen. Frau Pfarrer Berg sagte nun, daß sie auch gekommen seien, Maria bei sich aufzunehmen; sie wollten aber nicht fest darauf bestehen, vielleicht sei es besser, wenn Maria eine gleichaltrige Freundin neben sich hätte. Jedenfalls würden sie die Sache gründlich mit Lisas Eltern besprechen, schließlich aber müsse Maria selbst den Ausschlag geben.

Es wurde nun zwischen den Familien hin und her verhandelt und endgültig mit Marias Zustimmung entschieden, daß sie vorderhand bei Lisas Eltern bleiben sollte. Die waren reich und hatten ein wohlwollendes Herz für die Waise, während die braven Pfarrersleute viel zu tun hatten mit der eigenen Familie und nicht ohne Sorgen an einen Zuwachs denken konnten.

„Überdies", äußerte der Pfarrer zu seiner Frau, „wird Maria einen guten Einfluß auf Lisa ausüben; sie hat einen festen Charakter, während Lisa etwas oberflächlich ist."

„Aber kann nicht auf der anderen Seite das Leben in einem reichen Hause Maria Schaden zufügen, wird sie nicht vielleicht von Gottes Wegen abgezogen, ohne daß sie es merkt?"

Er entgegnete darauf, er hoffe, Herr und Frau Schwarz werden ihr nichts in den Weg legen, was ihr erschweren würde, ihrem Heiland treu zu bleiben; im Gegenteil, Frau Schwarz habe geäußert, sie wünsche, Lisa möchte Maria ähnlich werden.

Wie stand Maria selbst zu der Sache? Auf der einen Seite würde sie es vorgezogen haben, ins Pfarrhaus zu gehen. Aber Eva war fort; sie hatte keine Altersgenossin; auch lag das Pfarrhaus mitten in der Stadt, weit entfernt von dem stillen Häuschen, an dem ihr ganzes Herz hing. Ging sie zu Lisa, so konnte sie alle Tage einmal um die Ecke schauen und das Haus sehen, wie sie Mine gegenüber äußerte. Wie oft hatte sie sich in den Kinderjahren, wenn sie am Landhaus Schwarz vorüberging, gewünscht, dort wohnen zu können. Nun war die Erfüllung des Wunsches da, freilich anders, als sie gedacht. Sie hatte aber Lisa wirklich lieb und dachte sich das Zusammenleben mit ihr sehr schön; so hielt sie es für richtig, als ihr die Entscheidung überlassen wurde, bei Lisa und ihren Eltern zu bleiben. Herr Schwarz hatte sich bereit erklärt, die Sachen, die Maria von ihren Eltern geerbt, in einem leeren Raum seines Fabrikgebäudes unterzubringen. Bis Johanni konnte Maria mit Mine im Häuschen bleiben, bis dahin war die Miete bezahlt. In dieser Zeit wollte sie mit Hilfe des treuen Mädchens ihre Sachen ordnen. Der Pfarrer übernahm die Vormundschaft für Maria; es gab kein Vermögen zu verwalten, nur eine kleine Summe hatte der Vater bis jetzt für sein Kind ersparen können. Doch er hatte Maria das beste Erbteil hinterlassen; er hatte ihr eine christliche Erziehung gegeben und sie schon früh zum Heiland geführt, daß er sie segne und reich mache an Schätzen des ewigen Lebens.

Lisa

Wie hatte Lisa die Zeit der Konfirmation verbracht? Sie war nur acht Tage zu Hause gewesen, dann hatte sie mit den Eltern eine Badereise angetreten. Neben dem vielen, was nötig war, vergaß Lisa nicht, ihre Bibel mit in den Koffer zu legen, mit dem bestimmten Vorsatz, jeden Morgen und Abend darin zu lesen. Sie tat es auch anfangs, aber sie vergaß eines. Sie betete vorher nicht um den Heiligen Geist, daß er ihr helfe, das, was sie las, in ihr Herz aufzunehmen; dann wäre sie im Glauben gestärkt worden. So kam es, daß sie darüber hinaus, ja unter dem Lesen ganz andere Gedanken haben konnte, und wenn sie jemand fünf Minuten danach gefragt hätte: „Lisa, was hast du heute in der Bibel gelesen?", sie wäre verlegen geworden und hätte es nicht gewußt.

Sie hatte die verschiedensten Eindrücke auf der Reise. Sie sah schöne Gegenden und fremde Städte. Dann kamen sie nach Karlsbad. Es gab viel Umtrieb, bis sie endlich das Hotel erreicht hatten, wo der Vater alljährlich Wohnung zu nehmen pflegte. Wie vornehm war hier alles, wie behaglich die Zimmer, davon eins einen Balkon hatte, mit wundervoller Aussicht auf das Gebirge. Es wohnten viele Kurgäste hier, es ging treppauf, treppab, doch waren die Schritte gedämpft durch die Teppiche, mit denen die Treppen belegt waren. Sie waren sehr müde nach überstandener Reise und ließen sich ihr Abendessen aufs Zimmer bringen. Dann hielten sie noch einmal vom Balkon aus Rundschau und begaben sich zur Ruhe. Zur Linken des gemeinsamen Zimmers lag der Eltern Schlafzimmer, zur Rechten das ihre, ein freundlicher kleiner Raum. Hier konnte sie tun und treiben, was sie wollte. Als sie am andern Morgen erwachte, war heller Sonnenschein im Zimmer. Es war schon recht spät! Ob die Eltern noch schliefen? Es war alles ganz still. Während sie beim Ankleiden war, klopfte es. Ein sauberes Mädchen schaute herein und bestellte einen Gruß von Vater und Mutter, sie hätten sie heute ausschlafen lassen und seien deshalb allein zum Kurbrunnen gegangen, wann das Fräulein den Kaffee wünsche? Sie bestellte ihn sogleich, sie wäre in einigen Minuten fertig. Eben jetzt ertönte schöne Musik, es wurde ein Choral gespielt, der die Frühkonzerte am Brunnen einleitete. Wie klang das: „Lobe den Herren, den mächtigen König der Ehren“ so feierlich durch die Luft. Lisa hatte bei all dem Neuen, das sie umgab, gar nicht an ihre Bibel gedacht. Durch diesen Choral wurde sie daran erinnert. Sie griff nach der Bibel und las den Abschnitt des Tages. Es war der 86. Psalm. Alles war still um sie her, niemand störte sie, doch fehlte die innere Sammlung, die durch ein stilles Gebet zuvor geschenkt wird. Sie las: „Weise mir, Herr, deinen Weg, daß ich wandle in deiner Wahrheit; erhalte mein Herz bei dem einen, daß ich deinen

Namen fürchte." Wenn sie sich diesen Vers in Herz und Gewissen geschrieben hätte, dann würde sie wohl auf alles, was sie redete und tat, achtgegeben haben. Sie glaubte aber, mit dem Lesen des Wortes Gottes schon genug getan zu haben, und bildete sich ein, recht fromm zu sein, weil sie den Tag so gut angefangen hatte. Nun wurde die Bibel zugemacht, und mit sich selbst zufrieden ging sie in das Zimmer nebenan, wo der würzige Duft des Kaffees ihr behaglich in die Nase stieg und das frische köstliche Weißbrot ihren Appetit reizte. Die Türen nach dem Balkon waren geöffnet, die reine Morgenluft strömte herein. Da ein Tischchen und mehrere Stühle auf dem Balkon standen, nahm sie ihre Tasse mit hinaus und schlürfte vergnüglich ihren Morgentrank, die vielen Vorübergehenden mit Neugierde musternd. Herren, Damen und Kinder, alle eilten zum Brunnen, andere kamen von dort. Morgen würde sie auch dabei sein; heute war doch das Ausschlafen wichtiger. Aber die Eltern kamen sicher nun auch; sie wollte nun hinuntergehen, um sie unten zu erwarten.

Vor der Haustüre, wo ein reges Leben und Treiben herrschte, gab es verschiedene Veranden, in denen Familien saßen und Kaffee tranken. Da schaute ein Mädchen neugierig zu ihr hinüber; sie hatte ihre Größe und schien auch gleichaltrig. Sie flüsterte mit ihrer Mutter. Die nickte, sofort verließ sie ihren Platz und kam auf Lisa zu. Die kleine Person hatte etwas Selbstbewußtes im Auftreten und war gleich sehr gesprächig. „Sie sind seit gestern hier, nicht wahr? Wie lange bleiben Sie?“

Lisa antwortete: „Vielleicht sechs Wochen, wenn es dem Vater bekommt.“

„Das ist herrlich, wir bleiben noch länger, da können wir uns einander anschließen. Was haben Sie für ein reizendes Morgenkleid! Das Rot steht Ihnen so gut zu dem schwarzen Haar.“ Lisa wurde ganz rot, denn sie ließ sich gerne loben.

„Sie warten wohl auf jemand?“ fragte die kleine Blondine.

„Auf meine Eltern. Sie sind, während ich noch schlief, zum Brunnen gegangen.“

„So wollen wir ihnen entgegengehen, kommen Sie.“ Sie faßten sich unter, nicht lange währte es, so waren sie in eifrigem Gespräch, wußten voneinander, wie sie hießen, woher sie waren und boten sich das Du an. „Da kommen deine Eltern, Lisa“, sagte Ida, und wirklich, da waren sie, einige Schritte von ihnen.

„Nun, meine Tochter, schon ausgeschlafen und schon eine Freundin?“ rief der Vater. Lisa beklagte sich, daß sie nicht geweckt worden sei, worauf die Mutter sie zärtlich anblickte und sagte: „Du hattest den Schlaf nötig, besonders nach der langen Reise. Morgen begleitest du uns; es ist sehr unterhaltend am Brunnen unter den Säulengängen, dazu die schöne Musik; es ist ganz prächtig.“

Sie gingen nach oben, um auszuruhen und zugleich die Postsachen und Zeitungen zu lesen.

Lisa verabschiedete sich von Ida und meinte, sie würden sich heute wohl noch öfter sehen.

„Ein niedliches Mädchen“, bemerkte die Mutter, „es ist hübsch, daß du schon Anschluß gefunden hast. Ist sie Maria ähnlich?“

Betroffen sah Lisa die Mutter an. „Maria ähnlich?“ wiederholte sie gedehnt, „nein, sie ist ganz anders.“

„Das ist schade“, war der Mutter Antwort. „Maria ist mein Liebling, ich wollte, alle jungen Mädchen wären wie sie, du kannst sie dir zum Vorbild nehmen.“

Bei der Erwähnung Marias wurde Lisa nachdenklich. Was Maria wohl zu ihrem Gespräch mit Ida gesagt hätte? Es war sehr oberflächlicher Natur gewesen, über Kleider und unwichtige Dinge war es nicht hinausgegangen. Aber junge Mädchen konnten nicht immer Gespräche tiefen Inhalts führen, dachte Lisa, Gelehrte waren sie nun einmal nicht.

Bei der Mittagstafel trafen sie sich wieder, da wurden auch die Eltern miteinander bekannt. Nach Tisch gingen die Mädchen in den Garten des Hotels, da fragte Ida die neue Freundin, ob sie schon konfirmiert sei.

„Ja, zu Ostern“, war Lisas Antwort.

„Ich auch“, rief Ida, und fügte hinzu: „Ich bin aber froh, daß ich nun so weit bin.“

Lisa fragte neugierig: „Warum bist du froh, daß du konfirmiert bist?“

„Nun, darüber, daß der Zwang aufhört und ich

nun erwachsen bin. Es ist doch viel schöner, als noch ein Schulkind zu sein; man hat mehr Zeit zum Tennis und Wassersport, kann in Gesellschaften gehen, wenn man will."

Über das alles hatte Lisa bisher noch gar nicht so nachgedacht, als aber Ida darüber sprach, gefiel es ihr, weiter davon zu plaudern. Fast beneidete sie sie. So wurde der Kopf angefüllt mit lauter äußerlichen Dingen; dazu gab es so viel zu sehen und zu hören! Menschen aus aller Herren Länder waren da, Lisa fand immer weniger Zeit, ernsten Dingen nachzusinnen und verlor sich immer mehr im Trubel der Welt.

Es wurden Spaziergänge und Ausfahrten unternommen, an welchen Familie Schwarz teilnahm. Das war recht und schön, denn in Gottes Natur wandern erhält Leib und Geist frisch und gesund. An diesen Wanderungen beteiligten sich in der Regel viele Familien. Es gab außer Ida noch andere junge Mädchen in Lisas Alter, und wenn sie sich die Mühe genommen hätte, sie näher kennenzulernen, so würde sie Altersgenossinnen von Marias Gesinnung gefunden haben. Aber Ida entsprach ihrem Wesen am meisten, darum verkehrte sie mit ihr am liebsten und ließ die andern alle links liegen.

An einem schönen Tage machten mehrere Familien einen Ausflug nach einem besonders berühmten Aussichtspunkt. Für die Damen sollten Wagen genommen werden, die Herren wollten zu Fuß gehen. Da stellten sich bei Frau Schwarz heftige

Beschwerden ein, die sie zwangen, daheim zu bleiben. „Ich werde wohl nicht mitkönnen; Lisa, würdest du bei mir bleiben?“

„O Mutter“, sagte Lisa erschrocken, „ich hatte mich schon so sehr gefreut, ich möchte so gern mitfahren.“ Damit lief sie hinaus und kam überglücklich mit der Nachricht zurück, das Zimmermädchen werde sich um Mutter kümmern.

„Wenn du nicht gern bei deiner Mutter bleibst, liebes Kind, ist es ja besser, das Mädchen besorgt es; ich würde doch nur ein unzufriedenes Gesicht sehen.“

Hätte Lisa ihre Mutter liebgehabt, die ihr im Leben die Nächste war, so würde sie es für ganz selbstverständlich gehalten haben, bei ihr zu Hause zu bleiben. Nun aber hatte sie sich lieber, konnte sich nicht entschließen, ein Vergnügen, das sie hier fast alle Tage hatte, aufzugeben, um der kranken Mutter einen Liebesdienst zu tun. Sie küßte sie freilich beim Abschied sehr, versicherte, sie hätte sie „furchtbar lieb“, und ging dann doch hinunter, wo der Wagen bereits hielt. Lisa hatte einen wunderschönen Tag; alle fanden, daß sie ein außerordentlich liebenswürdiges und nettes Mädchen sei; die Mutter hatte sich inzwischen auch erholt, und niemand fand etwas dabei, daß Lisa die Mutter allein gelassen hatte. Ob aber der, der ins Verborgene sieht, auch ein Wohlgefallen an Lisa hatte?

Die Wochen im Badeort vergingen unter mancherlei Abwechslung nur zu schnell, und als der

Vater eines Tages von der Rückreise sprach, war Lisa betrübt, daß das Ende nahte. Ida, die mit ihren Eltern noch länger blieb, mußte Lisa versprechen, sie einmal aufzusuchen und einige Tage bei ihr zu bleiben. Da traf vor der Abreise die Nachricht von Doktor Rubens Tod ein. Das war ein gewaltiger Schreck. Lisa vergoß Tränen über der armen Maria Leid und bat gleich die Eltern sehr stürmisch, sie möchten Maria an Kindes Statt annehmen. Lisa hatte Maria lieb wegen ihrer gleichbleibenden Freundlichkeit und Liebenswürdigkeit; sie konnte sich das Zusammenleben mit ihr ganz schön vorstellen. Sie war dann nicht so allein und hatte jemand, der mit ihr plauderte und mit ihr ausging. Es mußte schön sein, eine gleichaltrige Schwester zu haben, mit den Kleinen ließ sich doch nichts anfangen. Auf der Rückreise sprach sie viel mit ihren Eltern von Maria und deren Übersiedlung zu ihnen. Die Eltern, die gerade diesen Wunsch der Tochter gern erfüllten, veranlaßten bei ihrer Rückkehr alles, was zur Ausführung dieses Planes nötig war.

Ausgang und Eingang

Es war der letzte Junitag. Die Rosen dufteten im kleinen Gärtchen, die goldenen Strahlen der Abendsonne fielen schräg in die Laube, und in den Zweigen sangen die Vöglein ihr Abendlied. Für Maria, die am geöffneten Fenster ihres Häuschens stand, war es das Abschiedslied. Die Zimmer waren leer; heute hatten sie geräumt werden müssen, da morgen der neue Mieter einziehen wollte. Herr Schwarz hatte Leute geschickt, die Marias Möbel sicher untergebracht hatten, nur ihr Nähtischchen, welches sie von der Mutter geerbt, und ihre kleinen Andenken von Vater und Mutter waren mit ihrem Koffer hinübergewandert. Ihr eigenes, trautes Heim war zerstört. Draußen hörte sie die treue Mine noch wirtschaften; sie setzte ihre Ehre darein, alles blank und sauber abzuliefern. Maria hatte treulich geholfen mit Packen und Räumen. Nun war sie fertig und stand in ihrer schwarzen Trauerkleidung mit tiefem Weh am Fenster.

„Vater", schluchzte sie, „warum hast du mich einsam zurückgelassen in der weiten fremden Welt?" Sie sah in die goldene Abendsonne und dachte daran, wie der Vater oft von den goldenen Gassen Jerusalems gesprochen. Sollte sie sich nicht mit ihm freuen, daß er jetzt dort in der Herrlichkeit wandelte? Und war der Herr nicht bei ihr? Sagte er nicht in seinem Wort: „Siehe, ich bin bei euch alle

Tage bis an der Welt Ende." Es war, als ob sie seine Nähe spürte, als ob er sie bei seiner Hand nehme und zu ihr spreche: „Fürchte dich nicht, ich bin mit dir." Sie trocknete ihre Tränen, sie wollte nicht bei der Familie, die ihr so viel Liebe und Güte erwies, mit verweinten Augen ihren Einzug halten, und jetzt war Zeit zum Gehen. Sie wanderte noch einmal durch alle Zimmer, eilte noch einmal in ihr geliebtes Giebelstübchen, wo sie niederkniete und Gott bat, er möge ihren Ausgang und Eingang segnen. Dann rief Mine.

Da stand das alte, gute Mädchen reisefertig in ihrem großen, gestreiften Tuch, das sie trug, mochte es Winter oder Sommer sein. Ein Bündel hatte sie in der Hand, den Regenschirm unter dem Arm. Ihr Koffer war schon am Bahnhof, wo ihr Schwager, der sie abholte, auf sie wartete.

„So, Maria, nun wollen wir gehen", sagte sie und die Augen wurden feucht. „Ich denke doch, mein Kind, ich habe nun alles für dich besorgt, wie es den Eltern recht ist. Deine Sachen sind in Ordnung. Wenn du einen kleinen Riß in den Kleidern siehst, nähe ihn schnell zu, daß er nicht größer wird. Wenn du einen Flecken hast, so reibe ihn heraus, damit alles immer sauber ist. Denke an alle diese Dinge, mein Kind. So, nun wollen wir gehen. Gott behüte uns."

Sie standen vor der Tür. Mine drehte den großen Hausschlüssel zweimal herum und gab ihn dann Maria. „Der Wirt muß ihn, wenn er morgen kommt, haben, heb ihn auf." Maria warf noch einen letzten Blick auf Haus und Garten, dann schritt sie an Mines Seite langsam der Straße zu. Am Tor nahmen sie Abschied.

„Mine", bat Maria, „besuche mich einmal."

„Das tu ich, so Gott will, mein liebes Kind, behüt dich Gott, laß dir's gut gehen." Nun ging sie, das letzte, was Maria an die Heimat erinnerte. Sie stand noch eine Weile und sah ihr nach. Plötzlich wandte sie sich noch einmal um und kam zurück. „Hast du was vergessen, Mine?"

„Nein, ach nein, ich wollte nur noch sagen, Herzenskind, sieh auch darauf, daß du nie ein Loch im Strumpf duldest, stopf es klein zu, so hast du kein großes."

Dann klinkte Maria langsam das eiserne Tor auf und betrat den schönen Garten. Ein fröhliches „Willkommen, Maria!" tönte ihr entgegen. Lisa kam mit strahlender Liebenswürdigkeit auf sie zu und meinte: nun sei sie ihre liebe Schwester, und nun wollten sie immer und immer zusammenbleiben und sich recht liebhaben. Ja, das wollten sie, sagte Maria aus Herzensgrund. Auch Lisas Eltern empfingen die Waise freundlich und wünschten, daß sie sich bald heimisch fühlen möge. Nach dem Abendessen ging Lisa mit ihr hinauf. Dort hatten die Eltern den Mädchen freundliche Zimmer eingerichtet, einen gemeinsamen Wohnraum und für jedes ein kleines Schlafgemach besonders. Im Wohnzimmer stand Marias Koffer, den sie auszupacken begann. Lisa half ihr dabei, war gefällig und liebenswürdig und bewunderte einige niedliche Sachen, mit denen Maria ihren Schrank schmückte. „Meine Sprüche darf ich doch aufhängen, sie erinnern mich an zu Hause, besonders aber an das, was ich am Konfirmationstage gelobt habe."

Maria sagte es so einfach und unbefangen, Lisa aber wurde rot, als sie antwortete: „Natürlich, Maria." Sie entnahm nun dem Koffer ihren Spruch, der, solange sie denken konnte, über ihrem Bett gehangen hatte: „Trachtet am ersten nach dem Reiche Gottes und nach seiner Gerechtigkeit", und befestigte ihn über ihrer neuen Schlafstätte. Dann holte sie ihren Konfirmationsspruch und schaute sinnend darauf. Er war ihr doppelt wertvoll, weil es das letzte Wort gewesen, das sie aus dem Munde des teuren Vaters vernommen hatte. „Diesen Spruch möchte ich so hängen, daß ich ihn immer, wenn wir hier oben sind, vor Augen habe, und diesen, liebe Lisa, habe ich für dich gemalt, du solltest ihn, wenn du von der Reise zurückkehrst, vorfinden. Es war aber alles so traurig, als du wiederkamst, daß ich es ganz vergessen hatte. Nun nimm ihn heute, bei meinem Einzug, in Empfang." Mit diesen Worten nahm sie den schön gemalten Spruch aus dem Koffer und legte ihn vor Lisa hin. Diese errötete wieder. Wie lange hatte sie nicht an ihren Konfirmationsspruch gedacht! Jetzt lag er vor ihr, in schönen, großen Buchstaben gemalt: „Und wisset, daß ihr nicht mit vergänglichem Silber oder

Gold erlöset seid von eurem eitlen Wandel nach väterlicher Weise, sondern mit dem teuren Blute Christi, als eines unschuldigen, unbefleckten Lammes."

„Wie wunderhübsch hast du das gemacht, ich danke dir, Maria. Wie fein sind die Randzeichnungen, wie gut sind dir die Buchstaben gelungen. Du hast mir viel Zeit geopfert."

„Die Arbeit hat mir Freude gemacht; mein seliger Vater hat mir den Spruch vorgezeichnet, deshalb war es mir besonders lieb, nach seinem Tode noch daran zu arbeiten; ich hatte ihn erst zur Hälfte vollendet, als er starb."

„Der Spruch ist wirklich sehr hübsch", sagte Lisa noch einmal und zog die Lade auf, um ihn hineinzulegen.

„Willst du den Spruch nicht aufhängen?" sagte Maria stockend, „ich meine, es wäre schön, wenn wir beide Sprüche nebeneinander hängten, oder so, daß jede den ihren sieht und ihn sich täglich aufs neue einprägen kann."

Lisa hatte an Ida gedacht. Was würde sie sagen, wenn sie gemalte Sprüche an den Wänden sehen würde, hatte sie doch schon einmal spöttisch gefragt, als sie die Bibel bei Lisa gefunden: „Du bist wohl sehr fromm und liest in der Bibel?"

Als Maria nun dastand und Lisa bittend ansah, vermochte sie es nicht, ihr die erste Bitte abzuschlagen. „Ich kann ja den Spruch aufhängen", sagte sie, und so kamen sie überein, daß eine jede den ihrigen über dem eigenen Schrank befestigen solle. Sie waren gerade dabei, als die Mutter eintrat.

„Sieh, wie hübsch“, sagte Frau Schwarz, „das gefällt mir.“ Sie bewunderte Marias Arbeit und meinte, sie freue sich, wenn die jungen Mädchen den Tag ihrer Konfirmation hoch hielten und sich immer daran erinnerten. Dann küßte sie Maria, die sich zur Ruhe begeben wollte, ermahnte Lisa, immer recht freundlich und gut gegen sie zu sein, und ging mit Lisa, die noch ein wenig aufbleiben wollte, hinunter.

Maria war es lieb, allein zu sein. Wie dankte sie es Frau Schwarz, daß sie ihr ein eigenes Schlafzimmer gegeben hatte, so konnte sie ungestört, ihrer Gewohnheit gemäß, vor dem Schlafengehen einen Abschnitt aus der Bibel lesen. Sie glaubte fest, daß Lisa es auch tun würde: sie hatten es sich ja beide am Konfirmationstage versprochen, und sie hielt von Lisa zu viel, als daß sie eine Vernachlässigung dieses Versprechens fürchtete. Sie kannte ja Lisa nur von der Schule her und besuchsweise, hatte noch nicht mit ihr zusammen gelebt, und wenn sie auch wußte, daß sie oft Heimweh haben würde nach dem ruhigen Leben mit dem Vater, so glaubte sie doch sicher, daß es ihr in der wunderschönen Umgebung bei den freundlichen Menschen gut gefallen werde.

Sie dankte Gott, daß er ihr eine neue Heimat geschenkt hatte, und bat ihn, ihr ein dankbares Herz zu geben gegen alle, die ihr Liebe erwiesen.

Sie wußte ja, daß sie nicht immer hier bleiben würde, Pfarrer Berg hatte gesagt, sie sei ja noch so jung und solle einstweilen die Gastfreundschaft des Hauses annehmen. Später sollte sie sich irgendeinen Beruf wählen. Jetzt wußte sie noch nicht, wozu sie am meisten Neigung haben würde. Der Lehrerinnenberuf war sehr schön und verlockend, doch fehlten die Mittel, um das Seminar zu besuchen.

Wie ganz, ganz anders hatte sich in kurzer Zeit alles für sie gestaltet, wie schön hatte sie sich die Zukunft ausgemalt mit dem Vater zusammen! Wie zog sich ihr Herz zusammen, wenn sie an ihn dachte! Aber nun galt es sich zu beherrschen. Der Umgebung durfte sie nicht lästig fallen mit ihrem tiefen Schmerz. Sie wollte versuchen, wieder fröhlich zu sein, sie war es Lisas Eltern schuldig. Sie wollte immer daran denken, welches Glück ihr winkte, wenn sie den rauhen Pfad zurückgelegt hatte. Und sie gab sich mit allem, was sie war und hatte, aufs neue in Gottes gnädigen Schutz, bat ihn, daß er Seele und Leib behüten wolle in der neuen Heimat, und schlief im Frieden ein.

Das neue Heim

Am andern Morgen wußte sie im ersten Augenblick gar nicht, wo sie sich befand. Statt des niedrigen, kleinen Giebelzimmers lag sie in einem hohen, schönen Raum. Die Wände waren mit hellen Tapeten bekleidet, an den Fenstern waren prächtige, lange Vorhänge, und die heruntergelassenen Rolläden schützten vor dem Eindringen der heißen Julisonne. Alles war vornehm und zeugte von Reichtum, aber glücklicher fühlte sich Maria deshalb nicht; sie wußte, das Glück hängt nicht von der äußeren Umgebung ab, das kommt von innen heraus.

Lisa war am gestrigen Abend durch Marias Wesen, durch ihr Geschenk, das sie nun immer vor Augen hatte, wieder daran erinnert worden, daß es etwas anderes gab als äußeres Vergnügen. Nun war ihr durch Maria die Stunde wieder lebendig geworden, da sie beide aus der Kirche kamen, sich die Hände reichten und gelobten, dem Heiland nachzufolgen. Ja, das Wort: „Kindlein, bleibt bei ihm", tönte laut und deutlich an ihr Ohr. Ihr schlug das Herz – sie fühlte, Maria war bei Jesus geblieben, sie aber nicht. Sie holte auch ihre Bibel an diesem Abend – längere Zeit schon hatte sie das Lesen ganz vernachlässigt. Sie suchte nach dem Bibelzettel, er war nicht da – wo konnte er sein? Nun, morgen am Tage würde sie ihn finden, dann wollte sie wieder morgens und abends ihre Andacht halten. Beruhigt durch diesen Gedanken war sie eingeschlafen, und als sie am anderen Morgen aufwachte, dachte sie weder an Bibellesen noch an Bibelzettel, denn ein Brief ihrer Freundin Ida war gekommen. Sie schrieb, daß sie in etwa acht Tagen da sein würde, die Eltern hätten ihr erlaubt, einige Tage bei Lisa zu bleiben, während sie noch einen andern Besuch in der Umgegend beabsichtigten. Dies mußte Lisa natürlich Maria sofort erzählen. Sie betrat ihr Zimmer, gerade als Maria bereit war, nach unten zu gehen.

„Denke dir, ich bekomme in acht Tagen Besuch", und nun erzählte sie von Ida, die sehr lustig sei und viel Spaß mache. Auch von der Reise wußte Lisa viel Interessantes zu erzählen.

Unter dem Erzählen kleidete sie sich an, und als die Frühstücksglocke ertönte, bat sie Maria, auf sie zu warten, sie wolle nicht gern allein zu spät kommen. Sie erhielten nun zwar beide Vorwürfe, doch entschuldigte Frau Schwarz es gern, da Maria, wie sie meinte, gewiß recht müde gewesen sei vom Räumen und Packen. Maria sah Lisa verwundert an, in der Hoffnung, sie werde sich rechtfertigen, aber sie hielt das nicht für nötig, sondern schwieg. Beim Kaffee sagte Frau Schwarz den jungen Mädchen, daß sie von nun an eine geregelte Tätigkeit haben sollten, und zwar würden sie morgens einige Stunden in der Küche sein. Auch sagte Frau Schwarz, sie würde es gerne sehen, wenn die Mädchen sich täglich einige Zeit mit den Kleinen beschäftigten, sie habe deshalb die Erzieherin gehen lassen. Das Kindermädchen sei durch die Kleinste oft in Anspruch genommen, so daß es sich dann um die Größeren nicht kümmern könne.

Maria, welche die Kinder sehr gern hatte, freute sich darüber, während Lisa in gedehntem Ton sagte: „Ach, deshalb ist die Erzieherin gegangen, damit wir uns mit den ungezogenen Kleinen abplagen sollen. Aber“, fuhr sie eifrig fort, „heute haben wir noch frei, Mutter, ich muß Maria Haus, Hof und Garten gründlich zeigen, damit sie überall Bescheid weiß. Komm, Maria, jetzt gehen wir in den Garten.“

Dort herrschte sommerliche Wärme, und doch sahen die Rasenflächen frisch aus, als hätte es eben geregnet. Der Gärtner sprengte früh und abends fleißig die Blumen und Gräser. Wie schön ging es sich auf den breiten Kieswegen, wie reizend waren die Baumgruppen und Blumenbeete angelegt. Im Hintergrund des Parks standen große Waldbäume, die prächtigen Schatten gewährten. Dort gab es, wie überall, Bänke zum Ausruhen. „Hier wollen wir uns ein wenig setzen und plaudern“, sagte Lisa, „es ist zu schön, daß du hier bist, Maria, nun habe ich doch jemand zur Gesellschaft.“

„Was ist denn das für ein graues Haus, das durch die Bäume schimmert?“

„Es ist Tante Lottchens Haus, ich sagte dir doch schon davon; sie wohnt jetzt dort.“

„Richtig, Tante Lotte“, sagte Maria erfreut. Sie

hatte sie gar nicht wiedergesehen, von Weihnachten war sie ihr aber noch in guter Erinnerung. „Sie kommt wohl oft zu euch, Lisa?"

„Nein, nicht so oft wie wir dachten. Sie hat so viel anderes zu tun. Übrigens", fuhr Lisa fort, „können wir der Tante einen Besuch machen, wenn es dir Spaß macht."

Sie gingen durch den Park, bis sie zu einer grünen Hecke gelangten, in deren Mitte sich eine kleine Pforte befand, durch die eben ein schmuckes Mädchen kam. Lisa rief ihr zu: „Elsa, ist die Tante zu Hause?"

„Ja, sie ist im vordern Zimmer", sagte sie und eilte davon.

Bei dem Namen „Elsa" fuhr Maria unwillkürlich zusammen und griff nach ihrer Uhr. Der Name war in Verbindung mit Mutters Andenken so oft ausgesprochen worden, daß sie sofort an die unglückliche Begebenheit denken mußte. Wie töricht, als ob es nicht mehr Mädchen gäbe, die diesen Namen führten.

„Tante ist mit ihrem Mädchen sehr zufrieden", erzählte Lisa. „Sie soll sehr geschickt sein und alles gut verstehen."

Sie waren durch die Pforte getreten und befanden sich nun in einem reizenden Blumengarten, in dem es auch Obstbäume gab. Das Haus machte einen freundlichen, behaglichen Eindruck. Die jungen Mädchen gingen um das Haus herum und zur Haustür hinein.

Als sie das Zimmer betraten, fanden sie Tante Lottchen mit einer andern Dame auf dem Sofa sitzend. „Wer sind die beiden jungen Mädchen?“ fragte der Besuch, der noch nicht lange in der Stadt wohnte. „Es sind zwei Neukonfirmierte“, sagte Tante Lottchen, die die beiden begrüßte. Nachdem die Tante die jungen Mädchen vorgestellt hatte, sprach sie besonders herzlich und teilnehmend mit Maria, während der Besuch sich angelegentlich mit Lisa unterhielt.

Dann sprach man über eine Frau, die besucht werden sollte. Beide gehörten nämlich einem Krankenverein an: Jede hatte ihre Kranken, für die sie sorgen mußte; Maria hörte mit Teilnahme, wie man über das Elend, das in einigen Stadtteilen herrschte, redete. Lisa dagegen zupfte Maria am Kleid und flüsterte, sie wollten aufbrechen. Als sie draußen waren, meinte Lisa und sagte: „Bei der Tante ist es immer recht langweilig.“

„Das finde ich nicht“, meinte Maria, „es ist doch gut, wenn man erfährt, wo es Kranke und Arme gibt, und wenn man die Mittel hat, ihre Not zu lindern. Weißt du nicht mehr, Lisa, welch eine Freude es für uns war, als wir Johanna und ihren Eltern helfen konnten?“

„Ja, zu Weihnachten, das war sehr schön, aber Tante Lottchen denkt und spricht fast nichts anderes.“

Jetzt kamen die drei kleinen dunkeläugigen Schwestern von Lisa gelaufen. Maria ging auf sie zu und unterhielt sich mit ihnen, während Lisa eifrig mit der Kinderfrau redete, die etwas zu erklären schien.

„Es ist gekommen!“ rief Lisa plötzlich. „Was denn, Trine?“

„Ein Mann hat es eben gebracht“, sagte sie.

„O ich muß es sehen.“ Mit diesen Worten eilte Lisa nach Hause. Maria konnte sich gar nicht denken, was Lisa so in Aufregung versetzt habe. Sie ging mit den Kleinen auf das Haus zu, um zu sehen, was es dort Wunderbares gäbe.

Sie traute ihren Augen nicht. Lisa saß auf einem schönen verchromten Fahrrad und machte so ungeschickte Bewegungen mit dem Körper, daß es jämmerlich anzusehen war. Sie lachte dabei und rief: „Aus dem Wege, ihr Kleinen; ich fahre euch um. Nun, Maria, du stehst und staunst. Ich habe es dir noch gar nicht erzählt. Ida hat mir das Radfahren in Karlsbad beigebracht. Ich bin nur noch so ungeschickt. Ich konnte es schon besser, bin aber wieder aus der Übung gekommen. Papa hat mir das wunderschöne Rad geschenkt, nun will ich tüchtig üben, bis Ida kommt.“

Maria stand immer noch da und sagte nichts. Lisa übte noch ein wenig, dann besah sie sich ihr Geschenk von allen Seiten. „Nun, Maria, möchtest du nicht auch eins haben?“ Maria zeigte aber wenig Interesse. Und die Tante, die am Nachmittag kam, sagte: „Nun, Lisa, übertreibe es nur nicht und laß dich nie dadurch von deiner Pflicht abhalten.“

Lisa murrte über die Tante, die immer etwas zu tadeln habe, in ihrer Gegenwart werde man gar nicht seines Lebens froh. Maria aber mußte der Tante im Herzen recht geben, und sie glaubte sicher annehmen zu können, daß der Vater ganz wie sie gedacht haben würde. Zum erstenmal kam ihr jetzt der Gedanke, ob wohl das Zusammenleben mit Lisa sich so schön gestalten würde, wie sie es sich ausgemalt hatte? Das Rad schob sich schon recht unangenehm dazwischen und sollte in der Tat auch oft das Gleichgewicht stören.

Am andern Morgen hatten die jungen Mädchen in der Küche zu helfen. Es war für Maria ein Vergnügen, zu kochen. Statt der alten Mine stand jetzt eine andere Köchin am Herd, die alles auch ausgezeichnet verstand; und es war für Maria nutzbringend, wenn sie auch andere als einfache Gerichte kochen lernte; sie konnte nicht wissen, wozu sie es einmal gebrauchen würde. Sie paßte genau auf und sah der Köchin manches ab, sie war auch geschickt und anstellig, so daß Friederike sie gern um sich hatte.

Am ersten Morgen nun, als Maria in sauberer Küchenschürze unten erschien, war von Lisa keine Spur zu sehen. „Wo ist Fräulein Lisa?" fragte Friederike, „ich denke, sie soll mir helfen."

„Lisa ist noch im Garten, sie wollte gleich kommen", sagte Maria und machte sich daran, Johannisbeeren abzustreifen, die abgekocht werden sollten. „Nun, Fräulein Lisa kann sich wohl von ihrem Rade nicht trennen; ich hab's mir gleich gedacht, daß es mit dem Kochen doch nur Spielerei würde."

Maria schwieg. Sie sagte nicht, daß sie sich beinahe mit Lisa gezankt habe, weil sie noch radelte, als es Zeit war, in die Küche zu gehen. „So ängstlich ist es doch nicht, als ob man in die Schule müßte", lachte Lisa. „Ich will noch ein wenig üben, warte doch auf mich, Maria." Maria sagte, daß sie, wie Lisas Mutter gewünscht, um zehn Uhr gehen würde.

Lisa konnte solche Gewissenhaftigkeit nicht begreifen und sagte schließlich ärgerlich: „Nun, wenn du so ungefällig bist, nicht auf mich zu warten, dann geh."

Maria war betrübt, daß sie Lisa erzürnt hatte, aber sie wußte doch, daß sie in diesem Falle recht tat. Nun aber, da Maria einmal fort war, dachte Lisa bald gar nicht mehr daran, in die Küche zu gehen. Es ging immer besser mit dem Radeln, es war doch ein zu schönes Vergnügen; was würde Ida sagen, wenn sie kommt!

Um elf Uhr sah Frau Schwarz in die Küche. „Nun, sind meine Mädchen mit dem Abstreifen der Johannisbeeren fertig? Dann kann es ans Einkochen gehen?"

„Für Fräulein Maria allein war es zu viel, gnädige Frau", sagte Friederike, die mit andern Dingen vollauf beschäftigt war, „Fräulein Lisa ist noch im Garten." Frau Schwarz war jetzt böse; sie verließ die Küche und kam nach etwa zehn Minuten mit Lisa herein. Die sah erhitzt und verdrießlich aus. Sie hatte Schelte von der Mutter bekommen, und was ihr noch ärgerlicher war, Maria war gelobt worden.

Ja, Maria fing an, ihr unbequem zu werden. Wenn sie nur dazu hier war, ihr als Muster hingestellt zu werden, dann wäre es besser gewesen, sie hätte sie sich nicht zur Gefährtin erkoren. Die Mutter half nun auch mit, und durch ihr gütiges, freundliches Wesen wurde Lisa bald wieder Herr ihrer üblen Laune.

„Morgen ist Kränzchen“, sagte sie plötzlich. „Kommst du auch mit, Maria?“ Maria sah Frau Schwarz an; sie wußte nicht, was Lisa meinte.

„Natürlich geht Maria mit“, sagte diese und fügte erläuternd hinzu: „Es sind Schulfreundinnen, die mittwochnachmittags zusammenkommen; sie wollten dich nicht gleich nach dem Tode deines Vaters auffordern; aber jetzt gehst du mit; ich denke, es macht dir Freude.“

„Ja, das macht mir große Freude“, sagte Maria, „ich kenne ja die Mädchen noch alle von der Schulzeit her. Wo ist denn das Kränzchen?“

„Morgen ist es bei Martha und Emmy; es geht der Reihe nach, das nächste Mal ist es hier.“

„Wie schade, daß Eva nicht dabei sein kann.“

„Es fehlen verschiedene; wir waren ja zwanzig in der Klasse, es kommen nur zehn.“

Maria freute sich wirklich auf den morgigen Nachmittag. Die Mädchen waren am Begräbnistage des Vaters alle so gut gegen sie gewesen, auch nachher noch war die eine oder andere gekommen und hatte nach ihr gesehen. Ein wöchentliches Zusammentreffen mit ihnen würde ihr eine große Freude sein.

Jetzt gab sie acht auf das Einkochen der Beeren, wurde dann angestellt, den Braten zu begießen und die Suppe zu kochen, und erst ein Viertelstündchen vor dem Anrichten schlüpfte sie nach oben, um sich zum Mittagessen anzuziehen. Lisa war nicht so frisch und aufmerksam, weil sie sich schon vorher müde gemacht hatte.

Das Kränzchen

Am folgenden Nachmittag gingen die beiden zum Kränzchen. Martha und Emmys Eltern wohnten in einem alten, großen Haus in der Altstadt. Der Vater hatte eine kaufmännische Großhandlung; große Warenlager gab es in den Hintergebäuden, auf dem geräumigen Hof waren viele Markthelfer beschäftigt, Fässer hin- und herzurollen, in den Büros saßen Buchhalter, Rechnungsführer und Schreiber. In dem geräumigen Hause lagen nach vorn die Wohnräume der Familie. Obgleich es heiß war, hielten die dicken Mauern des Gebäudes die Hitze ab. Lisa und Maria waren überrascht, wie kühl es in den schönen Zimmern war. Martha und Emmy kamen ihnen fröhlich entgegen.

Sie begrüßten Maria sehr herzlich. Wie wohl tat es ihr, wenn jemand sie so recht von Herzen liebhatte; die wenigen Tage, die sie bei Lisa zugebracht, hatten sie schon ziemlich fühlen lassen, daß ihre Freundschaft nicht ohne Selbstsucht war.

„Wie reizend, daß ihr beide jetzt beisammen seid, wie hübsch für dich, Maria, daß du wieder eine Heimat hast“, sagten die Mädchen, „ihr seid ja nun Schwestern!“ Maria antwortete: „Ja, es ist sehr gütig von Herrn und Frau Schwarz, daß sie mich bei sich aufgenommen haben.“

„Wie bedauern wir, daß wir die schönen anregenden Stunden nicht mehr haben können; wir freuten uns immer so darauf“, bemerkte Martha. Maria zuckte es schmerzlich um den Mund; immer, wenn sie Martha und Emmy sah, mußte sie an den letzten, schönen Tag denken, den sie mit dem Vater verlebt hatte.

Nicht lange währte es, so waren alle Freundinnen versammelt, das gab eine Freude und ein Geplauder. Man kam auf die Schulzeit zurück, alte lustige Geschichten wurden wieder aufgefrischt, der fernen Mitschülerinnen gedacht, eine wußte dies zu berichten, die andere das.

„Nun, es ist ja, als ob man in einen Bienenschwarm käme“, meinte die Mutter Marthas und Emmys. „Wird denn auch wohl etwas Gescheites gesprochen? Und unterhält man sich den ganzen Nachmittag in dieser Weise?“

„Das wird sicher noch lebhafter, Mutter, wenn du wieder draußen bist“, rief Emmy.

„Ich möchte euch einen Vorschlag machen. Ich finde es sehr erfreulich, daß ihr euch vorgenommen habt, jede Woche zusammenzukommen, um euch nett zu unterhalten. Aber noch schöner sind die Zusammenkünfte, wenn sie zur Förderung der geistigen Dinge dienen, wie wär’s, wenn ihr etwas Wertvolles läset? Vielleicht eine Lebensbeschreibung christlicher Frauen? Für junge, heranwachsende Mädchen ist es schön, wenn sie sich eine edle Frauengestalt zum Vorbild nehmen. Wenn ihr einverstanden seid, will ich euch ein solches Buch holen; ich habe verschiedene.“

Die jungen Mädchen sahen einander an. Einigen mochte es wohl nicht ganz recht sein, denn sie konnten plaudern vom frühen Morgen bis zum späten Abend, ohne müde zu werden, und das Reden war zu lustig. Andere schienen erfreut und ließen ein: „O ja“, – „Ja, gern“ hören. Martha sagte: „Erst laß uns Kaffee trinken, Mutter; wir überlegen es dabei.“

„Nun gut, der Kaffee ist unten im Garten bereit.“ Sie gingen durch das große Haus und über den geräumigen Hof durch ein Hintergebäude, und als Emmy die letzte Tür aufstieß, sahen sie einen schönen, für städtische Verhältnisse großen Garten vor sich, zwar rings von den Mauern hoher Häuser begrenzt, aber an den Mauern rankten sich Efeu und andere hübsche Schlinggewächse, auch Rosen kletterten an den Wänden empor. In der Mitte des Gartens war ein großer Rasenplatz mit einem Springbrunnen. Es erfrischte schon, wenn man das Plätschern hörte. „Wie schön ist es bei euch“, riefen die Mädchen. „Man sieht es dem alten düstern Haus gar nicht an, daß so viel Blumenduft und Poesie dahinter verborgen ist.“

In dem großen Gartenhaus war ein langer Tisch gedeckt; dort sollte Kaffee getrunken werden. Es gab Teller mit Kuchen und Zwieback, und ein junges, flinkes Mädchen schenkte den Kaffee ein. Sie sah aus, als ob ihr die kleinen Fräulein sehr wichtig wären. Die kamen langsam auf das Gartenhaus zu, bewunderten die schönen Blumen und Büsche am

Weg, bis Martha in die Hände klatschte und sagte: „Nun herbei, wer trinken will.“ Lust, Kaffee zu trinken, hatten alle; sie kamen schnell herzu, und wie erstaunte Maria, als sie in dem jungen Mädchen Johanna erkannte. Sie ging freundlich auf sie zu und fragte verwundert, wie es komme, daß sie in diesem Hause sei. „Meine vorige Herrschaft, die hier in der Nähe ein Gut hatte, hat es verkauft und ist weggezogen. Die Frau wollte mich mitnehmen, aber Mutter meinte, ich sei noch zu jung, um in die Fremde zu gehen, und da Frau Walter gerade ein junges Mädchen brauchte, hat sie mich eingestellt. Es ist hier so schön“, fügte sie hinzu, „es ist gar nicht, als ob man diente; alle sind so freundlich zu mir.“

Im wohlhabenden Walterschen Hause wohnten Liebe, Gottesfurcht und Glauben. Man merkte es an Eltern, Kindern und Dienstboten. Sie taten alle ihre Arbeit mit Lust, nicht aus Zwang.

Als Johanna ins Haus gegangen war, rühmten Martha und Emmy, was sie für ein gutes Mädchen sei. Jetzt kam Frau Walter in den Garten. Sie meinte, die jungen Mädchen sollten im Gartenhaus bleiben; sie wolle nur fragen, ob geplaudert oder gelesen werden solle. Die meisten stimmten fürs Lesen, und so gab Frau Walter ihnen ein Buch, das kurze Lebensbeschreibungen bekannter Frauen enthielt. Man solle gute Lebensbilder lesen und dann darüber sprechen, damit es sich besser einpräge, das gebe gute Gedanken, meinte sie, und bewahre vor oberflächlichem Geplauder. „Und noch eins“, fuhr sie fort, „es wird euch nicht stören, wenn ich Johanna zum Zuhören schicke. Sie ist ein bescheidenes Mädchen, fleißig und treu, daß ich ihr gern dies kleine Vergnügen gönne.“

Die Mädchen waren sehr einverstanden, und als Johanna schüchtern durch die Gartenpforte kam, riefen alle: „Komm, Johanna, du kannst bei mir sitzen.“

Martha, die Älteste, begann zu lesen; die übrigen, die alle mit Interesse zuhörten, zogen eine Handarbeit heraus, und nun war es ein reizendes Bild, die jungen Mädchen zu beobachten. Wie manch gutes Samenkorn fällt in die jungen Herzen durch ein wertvolles Buch.

Maria sah Lisa oft von der Seite an und dachte, ob ihr wohl der heutige Nachmittag gefiele; sie war ganz befriedigt und sah recht froh aus. Später kam Frau Walter wieder und freute sich, daß ihr Gedanke Anklang gefunden hatte. Sie sprach mit den jungen Mädchen über das Gelesene und forderte sie dann auf, etwas zu singen.

Das ließ sich die fröhliche Schar nicht zweimal sagen. Bald ertönten Sommer- und Volkslieder im Chor und im Zweigesang, bis Frau Walter das Kränzchen einlud, ihr in das Eßzimmer zu folgen, wo große Schüsseln mit Erdbeeren aufgetragen waren.

Als Maria und Lisa miteinander nach Hause gingen, äußerte Maria zu Lisa ihre Freude über den schönen Nachmittag, worauf diese erwiderte, daß es ihr auch gefallen habe, aber nächsten Mittwoch bei ihr sollte es noch viel schöner werden. Wie sie dies meinte, verstand Maria nicht; Lisa klärte sie nicht weiter darüber auf. Maria hätte gerne zu Lisa gesagt: „Liebe Lisa, wollen wir uns nicht recht von Herzen liebhaben, uns nicht gegenseitig ermahnen und aufmuntern? Es wäre doch so schön." Aber es war, als ob ein gewisses Etwas zwischen ihnen stände, seit sie in das Landhaus übergesiedelt war. Sie fühlte, daß sie als arme Waise gezwungen war, Wohltaten anzunehmen, und obwohl Lisa freundlich und gefällig war, so lag doch etwas in ihrem Wesen, das ausdrückte: „Ich bin die Tochter des Hauses, du mußt dankbar sein, daß ich dich zu meiner Gesellschafterin genommen habe."

Wir wissen besser als Maria, woran es lag, daß sich die Mädchen nicht so einander anschlossen, denn wir haben nicht nur den äußeren, sondern auch den inneren Lebensgang der beiden verfolgt. Während Maria, tiefer veranlagt als Lisa, durch viel Trübsal den Weg des Glaubens ging, hatte sich Lisa allmählich, ohne daß sie es selbst merkte, mehr und mehr von Gott entfernt. Daß sie doch erkennen möchte, wer es wirklich treu und gut mit ihr meinte, und daß nicht Ida, sondern Maria ihre beste Freundin war!

Als die Mädchen nach Hause kamen, meldete ein kurzes Briefchen Idas Ankunft für übermorgen; damit waren alle guten Eindrücke, die der Nachmittag hinterlassen hatte, vergessen. Lisa lebte nur in dem Gedanken, wie sie alles schön machen wollte, um Ida zu überraschen. Maria aber konnte nicht ohne Beklommenheit an den Besuch denken; sie wußte, sie werde in den Hintergrund treten, und das verursachte ihr einen Kampf. Gerade weil sie sich das Zusammenleben mit Lisa so schön gedacht hatte, wurde es ihr schwer, ihre Freundschaftsehre an eine andere abzutreten. Sie betete an diesem Abend, der Herr möge ihr ein demütiges Herz schenken, damit sie gern und willig zurücktrete, wenn Ida komme; sie bat Gott, ihr zu helfen, daß nicht die Eifersucht in ihr Herz einziehe. Sie kannte sich wohl und wußte, daß sie ohne Gottes Beistand nicht würde bestehen können; aber der gesagt hat: „Meine Kraft ist in den Schwachen mächtig", würde auch ihr helfen. So sah Maria dem Besuch Idas ruhig entgegen.

Idas Besuch

Herr und Frau Granzin hatten gern die Einladung für Ida angenommen. Sie selbst machten auf der Rückreise noch einen kleinen Abstecher zu einem alten Freund und gönnten ihrer Tochter das Vergnügen, acht Tage mit ihrer neuen Freundin zusammen zu sein.

Am Freitagnachmittag sollte sie kommen. „Willst du mit an die Bahn fahren, Maria?“ fragte Lisa.

Maria lehnte freundlich ab mit dem Bemerken, daß sie Ida noch nicht kenne und es gewiß für die Freundin angenehmer sei, wenn Lisa allein komme. „Ich denke auch“, setzte Lisa hinzu, „du wirst aber Ida bald kennenlernen und sie gewiß auch gern mögen.“

Als Lisa fort war, ging Maria in den Garten, pflückte einen schönen Blumenstrauß und setzte ihn oben in Idas Zimmer. Er war doch ein freundliches Willkommen. Schade war es, daß sie und Lisa nicht erst einige Wochen allein gewesen waren; sie hätten sich mehr aneinander gewöhnt ... aber ... war schon wieder das eifersüchtige Gefühl da? Sie wollte es ja überwinden!

Nun kam der Wagen mit den beiden. Maria stand noch oben am Fenster und sann nach, ob sie hinuntergehen oder die Freundinnen oben erwarten sollte. Da rief Frau Schwarz: „Maria, sie kommen!“

Maria eilte die Treppe hinunter, Frau Schwarz

stand an der Haustür. „Ich sah dich mit Blumen nach oben gehen, du hast gewiß ein Sträußchen in Idas Stube gestellt; das ist recht, liebes Kind." Sie strich ihr über das Gesicht und fügte hinzu: „Ich wollte es dir schon immer sagen, du sollst mich ‚Tante und Du' nennen."

Maria wurde ganz rot vor Freude; sie wagte es zum erstenmal, Frau Schwarz zu umarmen und ihr einen Kuß zu geben; es war ihr, als würde ihr dadurch alles vertrauter", und sie kam viel leichter über die erste Begrüßung mit der jungen Fremden hinweg.

Ida hatte, wie wir schon früher sahen, etwas sehr Liebenswürdiges und Gewandtes im Verkehr. Mit zierlicher Verbeugung trat sie Frau Schwarz entgegen. Dann streifte sie Maria mit flüchtigem Blick und sagte: „Gewiß Maria Ruben! Lisa hat mir schon von Ihnen – oder wir sagen wohl du zueinander – von dir erzählt. Doch –" sich an Lisa wendend, „ich darf wohl erst in mein Zimmer gehen, man wird so staubig von der Reise."

Lisa führte sie hinauf. „Wie reizend ist es hier, und die köstlichen Rosen! Wie hübsch hast du alles gemacht, ich danke dir."

Maria war in den Garten gegangen, um sich mit den Kindern zu beschäftigen.

„Wie gut, daß Sie kommen, Fräulein Maria", rief Trina, „ich muß hinein, wollen Sie ein wenig auf die Kinder achtgeben?"

„Gern", war die Antwort, und Bubi rief: „Ja, bitte,

liebe Maria, bleibe bei uns; erzähle uns eine Geschichte."

„Jetzt nicht", sagte Maria, „ihr habt ja einen so schönen Sandhaufen. Wir wollen Bäcker spielen. Ihr macht Kuchen und Semmeln mit den hölzernen Formen, und ich kaufe sie euch ab. Die kleinen Steine sind das Geld."

„O ja, O ja", riefen die Kleinen und klatschten vor Vergnügen in die Hände, „das ist ein schönes Spiel, Lisa kann gar nicht so spielen."

„Wenn ihr Lisa bittet, wird sie gewiß auch so schön spielen, doch jetzt seht, wie ich es mache." Die Kleinen waren ganz glücklich über das schöne Spiel, und Maria war froh, daß sie die kleine Schar um sich hatte, denn jetzt kamen Lisa und Ida freundschaftlich Arm in Arm aus dem Hause, um im Garten zu spazieren, da hätte sie sich nicht dazwischen drängen wollen.

„Maria ist wohl eine Art Kinderfräulein bei euch?" fragte Ida halblaut, als sie die Gruppe von fern erblickte.

„Eigentlich nicht", sagte Lisa obenhin, „aber es ist ja natürlich, daß sie sich nützlich macht, wo sie kann, da die Eltern so viel an ihr tun. Sie soll auch meine Gesellschafterin sein, aber sie faßt das Leben oft zu ernst auf; ich glaube, wir beide passen besser zusammen." Ida fragte dann: „Du hast doch ein Rad bekommen?"

„Natürlich, und wie schön! Ich muß es dir gleich zeigen." Nun war das Gespräch von Maria abgelenkt, und als sie eben ins Haus wollten, um Lisas Rad zu holen, wurde auch schon Idas Rad gebracht. Nun waren die jungen Mädchen versorgt, und bald sah man sie durch den Garten radeln.

„Ich muß sagen, du hast deine Zeit gut angewandt“, sagte Ida lobend.

„Und doch habe ich das Rad erst seit zwei Tagen“, antwortete Lisa, mit sich selbst zufrieden.

Frau Schwarz, die auch im Garten war, sah den Mädchen eine Weile zu. Dann, als sie an ihr vorüberfuhren, rief sie Lisa zu, sie möchten Maria nicht ganz vernachlässigen, sondern sich erinnern, daß sie zu ihnen gehöre, „denn Lisa“, fügte sie hinzu, „du darfst über deiner neuen Freundin die alte nicht vergessen.“

„Nein, Mutter, wir stellen die Räder jetzt fort, wir wollen nur noch einmal durch den Garten jagen.“ Damit sausten sie davon.

Frau Schwarz ging in die Tannengrotte, wo Maria noch immer mit den Kindern spielte. Sie hatte geglaubt, ein mürrisches Gesicht zu finden, aber Maria und die Kinder waren vergnügt und hatten sich so gut unterhalten, daß Frau Schwarz sich sehr darüber freute und zu Maria sagte: „Du bist ein gutes Kind, ich danke dir, daß du dich so mit meinen Kleinen beschäftigst. Aber jetzt sollst du dich mit Lisa und Ida unterhalten; der Besuch ist nicht für Lisa allein.“

„Ich bin noch nicht in eurem Zimmer gewesen, ich würde es mir gerne ansehen, ihr habt mir gewiß hübsche Sachen zu zeigen“, sagte Ida, als die drei beieinander standen, unschlüssig, was tun. „Das ist auch wahr“, meinte Lisa, „wir wollen nach oben gehen.“

Sie betraten das freundliche Zimmer. Ida bewunderte die schöne Aussicht und dann die reizenden, mit buntem Kattun überzogenen Möbel und die sonstige Einrichtung. Schließlich fiel ihr Blick auf die Konfirmationssprüche der beiden.

„Wie sonderbar, daß ihr die Sprüche an die Wand hängt. Ein hübsches Bild, eine Landschaft fände ich schöner.“

„Es sind unsere Konfirmationssprüche; wir möchten uns gerne täglich dadurch erinnern lassen, was wir gelobt und welchen Segensspruch wir mit auf den Weg bekommen haben“, sagte Maria freundlich, während Lisa rot wurde und schwieg.

Ida lachte. „Ich mag mich nicht gern an die Konfirmationszeit erinnern lassen; ich wußte meine Sprüche selten und bekam oft Schelte. Ich kann mir keine Sprüche merken.“

„Wie schade“, sagte Maria und sah sie bestürzt an.

„Nun, Maria“, sagte Ida und klopfte ihr auf die Schulter, „du mußt auch noch anders werden, man darf die Frömmigkeit auch nicht übertreiben.“

„Es gibt nur zwei Wege, einen mit und einen ohne Christus“, war die ruhige Antwort. „Ich möchte gern mit Christus gehen, und Lisa auch; wir beide haben es uns versprochen, und damit wir es nicht vergessen, haben wir die Sprüche zu unserer Erinnerung im Zimmer hängen.“

„Wie sonderbar“, sagte Ida, etwas verlegen und doch überrascht von Marias Mut. Lisa aber, welche fürchtete, das Gespräch möchte eine unangenehme Wendung nehmen, rief schnell: „Sieh nur, Ida, wie hübsch die Randzeichnungen sind, die Maria gemalt hat; diese feinen Blumen und Blätter. Malst du auch?“

Das war ein anderes Thema. „Freilich male ich, aber keine Sprüche. Ich male Blumen und Landschaften und habe bei dem besten Lehrer Unterricht. Wenn du mich besuchst, sollst du meine Mappe sehen. Aber es ist draußen so schön. Habt ihr vielleicht ein Krocket?“

„Gewiß“, sagte Lisa, „wir haben auch einen schönen Platz dazu.“

Dies Spiel füllte die Zeit bis zum Abendessen aus. Auch Maria beteiligte sich gern daran, da sie am Nachmittag keine weiteren Pflichten hatte. Aber sie mußte immer wieder an das denken, was Ida gesagt hatte. Sie konnte diese wichtige Zeit, die entscheidend für das ganze künftige Leben sein kann, doch gar nicht ernst genommen haben! Wenn sie nur Lisa nicht viel vorredete und sie abspenstig machte von dem, was sie gelobt hatte. Maria ahnte nicht, daß dies bereits geschehen war, daß Lisa den Einflüsterungen ein nur zu williges Ohr lieh, daß sie es auch bequemer fand, den Weg zu gehen, den Tausende gehen, ohne sich auch nur zu fragen: wohin führt er, und was ist das Ende?

Maria hatte die Sonntage besonders gern. Zuletzt

hatte sie öfters allein in die Paulskirche wandern müssen; sie war dann eine halbe Stunde früher gegangen und hatte frische Blumen auf das Grab gelegt, da der Gottesacker in der Nähe war. Nun, da sie bei Lisa und ihren Eltern wohnte, freute sie sich, den Weg zur Kirche mit der Freundin gemeinsam machen zu können. Lisa sprach auch am Samstag davon, daß sie alle drei zur Kirche gehen wollten. –

Als Maria am Sonntagmorgen erwachte, war alles still um sie her. Sonst hatte sie das Geplauder der Mädchen, die nebeneinander schliefen, schon beim Erwachen gehört; sollten sie heute noch schlafen? Sie kleidete sich schnell an, las ihren Abschnitt aus der Bibel und freute sich des schönen Sonntagmorgens. Freilich war die Luft schwül, und da es schon längere Zeit heiß gewesen, war ein baldiges Gewitter nicht ausgeschlossen. Sie ging in das Wohnzimmer, die Tür nach Lisas Schlafzimmer stand weit auf, sie selbst war nicht mehr darin. Auch Idas Zimmer nebenan war leer. Sie ging verwundert hinunter und fand Frau Schwarz mit den jüngeren Kindern im Eßzimmer am Kaffeetisch. Auf ihre Frage erfuhr sie, daß die Mädchen sich mit mehreren Freundinnen aus der Stadt verabredet hätten, einen kleinen Morgenausflug mit dem Rad in den nahen Wald zu machen. Sie seien, der Hitze wegen, schon früh aufgebrochen und würden bestimmt zur Kirche wieder da sein.

Maria trank ihren Kaffee und ging mit ihren kleinen Lieblingen in den Garten, um sich frische Blumen fürs Grab zu holen. Nun war es bald Zeit, aufzubrechen, aber sie wollte den Gang auf den Gottesacker bis zum Nachmittag aufschieben, da sie so gern mit Lisa zusammen in die Kirche gehen würde. Die kam nicht. Nun war es die höchste Zeit, wenn sie noch rechtzeitig hinkommen wollte. Sie sah noch einmal aus dem Tor, nichts war zu sehen. Schweren Herzens machte sie sich auf den Weg. Wie gut, daß sie den Regenschirm mitgenommen hatte, die dunklen Wolken am Horizont kamen näher, es fielen schon einzelne Regentropfen, Donner ließ sich aus der Ferne vernehmen, und als Maria auf den Kirchplatz trat, zuckte ein greller Blitz vom Himmel, der sie erschreckte. Aber kaum hatte sie die Schwelle des Gotteshauses überschritten, da kam Friede über sie, und das bange Gefühl, das sie sonst bei einem Gewitter hatte, war verschwunden. Die Orgel brauste durch den hohen Raum, und die Gemeinde sang: „O heiliger Geist, kehr bei uns ein und laß uns deine Wohnung sein, o komm, du Herzenssonne." Maria stimmte fröhlich ein, denn sie fühlte sich daheim im Gotteshause. Der Pfarrer sprach dann eindringlich über den Text: „Es werden nicht alle, die zu mir sagen: Herr, Herr, in das Himmelreich kommen, sondern die den Willen tun meines Vaters im Himmel." Er sprach über das wahre und falsche Christentum. Über das Sein und Scheinen.

Beim Verlassen des Gotteshauses hatte das Gewitter nachgelassen, aber es regnete in Strömen. Was tat's, Maria hatte den Regenmantel bei sich und war mit einem Schirm versehen. Innerlich glücklich und befriedigt eilte sie nach Hause.

Aber wie sah's daheim aus! Da waren gerade die Sonntagsradler angelangt, bis auf die Haut durchnäßt, die Räder mußten sie führen. Denn in dem gewaltigen Regen waren die Wege so aufgeweicht, daß sie nicht mehr fahren konnten, da mußten sie wohl oder übel nebenher patschen in den dünnen Schuhen. An Regen hatte ja niemand gedacht, als sie um fünf Uhr losfuhren. Sie waren ihrer sieben, fünf Mädchen und zwei Brüder der Freundinnen waren auch dabei. Man hatte in einem Gasthaus in der Nähe des Waldes Kaffee getrunken und war dann durch den breiten Hauptweg des Waldes gefahren. Sie hatten in einer Lichtung Rast gemacht und darüber die Zeit versäumt. Zu Lisas Ehre müssen wir sagen, daß sie zur Kirchzeit heim wollte, aber sie wurde bald durch die andern überstimmt und ließ sich's dann auch gefallen. Von Gewitterwolken hatte man im Walde nichts gemerkt, und als das Wetter heraufzog, hatte man kaum noch so viel Zeit, in den Gasthof zurückzugehen. Dort wartete man das Schlimmste ab; als es sich lichtete und auch der Regen nachließ, machte man sich auf den Weg. Aber kaum war man eine Viertelstunde unterwegs, da goß es wie mit Kannen vom Himmel und die ganze Gesellschaft wurde tüchtig eingeweicht. Ziemlich kleinlaut kamen sie nach Hause, und als

Maria ankam, waren sie gerade daran, sich umzuziehen.

Ida erschien frisch und rosig, fein sonntäglich gekleidet und meinte: ein bißchen Naßwerden schade nichts, es sei doch ein prächtiger Ausflug gewesen.

Zum Nachmittag waren Lisa und Ida zu einer der Freundinnen zum Kaffee geladen; Maria wurde auch aufgefordert, doch da es eine größere Gesellschaft war, lehnte sie ab. Sie ging an ihres Vaters Grab. Dort stand sie und las die Worte: „Gott sei Dank, der uns den Sieg gegeben hat durch unsern Herrn Jesum Christum." Sie bat Gott, auch ihr den Sieg im Kampf mit der Sünde zu verleihen und sie zu einer wahren, echten Jüngerin Jesu zu machen.

Auf dem Rückweg besuchte sie Martha und Emmy. Sie erzählten, wie sie auch eine Einladung von Alma von Stranz bekommen, aber keine Erlaubnis von den Eltern erhalten hätten, weil sie den Umgang mit Alma nicht wünschten.

Maria aber hoffte, wenn Ida erst wieder fort sei, werde Lisa die alte Freundin von früher sein, und wir können es ihr nicht verdenken, daß sie sich auf den Tag freute, an dem Ida abreiste.

Der Bruch

Ida war nun schon seit mehreren Wochen fort. Aber sie hatte etwas hinterlassen, das für Lisa nicht gut war. Alles genießen, nichts entbehren, sich nichts versagen, das war bei ihr die Losung. Da Lisas Sinn auch dazu neigte, war es nicht zu verwundern, daß sie gern Idas Vorbild folgte. Ida hatte eine große Gewalt über sie gehabt, wie sie denn überhaupt viele durch ihr anmutiges Wesen, durch ihre gewandte Art bezauberte. In den Augen der Umwelt waren Ida und Lisa ein Mädchen, an denen man Wohlgefallen finden konnte. Sie wußten es auch und suchten zu gefallen, damit war aber in Gottes Augen der schönste Schmuck dahin. Maria dagegen wollte zur Ehre Gottes leben. Wer dafür Sinn und Verständnis hatte, für den war sie viel anziehender als ihre Freundinnen. Man sah in ihre dunkelblauen klaren Augen, wie man in einen klaren Bach bis auf den Grund sieht; es spiegelte sich darin Wahrhaftigkeit und Freundlichkeit. Eben ihre gleichmäßige Freundlichkeit machte sie allen, mit denen sie in Berührung kam, lieb und wert.

Frau Schwarz fühlte wohl den Unterschied, der zwischen beiden Mädchen war. Sie gab es auch zu, daß sie bei Lisas Erziehung manches falsch gemacht hatte und zu schwach gewesen war; aber sie war auch jetzt Lisa gegenüber nicht hart genug, um ihr etwas, was sie für schädlich hielt, zu verbieten. Der

Vater hatte den ganzen Tag zu tun und kümmerte sich nicht um die Erziehung. Er freute sich, sein Töchterchen stets froh und vergnügt zu finden. Wenn seine Frau mitunter klagte, daß Lisa nicht so sei, wie sie gern wünschte, so konnte er nicht begreifen, was sie an ihr auszusetzen habe.

Gleich nachdem Ida abgereist war, mochte Lisa wohl fühlen, daß sie sich nun wieder mehr ihrer Pflegeschwester widmen müsse, oder hatte die Mutter sie darauf aufmerksam gemacht, denn sie wurde wieder vertraulicher mit Maria, begleitete sie nachmittags mitunter in den Garten, wenn sie sich mit den Kleinen beschäftigte, und ging auch morgens wieder in die Küche. Maria war glücklich darüber; sie hatte Lisa sehr lieb, ihr größter Wunsch war, mit ihr in herzlichem Einverständnis zu leben. Ihre beste Freundin war und blieb Eva, doch sie war im Seminar. So konnte die Verbindung nur durch Briefe aufrecht erhalten werden. In diesen Briefen sprachen sich die Freundinnen nicht nur rückhaltlos über alle äußeren Verhältnisse aus, sondern sie berührten auch Fragen des Glaubens und stärkten und förderten sich gegenseitig. Wie freute sich Maria, Eva in den Ferien wiederzusehen! Da sie nicht genau wußte, wann sie kam, so nahm sie sich vor, dies bei den Eltern zu erfragen.

Sie bat Lisa eines Tages, mit ihr zu gehen. Nach einigem Zögern willigte sie ein. Sie wurden freundlich mit offenen Armen empfangen. In mütterlicher Weise erkundigte sich Frau Berg nach Maria und meinte, ihr müsse es sehr wohl gehen, sie sehe gut aus und mit einem so lieben Pflegeschwesterchen lebe es sich gewiß vortrefflich.

Auf dem Rückwege faßte Maria Lisa freundlich unter den Arm und sagte: „Lisa, könnten wir nicht zuweilen abends zusammen Gottes Wort lesen? Es wäre so schön! Weißt du noch, als du unten die Stube hattest?“ Lisa meinte, sie könnten es ja, sie habe nichts dagegen, machte dann aber plötzlich ihren Arm los, denn über die Straße kam Alma von Stranz und begrüßte sie mit lauten Worten. Sie hatte viel zu erzählen. Heute sollte eine Ruderfahrt unternommen werden, Lisa müsse punkt drei Uhr am Wasser sein; es gäbe ein Hauptvergnügen. Sie wollten nach den Wolkenburger Tannen hinüber, andere junge Mädchen wären auch dabei, und die Brüder ruderten, aber sie müßten es auch lernen.

„Willst du denn nicht einmal mit?“ fragte Alma.

„Ich möchte größere Geselligkeit meiden“, antwortete Maria.

„Ach ja, ich dachte nicht daran, du hast Trauer.“

„Auch wenn ich die nicht hätte, würde ich heute nicht können“, sagte Maria, „da ich Pflichten übernommen habe.“ Lisa wurde rot. Erinnerte sie sich jetzt erst daran, daß Frau Schwarz gestern abend die jungen Mädchen gebeten hatte, heute nachmittag die Kinder zu beaufsichtigen?

„Du wirst ja auch gut allein mit den Kindern fertig“, meinte Lisa, nachdem Alma gegangen war, „ich konnte doch nicht gut absagen.“

„Willst du denn immer nur dem Vergnügen leben, Lisa?“ sagte Maria.

„Bist du denn zu meiner Wächterin eingesetzt?“ brauste nun Lisa auf. „Soll ich mich immer von dir tadeln lassen?“

„Tadeln will ich dich nicht, Lisa“, versetzte Maria ruhig. „Ich habe dich so lieb und möchte nur, wir könnten von ernsten Dingen mehr miteinander reden und recht zusammenhalten.“

„Du hältst dich immer für besser, gönnst mir kein Vergnügen, alles möchtest du hintertreiben, immer kommst du mit deinen Pflichten und Arbeiten.“

„Es tut mir leid, wenn ich dich damit ärgere. Wenn man seine Pflichten gern tut, machen sie Vergnügen. Ich denke mir, sie müssen viel mehr befriedigen als die täglichen Gesellschaften. Ich finde, du bist gar nicht mehr so heiter, wie du früher warst, sondern kommst oft recht mürrisch und verdrossen heim.“

Das war auch der Fall. Wenn Lisa nicht so beachtet wurde, wie sie es wünschte, wenn andere sich feiner kleideten als sie, wenn andere etwas besser konnten als sie, so war sie so verstimmt, daß sie es zu Hause die Ihrigen spüren ließ.

„Alle jungen Mädchen sind wie ich; sie sind alle fröhlich und vergnügen sich gern, warum soll ich allein mich zu Hause einspinnen und versauern!“ meinte Lisa.

So kam es, daß allmählich, ganz allmählich Lisas Liebe zu Maria in Widerwillen überging. Lisa sah sie nicht mehr als Freundin an, sondern als eine, die ihr übelwollte.

Eines Tages, als Lisa wieder, wie schon oft, den Gottesdienst versäumt hatte und Maria sie bat, doch das Kirchengehen nicht aufzugeben, da wurde Lisa zornig und gebrauchte Ausdrücke, die Maria sehr wehe taten. Und dennoch würde sie sie verschmerzt haben, wenn sie nicht unfreiwillig Zeuge eines Gesprächs geworden wäre, das Lisa mit ihrer Mutter hatte. Maria war nach der Unterredung mit Lisa in ihr eigenes Zimmer gegangen, um dort die bösen Worte, die Lisa gebraucht hatte, zu verwinden und Gott zu bitten, ihr trotz alledem Geduld und Kraft zu schenken Lisa gegenüber – als diese laut redend mit der Mutter ins Nebenzimmer trat und sich bitter über Maria beklagte.

„Ich mag sie nicht mehr um mich haben, Mutter“, sagte sie. „Gibt es denn keinen anderen Platz für sie. Sie quält mich unablässig mit ihren frommen Ermahnungen. Ida sagte schon, sie möchte nicht immer mit so jemand zusammen sein. Ich mag das Mädchen nicht mehr um mich haben“, rief sie noch einmal mit lauter Stimme.

Weiter hörte Maria nichts. Es war, als ob eine dumpfe Betäubung über sie gekommen sei. Sie verließ das Zimmer und flüchtete in den Garten. Dort suchte sie die entfernteste Ecke auf; im Dunkel der großen Waldbäume warf sie sich auf eine Bank und weinte bitterlich. So – also mußte es kommen. Lisa war ihrer überdrüssig, mochte sie nicht mehr um sich haben. Was hatte sie ihr getan? Sie hatte ihre Arbeit morgens in der Küche mit übernommen, hatte die Kinder fast stets allein betreut und hatte es Lisa nie entgelten lassen, daß sie ihr die eigenen Pflichten aufgebürdet. Und nun wollte sie sie los sein! Maria hatte kein Heim mehr. Wohin sollte sie gehen?

„O, mein liebster Vater“, schluchzte sie, „warum mußtest du mich so früh verlassen?“ Sie fühlte sich in diesem Augenblick so traurig, so heimatlos. Sie dachte an Pfarrer Berg. Sollte sie zu ihm gehen? Dann müßte sie ihm alles sagen, und sie wollte so ungern Lisas Anklägerin werden. Sie hatte gewiß vieles falsch gemacht, wenn sie sich auch sagte, daß sie nur Lisas Bestes gewollt, aber bleiben konnte sie nicht mehr; Lisa hatte es zu deutlich ausgesprochen, daß sie ihr im Wege war, aufdrängen mochte sie sich ihr nicht, aber wohin?

Da berührte jemand ihre Schulter und sagte mit weicher, mütterlicher Stimme: „Maria, warum weinst du, was ist geschehen?“ Maria nahm das Tuch von den verweinten Augen und sah, daß Tante Lotte vor ihr stand. Tante Lotte war also wieder von der Reise zurück, das hatte sie nicht gewußt. Sie antwortete nicht, sondern begann bei ihrem Anblick heftiger zu weinen.

„Liebes Kind“, sagte Tante Lotte, „komm einmal mit mir und erzähle mir deinen Kummer.“ Sie umfaßte sie und führte sie in ihr nahes Haus. Auf ihr freundliches Zureden vertraute Maria der Tante ihr

Leid. „Ich habe Lisa so lieb und habe es gewiß nicht böse gemeint", schluchzte sie, „nur, nur – hätte ich mich so sehr gefreut, wenn es – wie früher – hätte sein können."

„Es war gar kein Unrecht, mein liebes Kind, was du getan hast; es war sogar deine Pflicht."

„Aber zurückgehen kann ich nicht wieder in das Haus, wo man mich nicht länger haben will", sagte sie und schaute angstvoll zu Tante Lotte.

„Möchtest du bei mir bleiben, mein Kind? Ich möchte gerne ein junges Wesen um mich haben, das mich lieb hätte, mir vorläse, mit mir Besorgungen und Besuche machte; willst du das?"

„Wie gerne", sagte Maria, und es schien, als löse sich eine große Last von ihrem Herzen.

„Du hast dich drüben nicht wohl gefühlt?" fragte Tante Lotte und sah sie forschend an.

„Ich bin Frau Schwarz immer sehr dankbar gewesen für alles Gute, was ich täglich aus ihren Händen empfing; sie war stets liebevoll zu mir, aber Lisa hatte mich nicht mehr lieb, seit Ida zum Besuch da war, und das tut mir weh, denn ich habe Lisa sehr gern." Wieder kamen die Tränen; es war, als ob alles Weh, das sich in den Wochen angesammelt hatte, sich nun auf einmal Luft machte in dem jungen Herzen. Tante Lottchen verstand sie zu trösten und zu beruhigen. Dann sagte sie: „Nun müssen wir beide hinüber."

Das war für Maria ein schwerer Gang, aber es mußte sein. Lisa, die gemerkt hatte, daß Maria im

Nebenzimmer gewesen war und ihre Zornausbrüche gehört hatte, war sehr verlegen, als Tante Lotte mit Maria eintrat.

Die Tante fragte nach der Mutter, und Lisa, froh, einen Grund zum Verschwinden zu haben, sagte, sie wolle die Mutter rufen.

Frau Schwarz war sehr unglücklich über diese Geschichte. Sie sagte, sie würde Maria gern behalten haben, aber mit Lisa zusammen, das sehe sie selbst ein, gehe es nicht weiter. Sie bedauerte, daß sie nicht strenger gegen Lisa gewesen sei, sie könne nun nichts mehr bei ihr ausrichten und ihrem Manne dürfe sie nichts sagen. Als sie hörte, daß ihre Schwägerin Maria behalten wollte, war sie sehr erfreut, meinte, das junge Mädchen würde sich bei ihr gewiß wohler fühlen, und war froh, daß sich die Sache so zum Guten löste. Maria, die nach oben geschickt worden war, um die nötigsten Sachen zu holen, wollte Lisa Lebewohl sagen, die aber war nirgends zu finden.

„Sie weiß es ja nicht, daß Maria ganz fortgeht", sagte die Mutter entschuldigend, „ich schicke sie morgen zu dir, Lottchen. Nun, wir behalten uns lieb, mein Kind", sagte Frau Schwarz und gab Maria einen herzlichen Kuß. „Ihr werdet schon wieder gute Freunde werden und könnt euch täglich sehen; es ist gewiß besser, wenn ihr nicht zusammenwohnt."

Maria dankte sehr für alles Gute, das Frau Schwarz ihr erwiesen, und bat, die Kleinen öfter hinüberzuschicken. „Sie sollen morgen kommen und so oft du willst“, versicherte Frau Schwarz. Lisa war und blieb verschwunden. War es das böse Gewissen, das sie fernhielt?

Als Maria mit Tante Lottchen in deren Behausung kam, war der Tisch im Eßzimmer gedeckt und Elsa, das Mädchen, lief eilig hin und her, um noch dieses und jenes zu holen. „Elsa, mein Kind, hole noch ein Gedeck, wir werden nun Fräulein Maria ganz hier behalten.“

Das immer freundliche Gesicht des jungen Mädchens zog sich, wie es Maria vorkam, ein wenig länger; sie ließ nur ein gedehntes „Ach!“ vernehmen und ging, das Gewünschte zu holen.

„Es scheint, als ob Elsa über dein Hierbleiben nicht sehr erfreut wäre“, meinte Tante Lotte, „sie fürchtet vielleicht, es erwachse ihr mehr Arbeit, aber nicht wahr, Maria, du hilfst Elsa recht fleißig, so daß sie sich nicht zu beklagen braucht? Sie ist ein geschicktes Mädchen, aber etwas leichtsinnig. Ich möchte gern einen ernsteren Sinn bei ihr, aber das kann nur Gottes Gnade schaffen, wir Menschen vermögen es nicht, einen andern zu ändern; du hast es jetzt auch gemerkt.“

„Glauben Sie wohl, daß Lisa sich eines Tages wieder mit Ernst zu Gott wenden wird?“ fragte Maria Tante Lottchen.

„Das hoffe ich zu Gott, liebes Kind, wir beide, die wir sie liebhaben, wollen recht fleißig darum beten.“

„Für Lisa“, sagte Maria, „ist es gewiß schwerer,

dem Heiland treu zu bleiben, die Reichen sind doch größeren Versuchungen ausgesetzt."

„Das ist nicht so ganz sicher, liebes Kind. Versuchungen treffen den Armen sowohl wie den Reichen. Lisa ist das Heil in Christo ebensogut geboten wie dir; wenn die Eltern auch leider gleichgültig sind, so würden sie ihr nie etwas in den Weg gelegt haben, wenn sie in der Nachfolge Christi geblieben wäre. Ich habe sie oft, wenn du nicht dabei warst, mütterlich ermahnt, aber sie hat es nicht angenommen. Und warum haben Martha und Emmy, die vielleicht noch mehr irdischen Besitz haben, ihren Heiland lieb? Sie haben ihr Herz dem Herrn geschenkt, und Lisa hat es der Welt geschenkt. Der Herr füllt die Herzen mit himmlischen Schätzen, die Welt nur mit Trebern."

War es nicht, als ob Maria den Vater reden hörte? Sie hatte das Gefühl, als sei sie nach langer Zeit nach Hause gekommen. Sie dankte der mütterlichen Freundin dafür, daß sie ihr ein Obdach gewährt hatte. Vor allen Dingen aber dankte sie Gott, der ihr abermals gezeigt hatte, daß er ein Vater der Waisen sei; sie hoffte und vertraute fest, daß er sie ferner nicht verlassen werde.

Bei Tante Lotte

Als Maria am nächsten Morgen erwachte, fand sie sich im ersten Augenblick nicht zurecht. Da fiel ihr alles Erlebte ein; sie war nicht mehr im Haus Schwarz, sondern bei der so mütterlichen Freundin, die Verständnis für sie hatte. Schnell kleidete sie sich an, las einen Abschnitt aus der Bibel und ging hinunter. Elsa klapperte in der Küche mit dem Geschirr; sie ging zu ihr und fragte, ob sie etwas helfen könne.

„O nein", war die Antwort, „ich kann es sehr gut allein."

Ob die Tante schon auf sei? „Ja gewiß."

Zaghaft klopfte sie unten an, da saß die Tante mit ihrer Bibel auf dem Schoß und las.

„Ich störe gewiß."

„Nein, mein liebes Kind, wir können miteinander Gottes Wort betrachten. Willst du mir vorlesen?"

„Gern."

„Rufe doch Elsa, wir wollen mit ihr zusammen Gottes Wort lesen und dann unsern Kaffee trinken." Elsa kam. Es schien nicht, als ob das Mädchen sehr aufmerksam wäre. Sie zupfte viel an ihrem Schürzenband, sah aus dem Fenster und war froh, als das Buch zugemacht wurde und sie das Zimmer verlassen konnte.

Dann brachte sie den Kaffee. Tante Lotte gab ihr Aufträge und Geld für Besorgungen in der Stadt. „Es wird ja aber alles teurer", klagte die Tante, als

Elsa behauptete, es sei noch nicht Geld genug, der Kaffee sei teurer geworden, auch der Reis und der Zucker, so daß Tante Lotte den Kopf schüttelte und meinte, das sei schlimm, aber es gehe wohl so in der Welt, daß die Sachen statt billiger immer teurer würden. Elsa war sehr aufmerksam und zuvorkommend gegen ihre Herrin, Maria dagegen wurde von ihr mit recht mißtrauischen Blicken angesehen, was sie unangenehm berührte. Sie hatte von vornherein kein Vertrauen zu dem Mädchen, obwohl sie keine Ahnung hatte, daß es die gleiche Elsa war, die ihre Uhr gestohlen hatte.

Als Elsa gegangen war, mußte Maria sich zu Tante Lottchen an den gemütlichen Kaffeetisch setzen; während des Trinkens wurde über allerlei gesprochen. Dann räumte Maria ab und brachte den Tisch in Ordnung, Tante Lotte aber öffnete das Fenster und sah in den Waldpark hinaus. „Jetzt kommt Lisa“, sagte sie, „aber sie zögert, es scheint ihr schwer zu werden. Sie hat gewiß von der Mutter den Auftrag, dir einige freundliche Worte zu sagen, Maria.“

Mit langsamen Schritten kam Lisa auf das Haus zu. Tante Lottchen wollte es ihr erleichtern, öffnete die Haustüre und rief: „Guten Morgen, Lisa, willst du mir einen kleinen Besuch machen, oder gilt er Maria? Komm nur herein, Kind.“ Wie mit Blut übergossen stand Lisa da. Maria ging auf sie zu und sagte freundlich: „Lisa, sei mir nicht böse, wenn ich dich gekränkt habe, es tut mir leid.“

„Im Gegenteil, ich habe dich gekränkt, sonst wärst du nicht davongelaufen."

Jetzt ergriff die Tante das Wort. „Maria ist nicht davongelaufen; ich habe sie sehr betrübt im Garten gefunden und habe sie mit hierher genommen. Lisa, mein Kind, du hast dir eine treue Freundin verscherzt, ich fürchte, es wird dir später leid tun, denn eine treue Freundin ist Goldes wert." Mit diesen Worten nahm die Tante Lisa mit in das andere Zimmer und ermahnte sie dort unter vier Augen mütterlich und liebevoll, sie solle sehr darauf achten, wen sie sich zur Freundin nehme, es komme so viel darauf an, so daß Lisa in Tränen ausbrach und erklärte: ihretwegen hätte Maria bleiben können, sie hätte es nicht so böse gemeint.

„Nun bleibt Maria bei mir, aber ihr könnt euch lieb behalten, und du, Lisa, kannst zu jeder Zeit herüberkommen. Du sollst uns herzlich willkommen sein." Dann ging die Tante mit Lisa zu Maria und war bemüht, zwischen beiden das alte Verhältnis wieder herzustellen.

Beim Abschied reichte Lisa Maria die Hand. „Besuche mich auch wieder, Maria. Du hättest es so gut haben können, wenn du mir ein wenig mehr zu Gefallen gelebt hättest, wenn du nicht immer gerade das Gegenteil von dem, was ich wollte, getan hättest."

„Maria", sagte Tante Lottchen lächelnd, als die von der Begleitung Lisas zurückkam, „willst du auch lieber wieder umkehren und Lisa zu Gefallen leben, alles mitmachen, was sie vorhat? Du könntest es äußerlich sehr gut haben, oder willst du lieber bei der alten Tante bleiben, die dir nichts bieten kann als ein warmes Herz und ein stilles Heim?" Maria umarmte Tante Lottchen, denn so durfte sie sie jetzt nennen und sagte, daß sie lieber bei ihr bleiben wolle. Sie wisse, ihr lieber Vater würde es auch gewünscht haben.

„Nun, dann wollen wir Lisa zeigen, daß Christen auch fröhlich sein können. Sie denkt, du versauerst bei mir. Aber nicht wahr, mein liebes Kind, unsere Freude hat einen festen Grund, der nicht wankt, während die Freuden dieser Welt alle einen bittern Nachgeschmack haben. Vielleicht spürt es unsere Lisa auch noch und kommt zu uns, wird die dritte in unserm Bunde. Dann wollen wir uns erst recht freuen, nicht wahr?" Maria nickte voller Zuversicht.

„Wir wollen uns nun eine Tageseinteilung machen und den Tag nicht verträumen."

Es wurde bestimmt, daß Maria den Kaffee und Tee bereiten und überhaupt im Haushalt mitarbeiten sollte; und dann der Tante jeden Tag vorlesen. Es wurden lehrreiche und unterhaltende Bücher gewählt, auch beschloß die Tante, die sehr klug war, mit Maria Sprachen und andere wissenschaftliche Fächer zu treiben, denn sie wußte aus Erfahrung, welch ein Gewinn es für ein junges Mädchen ist, sich mit ernsten Dingen zu beschäftigen, die Geist und Herz bilden. Sie sollte auch geselligen Verkehr pflegen mit ihren Freundinnen, regelmäßig das Kränzchen besuchen, das seinen guten Fortgang nahm, obwohl einige, denen es langweilig geworden, nicht mehr erschienen.

Wie wohl tat es Maria, daß es wieder eine regelmäßige Tageseinteilung gab. Es war drüben alles nach Willkür gegangen; sie hatte oft nicht gewußt, was anfangen. Es war niemand, der sie unterwies oder sie recht anleitete. Nur die Stunden in der Küche hatte sie aus eigenem Antrieb treu benutzt. Wenn Lisa ihrem Vergnügen nachging, lernte Maria bei Friederike viele Feinheiten einer guten Küche.

Frau Schwarz war eine gutmütige Frau. Sie konnte sich, da sie reich war, Mädchen für alles halten, aber die merkten bald, daß die Frau keine strenge Aufsicht führte, und übervorteilten sie, wo sie konnten. Maria hatte wohl gemerkt, daß etwas im Hause fehlte; sie war aber zu jung und unerfahren, um das Ganze zu durchschauen. Wie gut, daß sie nun in andere Hände kam, und Maria hat im späteren Leben noch oft Gott gedankt für seine gnädige Führung.

„Heute morgen“, sagte Tante Lottchen, „muß ich zu deinem Vormund gehen, heute nachmittag aber sollst du mich begleiten, da wollen wir einige Kranke besuchen. Die Krankensuppe kochst du, Maria, packst auch Obst dazu, verstehst du es wohl?“ Maria bejahte und sagte, daß es ihr große Freude mache. Elsa zeigte zwar kein freundliches Gesicht, als Maria in der Küche erschien, aber

Maria war liebenswürdig und bat höflich um alles, so daß Elsa keinen Grund hatte, sich zu beklagen. Und doch sah sie sie als einen Eindringling an, als jemand, der ihr auf die Finger sah. Die Tante war eigentlich eine strenge Herrin und hatte ihre Augen überall, aber es gab doch Stunden, wo Elsa sich selbst überlassen war. Da wurde hier ein wenig veruntreut und da ein wenig, denn „ein wenig" dachte sie, „merkt ja niemand". Daß aber ein allsehendes Auge über uns wacht, daran dachte Elsa nicht. Es war ihr nun lästig, daß Maria hin- und herging und sie sich beobachtet glaubte. Sie naschte nämlich gern; wenn sie Obst kochte, kam es vor, daß sie recht viel versuchte, oder daß sie beim Ausschütten etwas für sich in dem Topf ließ. Wunderte sich die Tante, so suchte sie sie mit vielen Worten zu überzeugen, daß es sehr zusammengekocht sei.

Auch beim Einkaufen suchte sie ihren Vorteil und bedachte nicht, daß sie gegen das siebente Gebot sündigte; sie hatte sich noch nie Gewissensbisse darüber gemacht. Daß sie gerade in das Haus einer frommen Dame gekommen war, war ihr gleichgültig. Sie bekam einen guten Lohn, und einen um den andern Sonntag hatte sie frei, da konnte sie tun und lassen, was sie wollte. Freilich hatte Tante Lotte das Gehen zu Tanzvergnügen entschieden untersagt, solange sie bei ihr im Dienst sei. Ihr Kammerfenster lag aber nach der entgegengesetzten Seite der meisten Räume, und schon oft hatte sie sich abends, wenn die alte Dame schlief, hinausgeschwungen und war nachts fort gewesen, ohne daß jemand etwas gemerkt hatte. Das ließ sich alles machen; Elsa war klug und gerieben. Nun war auf einmal Maria da, die am Ende die Aufpasserin machte; deshalb sah Elsa Maria scheel an und konnte sich nicht überwinden, freundlich zu sein. Maria vermißte ihre alte treue Mine, die wohl einmal schalt, wenn sie etwas nicht recht machte, die dennoch die Tochter ihres Herrn sehr liebhatte und treu für sie sorgte. Aber alles konnte ja nicht beisammen sein, sie wollte tun, als ob sie Elsas unfreundliches Wesen nicht merke, dann würde sie mit der Zeit vielleicht schon anders werden.

Während Maria sorgsam in der Küche den Auftrag Tante Lottchens ausführte, ging die zu Pfarrer Berg, um ihm, als Marias Vormund, deren Übersiedlung mitzuteilen. „Für Maria freue ich mich, für Lisa nicht", sagte der Pfarrer, „ich hatte gerade von Marias Einfluß viel erhofft."

„Lisa ist flatterhaft. Wenn der Herr sie nicht in eine besondere Schule nimmt, fürchte ich, wird sie sich mehr der Welt zuneigen, doch werde ich als Patin immer wieder versuchen, sie auf das eine, was not tut, hinzuweisen."

Der Pfarrer reichte ihr die Hand. „Ja, helfen Sie mir, meine Kinder behüten, damit sie auf dem rechten Wege bleiben."

Sie sprachen dann über Marias äußere Verhältnisse. Pfarrer Berg sagte, daß er eine kleine Summe bares Geld für Maria verwalte, die aber als ein Notpfennig aufbewahrt werden müsse, wenn Maria einmal alleinstehen sollte. Die Tante versicherte ihm, daß sie jetzt ganz für Maria sorgen werde, sie sei in der Lage, das zu tun. Inwieweit sie später helfen werde, hänge von Marias Verhalten ab.

Als Tante Lotte nach Hause kam, saß Maria im Zimmer, umringt von der Kinderschar aus dem Landhaus. Die Kleinste saß auf ihrem Schoß und hatte ihre Ärmchen um sie geschlungen, die beiden größeren standen an jeder Seite und schmiegten sich an sie; Bubi aber hatte sich einen Schemel herangezogen und saß vor ihr. Alle lauschten andächtig auf ihre Erzählungen aus der biblischen Geschichte. Sie konnten nicht satt werden, die schöne Geschichte von Joseph zu hören, und als Tante Lottchen eintrat, riefen sie: „Bitte, bitte, liebe Tante, sei noch ein bißchen still, bis unsere Maria die Geschichte zu Ende hat."

„Das ist nun aber meine Maria."

„Nein, unsere", riefen alle Kinder wie aus einem Munde, „sie muß wieder zu uns kommen, sie soll nicht hierbleiben."

„Ihr kommt alle Tage herüber, dann ist es genau so, als wenn Maria noch bei euch wäre. Nun aber erzähle nur weiter, Maria."

Das junge Mädchen verdiente auch die Liebe der Kinder, denn sie hatte ihnen manche Stunde gewidmet, und, ohne daß sie es selbst wußte, manch gutes Samenkorn in sie gepflanzt. Wieviel schöne Verschen hatten die Kleinen von Maria gelernt, wie gern erfüllten sie ihre Bitte, als die Geschichte aus war, der Tante ein Lied vorzusingen.

„Wann hast du die Kinder die hübschen Lieder gelehrt?“, fragte die Tante, als die Kleinen das Haus verlassen hatten. „Oft, wenn Gesellschaft war. Dann mußten die Kinder allein essen und den ganzen Nachmittag allein sein. Frau Schwarz ließ mich gerne bei den Kindern, da haben wir die Lieder gelernt und gesungen.“

Tante Lottchen strich mit der Hand über Marias Haar: „Die Herzen der Kleinen sind so zugänglich, sie kommen gerne zum Heiland und lassen sich segnen, wenn sie nur jemand haben, der sie führt. Wenn doch Lisa bedenken wollte, welchen Segen sie verscherzt, daß sie sich so wenig um die Kinder kümmert!“

Dann ging die Tante in die Küche. „Nun, Elsa, was sagst du zu unsrer neuen Hausgenossin?“ Elsa wußte nicht recht, was sie für ein Gesicht machen sollte, endlich meinte sie: „Ich hätte die Arbeit ganz gut allein machen können.“

„Deshalb habe ich das junge Mädchen nicht genommen. Sie wird meine Tochter sein, und ich wünsche, daß du sie als solche achtest.“

„Gewiß, Frau Justizrätin“, sagte Elsa zuvorkommend und höflich wie immer, aber um die Mundwinkel zuckte es ein wenig spöttisch. Als die Tante die Küche verlassen hatte, brummte Elsa vor sich hin: „Na, es wird auch nicht immer alles glatt abgehen mit dem Töchterchen.“

Zum Nachtisch gab es schöne Pfirsiche, die in diesem Jahre am Hause in reichlichen Mengen wuchsen. Tante Lottchen hatte den Tag zuvor mit Elsa einen Korb voll abgenommen und den größeren Teil davon für ihre Kranken zurückgelegt. Die andern sollten gegessen werden.

„Pfirsiche sind in meinen Augen die schönsten Früchte", sagte Maria. „Dann sollst du öfter einen haben, mein liebes Kind, die meisten wollen wir aber für unsere Kranken lassen."

Am Nachmittag nach dem Kaffee machten sie sich auf den Weg, eine jede mit einem Körbchen versehen. Die Tante war etwas unruhig und verstimmt, doch merkte Maria es kaum. Tante Lotte war in die Speisekammer gegangen und hatte statt der sechs hingelegten nur vier Pfirsiche gefunden.

„Elsa, hier waren doch sechs Pfirsiche, nun sind es vier."

„Freilich", sagte Elsa verwundert tuend, „ich habe selbst gesehen, daß Frau Justizrätin sechs hinlegten, aber es ist niemand in die Speisekammer gekommen als Fräulein Maria, sie hat die übrige Suppe hineingestellt. Ja, sechs waren es, ich weiß es genau. Es ist ja möglich, daß das Fräulein die Tür nicht zugemacht hat und von draußen jemand hereingekommen ist, Bettler treiben sich ja auch herum." Tante Lotte antwortete nichts darauf; sie sagte auch Maria nichts, sondern schwieg über die Sache.

Die erste, die sie besuchten, war eine alte Frau in den siebziger Jahren. Sie war gelähmt und hing ganz von der Güte anderer Menschen ab. Aber ihr Mund war voll Lob über alles Gute, was ihr täglich widerfuhr, vor allem aber war sie erfüllt von Gottes Barmherzigkeit und Treue, die sie ihr Leben lang begleitet hatten.

Sie war immer arm gewesen und hatte im Schweiß ihres Angesichtes ihr Brot gegessen. Nun war sie alt und krank und konnte nichts tun, da sandte der Herr gute Menschen, die sich ihrer annahmen. Die Nachbarin kam morgens, machte das Bett, reinigte das Zimmer, gab dem Vöglein frisches Wasser und tränkte die Blumen am Fenster. Tante Lotte wußte, welche Freude sie an den Blumen hatte, darum hatte sie ihr einen frischen Strauß mitgebracht; sie stellte ihn in eine Vase und setzte ihn so, daß die Kranke ihn sehen konnte. „O wie danke ich Ihnen“, rief die Kranke, „die Blumen lehren mich täglich, an die Freundlichkeit Gottes zu denken, aber auch an seine Allmacht und Kraft. Wie wunderbar ist jedes Blümchen und Blättchen in seiner Art, besonders die Rose, wie schön ist sie, wie leuchtend ihre Farbe.“

Jetzt traf ein Sonnenstrahl das bleiche, friedliche alte Gesicht. Es war alles licht um sie her, die weißgetünchten Wände, das helle Bett, die kleinen Bilder an den Wänden mit den vergoldeten Rahmen; Maria meinte, als sie draußen waren, so schön hätte sie sich ein Krankenlager nicht vorgestellt.

„Sie sind nicht alle so“, sagte Tante Lottchen, und klopfte an eine andere Tür. Da lag in einem düsteren Raum eine weibliche Gestalt, die kaum den Kopf wendete, als die Tante kam. Die redete freundlich mit ihr, bekam aber nur kurze unfreundliche Antworten. „Ich habe Ihnen eine Suppe gebracht und einiges Obst zur Erfrischung."

„Kann ich nicht essen. Wenn nur erst dies Qualleben ein Ende hätte." Ein älteres Mädchen mit gedrückter Miene trat ein.

„Nun, Gerda, wie geht es mit der Kranken?"

„Sie hat gut geschlafen, der Doktor sagt, sie könne bald aufstehen. Es wird auch Zeit, man ist angekettet wie ein Schloßhund, man kommt gar nicht mehr an die frische Luft."

„Wenn Sie auch einmal nicht auf den Tanzboden kommen", sagte Tante Lottchen ernst; „es ist besser, Kranke pflegen, als sich vergnügen."

„Was hat der Mensch sonst vom Leben", sagte das Mädchen spöttisch, „man plagt sich den ganzen Tag in den Fabriken, dann will man abends und sonntags auch sein Vergnügen haben."

„Es gibt einen Spruch in der Bibel, der lautet: ‚Habe deine Lust an dem Herrn, der wird dir geben, was dein Herz wünschet.' Wenn Sie sich das merken wollen, Gerda, Sie würden glücklicher sein und auch alle Not, als aus Gottes Hand kommend, geduldig hinnehmen und ertragen."

„Das habe ich bis jetzt noch nicht gelernt; wenn die Schwester wieder gesund ist, wollen wir uns schon auf unsere Art vergnügen."

Noch einen dritten Besuch machten sie. Eine

Mutter vieler kleiner Kinder lag krank. Der Vater saß mit den Kleinen am Tisch, das Jüngste hatte er auf den Knien und fütterte es. Ein siebenjähriges Mädchen, die älteste, stand bei der Mutter und hielt ihr, die ein paar Löffel Suppe aß, den Teller.

„Guten Abend, Meister Alwart, wie geht's?“ fragte Tante Lottchen.

„Danke, ein wenig besser“, sagte der Mann und wollte aufstehen. Da aber die Kleine ihr Mäulchen verzog und weinen wollte, wehrte ihm Tante Lotte mit den Worten:

„Füttern Sie die Kleine ja weiter, ich will nicht stören, ich bringe für die Frau etwas Suppe und einige Pfirsiche zur Erfrischung.“

„O wie gut Sie sind“, sagte der Mann, „ich habe im Kochen noch keine Übung, sie sagt eben, die Suppe schmecke angebrannt, da wird Ihre wohl besser munden.“

Tante Lotte ging zu der Frau, um einige teilnehmende Worte mit ihr zu sprechen. Sie gab Maria den Wink, etwas Kuchen, den sie mitgebracht hatten, unter die Kinder zu verteilen. Da kamen sie schnell herbei, ein kleiner Dreijähriger, der die Stücke liegen sah, rief: „Mimi muß das dröß te haben, Mimi ist die dröß te.“

„Ja“, sagte der Vater, „so machen wir es immer beim Teilen, die ältesten bekommen das größere, die Kleinen das kleinere Teil.“

„Wer wäscht denn hier?“ fragte Tante Lotte, auf ein Faß eingeweichter Wäsche zeigend, das auf einer hölzernen Bank nicht weit vom Bett stand. Die Frau sagte verlegen: „Das tut mein Mann, wenn die Kinder zu Bett sind. Er muß jetzt viel leisten; wenn er um sechs Uhr aus der Fabrik kommt, dann fängt die Arbeit zu Hause an. Mariechen muß auch schon helfen, aber sie ist klein und zart, wir dürfen ihr nicht viel zumuten. Wenn ich nur erst wieder gesund bin, dann wird alles besser. Es ist nur schlimm, daß die Kinder so abgerissen gehen müssen, die Kleidchen und die Röckchen sind zerrissen, und das Flicken versteht der Mann nicht."

Als Tante Lotte mit Maria auf dem Heimweg war, sagte sie: „Hier gibt es etwas zu tun, mein Kind. Diesen armen Leuten müssen wir helfen, sie sind es wert. Nicht wahr, du hilfst mir, wenn ich neue Röckchen für die Kleinen mache?"

„Wie gern!"

„Vielleicht können wir Lisa heranziehen, du mußt morgen zu ihr gehen. Sie bekommt ein reichliches Taschengeld. Davon wird sie gewiß gern etwas opfern, wenn es gilt, einer armen Familie wohlzutun. Haben dir die Besuche bei den Kranken Freude gemacht?" Maria sagte der Tante, daß es ein schöner Nachmittag für sie gewesen sei.

„Du hast verschiedene Arme und Kranke kennengelernt und siehst, daß das Glück nicht von Armut oder Reichtum abhängt, sondern davon, ob ein Mensch Gott hat oder nicht."

Wie ganz anders war hier der Tageslauf als drüben im Landhaus! Welch ein gesegneter Tag war dies, wie dankte Maria ihrem Heiland, als sie abends in ihrem Zimmer war, daß er sie in ein Haus geführt habe, wo es ihr nicht schwer gemacht wurde, ihm zu dienen, sondern wo sie durch das Beispiel der edlen Frau wachsen konnte am inwendigen Menschen.

Tante Lotte war diesen Abend noch lange wach, sie mußte immer wieder an die fehlenden Pfirsiche denken. Sollte Maria, dieses angenehme Mädchen, vielleicht doch den verborgenen Fehler des Naschens haben? Sie kannte sie noch wenig, und im Zusammenleben lernt man erst die Schattenseiten kennen. Wenn sie aber an ihre klaren Augen dachte, mit denen sie sie offen und vertrauensvoll ansah, konnte sie es nicht für möglich halten, daß sie im geheimen etwas Unrechtes tue. Und Elsa? Sie hatte, so lange sie bei ihr war, nie so etwas bemerkt; es konnte nicht sein. Doch sie wollte nicht mehr an die Sache denken, sie sich ganz aus dem Sinn schlagen. Aber ein wachsames Auge wollte sie auf beide junge Mädchen haben.

Kleine Mißstimmungen

Am andern Morgen erfüllte Maria gern den Auftrag der Tante, Lisa für die arme Familie zu interessieren. Sie ging durch den Garten, grüßte die bekannten Plätze, und als sie auf dem sogenannten Kinderplatz ihre Kleinen fand, blieb sie ein wenig bei ihnen. Die Kinder wollten sie gar nicht fortlassen und hingen sich an ihr Kleid und an ihren Arm. Maria fragte nach Lisa. „Sie sollte eigentlich mit uns gehen, aber sie sagte, sie hätte keine Zeit. Wir bleiben auch lieber allein; wenn Lisa hier ist, gibt es immer Zank", meinte Dorchen, die Älteste.

Maria fand Lisa oben in ihrem Zimmer. Duftige Stoffe in himmelblau und rosa lagen vor ihr ausgebreitet. „Wie schön, daß du kommst, Maria, hilf mir aussuchen. Denke dir, ich werde in den nächsten Tagen verreisen. Tante Josephine und Adelheid haben geschrieben, daß sie mich gern einige Wochen bei sich hätten. Nun hat Vater mir Geld gegeben, ich soll mir ein neues Kleid aussuchen, welches würdest du wählen?" Maria prüfte und entschied sich für das rosa. „Du hast ganz meinen Geschmack", sagte Lisa erfreut, „das rosa ist viel feiner, aber auch teurer, doch was tut's! Ich habe das Geld vom Vater bekommen und kann wählen, was ich will."

„Wenn das der Fall ist, darf ich vielleicht auch mit einer Bitte kommen." Maria versuchte, die Not der armen Familie ins rechte Licht zu stellen und bat schließlich Lisa, sie möchte doch einen kleinen Geldbeitrag zu einem Kleidchen oder Röckchen geben und dann zur Tante herüberkommen, damit sie gemeinsam die Sachen anfertigen könnten.

„Daran ist gar nicht zu denken", sagte Lisa. „Übermorgen beginnt die Reise; es muß noch vieles bis dahin besorgt werden."

„Nun, so gibst du uns vielleicht eine Beihilfe an Geld. Du sagtest eben, daß du so reichlich vom Vater bekommen hättest."

„Ja, aber nicht, um es an eine arme Familie wegzugeben, die ich gar nicht kenne." Und nun zählte Lisa Verschiedenes auf, was noch angeschafft werden mußte, um ihre Kleidung zu vervollständigen, es blieb wirklich nichts übrig. Sie meinte, die Tante habe reichlich, und schließlich gebe ihr der Vater vielleicht eine Kleinigkeit, wenn Maria ihn bitten würde.

Das lehnte Maria ab. Sie verabschiedete sich von Lisa und berichtete der Tante über ihren Mißerfolg. Die sagte traurig: „Ich brauche das Geld nicht, denn ich kann die Sachen selbst kaufen, aber ich wollte in Lisa den Sinn wecken, auch an andere zu denken und anderen wohlzutun."

Maria sagte zu Lisas Entschuldigung, sie glaube, sie sei sonst sehr freigebig.

„Nur so lange, als sie nicht nötig hat, von ihrem Eigenen etwas zu opfern. Nur wenn wir selbst Opfer bringen, geben von dem, was uns lieb und wert ist, oder was uns schwer wird zu entbehren, hat es in Gottes Augen Wert."

Die Tante ahnte nicht, wie schwer Maria, der das Geben wirklich eine Freude war, daran trug, daß sie nichts hatte und auch nichts verdienen konnte, um den Armen etwas zu geben.

So ist es oft im Leben, wer gern gibt, kann nichts geben, und wer viel hat, will nichts geben. Frau Schwarz hatte ihren Mann gebeten, Maria und Lisa jeden Monat das gleiche Taschengeld zu geben. Doch er hatte es abgelehnt mit dem Bemerken, er tue genug an der Waise, daß er sie aufgenommen habe; Taschengeld zu ihrem Vergnügen habe er nicht übrig. So hatte Frau Schwarz ihr dann und wann eine Kleinigkeit geschenkt, wie würde es nun hier sein? Es war ja große Güte, daß Tante Lottchen Maria bei sich aufgenommen hatte; vorderhand konnte sie noch wenig leisten, hatte also keinen Anspruch auf irgendwelchen Lohn. Sie sehnte aber die Zeit herbei, wo sie sich nützlich machen und selbst etwas verdienen konnte.

Elsa dachte wohl, daß Maria sie eines Tages verdrängen werde, darum haßte sie sie von Anfang an und suchte ihr zu schaden. Aber seit gestern, als das Naschen so gut gelungen war, zeigte sie Maria ein freundliches Gesicht, damit in ihr kein Argwohn aufkommen sollte.

Als die Tante zum zweitenmal bemerkte, daß in der Speisekammer von einer Mehlspeise, die sie auf den andern Tag aufheben wollte, eine ziemliche

Menge verschwunden war, wurde sie stutzig. Sollte Elsa? – Aber nein, sie hatte ja die Schlüssel gar nicht in Händen gehabt. Daß sie geschickt einen Moment zu benützen verstand, wo Maria vielleicht am Herd war und die Speisekammer offen stand, ahnte sie ja nicht. Sie beschloß nun, Maria von dem Verschwinden der Sachen zu sagen und scharf zu prüfen, was sie für ein Gesicht dazu machen würde. Vorderhand schwieg sie aber und teilte ihr mit, daß sie vorhabe, sie diesen Nachmittag mit ins Pfarrhaus zu nehmen, wo sie zu tun habe.

Als sie später dort ankamen, schickte man Maria in den Garten und, o welch ein Jubel, da stand Eva auf dem Rasen, lustig mit ihren Brüdern plaudernd. Sie war diesen Morgen heimgekehrt, um die Ferien bei den Eltern zu verleben. Die Freude beider Mädchen war überaus groß. Sie hatten sich sehr, sehr viel zu erzählen und gingen im Garten auf und ab, bis Eva sagte: „Es hat drei geschlagen, jetzt müssen wir ins Haus zum Nähen." Wie war Eva gewachsen in den Monaten, da sie sich nicht gesehen hatten. Sie hatte tüchtig gelernt, um sich die für eine Lehrerin nötigen Kenntnisse anzueignen. Ihre Hauptsorge blieb jedoch, dem Herrn Jesu nachzufolgen. Sie wußte es, alle Schätze der Wissenschaft und der Kunst nützen nichts, wenn wir darüber den größten Schatz, die eine kostbare Perle, verlieren und nicht reich sind in Gott. Darin verstanden sich die jungen Mädchen so gut.

Eva und Maria gingen miteinander in das große

Zimmer, wo ein Missionskränzchen abgehalten wurde. Die meisten Damen waren schon versammelt. Zu ihrer Freude fanden sie da auch Martha und Emmy, die mit ihrer Mutter gekommen waren. Eine jede bekam ihre Arbeit zugeteilt. Die jungen Mädchen setzten sich zusammen an ein Fenster, wo sie bei der Arbeit fröhlich plauderten. Als aber Pfarrer Berg eintrat, wurde es still. Begierig lauschte man seinen Berichten; alle wollten gern wissen, wie es den Missionaren draußen erging. Schnell verliefen die schönen Stunden unter Vorlesen und Gesang. Der Pfarrer freute sich, einige seiner diesjährigen Konfirmandinnen hier zu finden und fragte auch nach Lisa. Maria sagte, sie sei verreist. „Wenn sie wieder daheim ist, soll sie doch auch kommen.“ Maria versprach, es Lisa auszurichten.

Als Maria später der Tante ihre Freude ausdrückte über den im Pfarrhaus verlebten Nachmittag, sagte die: „Ja, mein liebes Kind, es ist auch mir eine Freude und Erholung, an diesem Verein teilzunehmen. In früheren Jahren war es mir nicht möglich, aber nun halte ich es für meine schönste Pflicht, für die Äußere und Innere Mission tätig zu sein. Ich danke Gott, daß er mir die Möglichkeit gibt, in seinem Weinberg zu arbeiten.“

Wie verschieden waren die Geschwister; während Herr Schwarz vom frühen Morgen bis zum späten Abend sorgte und arbeitete für die Vermehrung seines Reichtums, für das leibliche Wohlbefinden seiner Familie, war Tante Lottchens größte Sorge, wie sie ihr Geld und Gut zur Ehre Gottes anwenden und Seelen für den Herrn gewinnen möchte. Jetzt suchte sie Maria mit hineinzuziehen in ihre Liebestätigkeit; sie hoffte, auch Elsa mit der Zeit den Weg zu einer ernsteren Lebensauffassung zeigen zu können. Elsa zeigte wenig Verständnis dafür, sie strebte aber danach, diesen Platz, der ihr guten Lohn und im ganzen wenig Arbeit brachte, festzuhalten und sich manches auf unrechtmäßige Art anzueignen. Die Tante hielt Elsa für ein etwas oberflächliches, aber sonst durchaus ordentliches Mädchen und ließ sich durch ihr freundliches, einschmeichelndes Wesen bestechen. Auch heute kam sie ihr freundlich entgegen. Sie hatte schon den Tisch gedeckt und den Tee fertig, es sah alles so einladend aus, daß Tante Lottchen dachte, es sei doch angenehm, ein so brauchbares Mädchen zu haben. Als sie den Tee getrunken hatte, beauftragte Tante Lotte Maria, den Rest der Speise zu holen, der gestern zum Nachtisch übriggeblieben war. Sie kam bald zurück und setzte das Gewünschte auf den Tisch.

„Das ist ja sehr wenig", rief Tante Lotte, „es ist doch gestern mehr übriggeblieben."

„Ich weiß nicht", sagte Maria unbefangen, „ich habe es mir nicht gemerkt, wie groß der Rest war."

„Das mußt du", erwiderte Tante Lotte ein wenig ärgerlich, „ein junges Mädchen muß genau wissen, was es abträgt und aufhebt."

Maria errötete, wie es leicht bei ihr geschah, wenn ein Tadel ausgesprochen wurde, da sie ein sehr zartes Gefühl hatte. Tante Lotte, die etwas mißtrauisch geworden war, deutete dies Rotwerden zu Marias Ungunsten und war verstimmt. Sie nahm sich von der Speise und ließ für Maria nur ein ganz klein wenig in dem Gedanken: „Wenn sie ungesehen davon nascht, soll sie am Tisch auch nur wenig davon haben." Sie war am Abend nicht so herzlich wie sonst. Maria fühlte es wohl, und es schmerzte sie, obwohl sie den Grund von Tantes Unzufriedenheit nicht ahnen konnte. Wäre es der gute Vater gewesen, so würde sie ihren Arm um ihn gelegt und ihn gefragt haben: „Lieber Vater, hast du etwas gegen mich?" Und der Vater hätte es offen gesagt, hätte die Sache mit ihr besprochen, und dann wäre alles wieder gut gewesen. Aber hier wagte sie so etwas noch nicht. Sie war eine schüchterne Natur, und obwohl sie für alles, was Tante Lotte an ihr getan, voller Dankbarkeit war, so war das Vertrauen doch noch nicht so groß, als daß sie hätte zu ihr gehen können und fragen: „Tante Lottchen, habe ich etwas nicht recht gemacht?" Von dem Verdacht, der auf ihr ruhte ahnte sie nichts. Sie lag an diesem Abend noch lange wach und bat den Heiland, er möchte doch helfen, daß Tante Lottchen ihr die Liebe, die sie so glücklich machte, nicht entziehen wolle. Dann sann sie darüber nach, womit sie die Tante wohl erfreuen könne, ihr Geburtstag war in nächster Zeit, und sie hatte gar nichts in Händen, um etwas zu kaufen oder zu besorgen. Sie wollte ihr aber doch gerne einen Beweis ihrer Liebe geben.

Tante Lotte dagegen dachte, ob Maria sie wohl wirklich liebhabe. Sie konnte den Gedanken nicht loswerden, daß Maria eine kleine Nascherin sein müsse, während sie sonst so lieb und gut war. Darum glaubte sie recht getan zu haben, daß sie es ihr heute etwas zu verstehen gegeben hatte. Sie mußte ihren Wink gemerkt haben und würde sich in Zukunft hüten. Sie hatte das junge Mädchen ja nur bei den Geschwistern besuchsweise gesehen, und die Zeit ihres jetzigen Zusammenlebens war zu kurz, als daß sie unbedingtes Vertrauen hätte haben können. „Wenn sie nascht und sagt es nicht, so ist sie nicht so lauter und wahrhaftig, wie ich geglaubt, und das betrübt mich am meisten“, dachte die gute Tante. „Und wenn sie nicht aufrichtig wäre – wenn alles nur Schein und nicht Wahrheit wäre – dann – ja dann möchte ich sie gar nicht um mich haben.“

Diese Gedanken ließen sie nicht einschlafen, sie bat Gott, er möge alles aufklären und helfen, daß ihr Pflegetöchterchen an Leib und Seele bei ihr gedeihe.

Aus Tantes Vergangenheit und Evas Besuch

Am andern Morgen war es beiden, als sei nichts geschehen. Sie hatten beide Gott um seine Hilfe gebeten, und Tante Lotte kam Maria mit alter Liebe und Herzlichkeit entgegen. Heute war ein Regentag, da wollten sie im Hause recht fleißig sein. Maria hatte Geschichts- und Literaturstunde bei Tante Lotte, und diese freute sich, wieviel Verständnis das junge Mädchen zeigte. Dann mußte sie in der Wirtschaft helfen. Die Tante war immer mit in der Küche und hatte ein wachsames Auge auf sie. Nach Tisch kamen Handarbeiten daran; es gab Handtücher zu stopfen, und da Maria im Stopfen und Flikken noch ungewandt war, so zeigte Tante Lotte ihr manche Kunstgriffe.

„Meine Mutter hat mich früh zur Handarbeit angehalten, ich durfte nie müßig sein“, erzählte die Tante. „Gerade an diesem Fenster, an dem ich jetzt als alte Frau sitze, habe ich als Kind bei der Mutter stricken gelernt.“

Maria sah Tante Lottchen verwundert an.

„Ja, mein liebes Kind, in diesem Hause bin ich geboren. Darum zog es mich mit aller Gewalt wieder hierher. Meine Eltern haben hier gewohnt, hier habe ich ihnen die Augen zugedrückt. Hier bin ich auch zum Glauben gekommen. Als ich heiratete, mußte ich weit fort, ging auch gern, denn ich hatte den, dem ich folgen sollte, von ganzem Herzen lieb. Später ist mein Bruder, der viel jünger ist als ich, hier eingezogen, weil er die Fabrik des Vaters übernahm. Ihm wurde das Haus zu klein, und er baute sich das stattliche Landhaus. Als nun mein Mann, der viele Jahre kränkelte, gestorben war und mein Sohn sich anderswo niedergelassen hatte, bat ich meinen Bruder, mir das Haus zu geben, um der alten Erinnerung willen."

Sie schwieg eine Weile, und Maria, angeregt durch diese Erzählung, glaubte, das Haus nun mit ganz anderen Augen ansehen zu müssen, weil die Tante, die sie so sehr liebte, hier ihre Kindheit und Jugend verlebt hatte.

„Ja, um der Erinnerung willen ist mir das Haus so lieb", fuhr Tante Lotte nach einer Pause fort, „besonders einer Erinnerung wegen, die für mein ganzes Leben von Bedeutung war."

Maria sah fragend auf; sie hätte gern gewußt, welche Erinnerung dies sei.

„Ich kann es dir erzählen, liebes Kind, du wurdest in diesem Jahre konfirmiert, darum wird es dich besonders ansprechen. Ich bin in derselben Kirche konfirmiert, in welcher du dem Herrn Treue gelobt hast. Unser Pfarrer war auch ein gläubiger, ernster Mann, dem das Heil seiner Konfirmanden am Herzen lag. Ich war aber gar nicht so ernst gesonnen und stand in Gefahr, das himmlische Erbe zu verlieren, als ein armes Mädchen in unser Haus kam. Ich erkannte sie wieder, sie war mit mir konfirmiert, aber ich hatte mich nie um sie gekümmert. Sie war die Tochter eines Fabrikarbeiters meines Vaters, und da dieser mit dem Arbeiter besonders zufrieden war, so entschloß sich meine Mutter, seine Tochter, die einen Dienst suchte, anzustellen. Sie war ein stilles, fleißiges Mädchen, so daß wir sie alle gern hatten. Woher aber ihr stets freundliches Wesen kam, das sollte ich bald erfahren. Ich hatte oben das gleiche Zimmer, das ich dir jetzt gegeben, daneben ist eine schräge Kammer, die damals das Mädchen bewohnte. Die Köchin schlief unten neben der Küche, genau wie Elsa jetzt. In einer Nacht konnte ich wenig schlafen, da ich Zahnschmerzen hatte, ich mochte Sophie nicht wecken, aber morgens, als ich in der Kammer ein Geräusch hörte, stand ich auf, um sie zu bitten, mir einige schmerzstillende Tropfen von unten heraufzuholen. Ich öffnete die Kammertür. Da stand sie vor ihrer Kommode, mit gefalteten Händen, die offene Bibel vor sich. ‚Was machst du hier, Sophie?' fragte ich sie. ‚Ich tue nur, worauf uns der Herr Pfarrer hingewiesen hat. Er sagte, wir sollten nie versäumen, vor der Arbeit in unserer Bibel zu lesen, dann wäre die Arbeit gesegnet, und das Wort Gottes sei eine Schutzmauer gegen die Sünde. Wenn ich es einmal unterlasse, geht alles nicht, wie es soll.' Sie sagte es so einfach, so schlicht, daß ich davon ergriffen wurde. Ich schämte mich, daß ich, die ich so viel mehr Zeit hatte als Sophie, es unterließ, und nahm mir vor, es von nun an nicht zu vergessen. Es hat mich nie gereut, im Gegenteil, je länger ich im Wort Gottes las, um so lieber gewann ich meine Bibel. Sie lehrte mich, mich selbst erkennen und meinen Heiland lieben. Sophie hat mich noch mehr gelehrt; ich habe nicht allein an ihr gesehen, wie man christlich lebt, sondern auch, wie man selig stirbt. Sie verheiratete sich jung, und als ihr das zweite Töchterchen geboren wurde, starb sie bald danach. Ich besuchte sie oft; sie war bis zuletzt bei klarem Bewußtsein und bekannte laut ihren Glauben an den Herrn Jesum; sie bat uns alle, dem Herrn nachzufolgen, dann verklärten sich ihre Züge, die Augen leuchteten noch einmal in eigentümlichem Glanz, dann schlossen sie sich für immer. Das machte auf mich einen tiefen Eindruck. Von da an suchte ich den Herrn mit ganzem Ernst."

Maria hatte die Arbeit in den Schoß gelegt und hörte ergriffen zu. O, wie konnte sie Tante Lotte alles nachempfinden.

Da wurde ein Regenschirm sichtbar, und darunter schaute die Freundin hervor und nickte grüßend zum Fenster herein. „Eva kommt", rief Maria voller Freude und eilte ihr entgegen.

„Das paßt ja herrlich zum Regenwetter" , sagte die Tante freundlich. „Setzen Sie sich, meine liebe Eva, Maria und ich sind beim Stopfen und Erzählen."

Nun mußte aber Eva vom Seminar, von ihren Studien, von den verschiedenen Lehrern und Lehrerinnen, von den Mitschülerinnen und dem Pensionsleben berichten. Es gefiel ihr alles sehr gut, und in Maria regte sich beim Erzählen aller dieser Dinge der Wunsch, auch Lehrerin zu werden; sie liebte die Kinder und könnte durch diesen Beruf ihr Fortkommen in der Welt einmal finden. Es müßte schön sein, selbstverdientes Geld in Händen zu haben, womit alle kleinen, notwendigen Bedürfnisse bestritten werden konnten. Sie mochte der Tante nicht sagen, daß ihr dies und jenes fehle, von selbst dachte die wohl auch nicht daran.

Eva wurde eingeladen, den Kaffee mit Tante Lottchen und Maria zu trinken. Auch an dem Kränzchen der Freundinnen wollte Eva gern einmal teilnehmen, nächsten Mittwoch sollte es bei der Tante sein; sie unterstützte diese Art der Geselligkeit bei jungen Mädchen und war gern bereit, Maria in dieser Weise alles zu gewähren, was in ihren Kräften stand.

Nach dem Kaffee sagte Tante Lottchen: „So, nun geht ein wenig allein; die alte Tante braucht nicht immer dabei zu sein. Zeige Eva dein Zimmer, Maria."

Die jungen Mädchen saßen bald oben am Fenster des niedlichen Stübchens und plauderten nach Herzenslust. „Maria, du hast es doch gut getroffen", meinte Eva, „eine so gute Tante, die eigentlich gar nicht deine Tante ist, mußt du liebhaben."

„Ich habe sie lieber, als sie ahnt", sagte Maria. „Wie muß ich ihr dankbar sein, daß sie mich bei sich aufgenommen hat, als ich nicht wußte, wohin, aber –

schöner wäre es doch noch, wenn der Vater lebte!" Die Augen füllten sich schnell mit Tränen, und Eva rief voller Mitgefühl: „Natürlich wäre das das beste, meine liebe Maria. Aber die Tante ist doch sehr gut?" forschte Eva, „ich meine, man müßte zu ihr wohl volles Vertrauen haben?"

„Sehr gut ist sie, aber auch sehr streng", antwortete die schüchterne Maria. Sie erzählte Eva, wie streng es die Tante rüge, wenn sie nicht ganz genau wüßte, was und wieviel vom Tisch abgetragen würde, es habe sie kürzlich so verstimmt, daß sie fast den ganzen Abend nicht gesprochen habe.

„Vielleicht hat sie ein Dienstmädchen, das nascht", sagte die kluge Eva, „dann kann ich es ihr nicht verdenken, wenn sie tüchtiges Aufpassen verlangt."

Maria sah sie groß an. Daran hatte sie noch gar nicht gedacht; ja, wenn das der Fall wäre! Aber nein, sie war ja so zufrieden mit Elsa, das konnte nicht sein! „Sie hat das Mädchen schon seit Ostern und ist mit Elsa sehr zufrieden."

„Es ist also ein gutes Mädchen?"

„Gewiß", war Marias etwas verlegene Antwort.

„Du magst sie nicht, ich sehe es dir an."

„Nun ja, du hast recht. Wenn du es ganz für dich behalten willst: ich habe kein Vertrauen zu dem Mädchen,und ich glaube, sie kann mich nicht leiden. Wo sie etwas tun kann, um meine Stellung hier zu erschweren, da tut sie es. Meine Uhr war kürzlich nicht in Ordnung. Tante ist sehr peinlich mit dem Aufstehen, ich muß pünktlich um sechs Uhr unten sein, deshalb bat ich Elsa, mich zu wecken – sie tat es nicht. Sie sagte, sie habe es vergessen, aber in ihrem Gesicht leuchtete etwas wie Schadenfreude, als Tante Lottchen unzufrieden wegen meines späteren Kommens war. Am andern Morgen vergaß sie es wieder, da war ich aber, aus Furcht, ich möchte verschlafen, schon sehr zeitig aufgestanden. Als ich hinunterkam, war es erst fünf Uhr. Da bin ich wieder hinaufgegangen und habe oben eine Stunde gewartet, konnte aber dann zur Zeit unten sein. Nun ist die Uhr wieder in Ordnung, und ich habe nicht nötig, Elsa um die Gefälligkeit zu bitten."

„Das ist nicht schön von ihr", sagte Eva nachdenklich. „Aber da du von der Uhr sprichst – ich muß um sieben Uhr zu Hause sein und", sie sah nach der ihren, „jetzt ist es gleich halb, da muß ich aufbrechen."

„Liebste Eva, das Wichtigste habe ich vergessen. Rate mir, was ich der Tante schenken könnte. Ihr Geburtstag ist nächste Woche, ich möchte ihr so gern einen Beweis meiner Liebe geben. Geld darf es nicht kosten. Blumen aus ihrem eigenen Garten kann ich nicht pflücken, Geld, einige vom Gärtner zu kaufen, habe ich nicht, rate mir."

Eva sann nach. „Hast du nicht Farben, einen Malkasten und Papier? Dann male doch einen hübschen Spruch."

Jubelnd fiel Maria der Freundin um den Hals. „Eva, wo habe ich meine Gedanken gehabt. Das ist ja das allerschönste. Ich werde für Tante Lottchen einen Spruch malen, dann habe ich eine eigene Arbeit und ein hübsches Geschenk."

Nun wurde noch von Lisa gesprochen, die, wie sie geschrieben hatte, bei Tante Josephine und Adelheid in Vergnügungen schwelgte. „Wie gut könnte sie es hier bei der Tante haben", sagte Eva, „mit welcher Freude würde sie ihr Patenkind täglich bei sich aufnehmen, wieviel Gutes könnte sie von ihr lernen."

„Aber leider ist Lisa lieber bei Tante Josephine als hier bei Tante Lottchen", sagte Maria.

Als Eva gegangen war, machte sich Maria sofort an die Ausübung ihres Vorhabens. Sie mußte sehr fleißig sein, wenn sie bis zum Geburtstag fertig werden wollte. Sie beschloß, jeden Abend etwas länger aufzubleiben, damit die Tante nichts merke. So entstand allmählich unter ihren Händen der schöne Spruch:

„Die Liebe höret nimmer auf."

Die Prüfung

„Die Liebe höret nimmer auf." Das hatte Maria gedacht, als sie den Spruch für Tante Lottchen malte, ja, sie hatte gemeint, das Verhältnis zwischen ihr und der Tante müsse sich immer schöner, immer besser gestalten. Und nun nach drei Wochen hatte es den Anschein, als sollte sie Tante Lottchens Liebe ganz verlieren. Wir sehen es Maria an, daß sie innerlich gelitten hat, es ist etwas in ihrem Gesicht, das wir sonst nicht wahrnahmen. Kein ernster, nein, ein bitterer Zug liegt um die Mundwinkel, der freundliche Blick ist getrübt. Wie war doch alles gekommen?

Maria war allein zu Hause. Sie saß nachdenklich, den Kopf in die Hand gestützt, am Fenster des Eßzimmers und schaute in den dunklen, von hohen Bäumen beschatteten Park hinaus. Dunkel war es in ihrem Gemüt, dunkel vor ihren Augen. Wie konnte nur die Tante glauben, daß sie –! Sie legte die Hände vors Gesicht und weinte, weinte bitterlich, wie sie es jetzt öfter tat, wenn sie unbeobachtet war.

Wie schön war Tante Lottchens Geburtstag gewesen; es war der letzte Tag, den sie mit der Tante ungetrübt verlebt hatte. Wie warm und innig hatte sie sie umarmt und sie ihr Töchterchen genannt, wie hatte sie ihre Freude ausgedrückt über die hübsche Arbeit!

Nur eine Äußerung hatte sie getan, die Maria

unverständlich war. „Mein liebes Kind“, hatte sie gesagt, „habe nun auch rechtes Vertrauen zu mir, sage mir alles, wenn du einen Wunsch hast; ich erfülle ihn dir gern, aber tue nichts heimlich!“ Maria war wohl verwundert gewesen, hatte aber, da sie sich nicht bewußt war, je etwas hinter dem Rücken der Tante getan zu haben, nichts Böses dabei gedacht. Nun wußte sie es freilich, und wie schrecklich war das, was die Tante ihr zur Last legte.

Der Nachmittag hatte viel Besuch gebracht. Die Bewohner des Landhauses waren alle gekommen, um den Geburtstagskaffee bei Tante Lottchen zu trinken; außerdem erschienen mehrere Damen aus der Stadt. Da es Kuchen in Hülle und Fülle gab, so war von einer besonders schönen Torte noch fast die Hälfte übrig. Tante übergab sie Maria mit dem Bemerken, sie in den Eckschrank des Eßzimmers zu stellen, sie wolle morgen einige Damen, die heute nicht hatten kommen können, damit bewirten. Maria tat, wie ihr geheißen, ließ aber die Schranktür einen Augenblick offen, um den Zucker und einiges Geschirr, welches auch in den Schrank gehörte, aus dem Gesellschaftszimmer zu holen. Dort wurde sie durch zwei sich verabschiedende Damen einen Augenblick aufgehalten, schloß aber dann, wie sie es gewohnt war, den Schrank zu und steckte den Schlüssel ein. Weder sie noch die Tante hatten bemerkt, daß Elsa, gleich nachdem Maria die Torte in den Schrank gestellt hatte, das Zimmer betrat. Sie sah das schöne Gebäck stehen; da sie noch nichts davon bekommen hatte und ihre Begierde nicht bezähmen konnte, so benutzte sie schnell Marias Abwesenheit und schnitt sich ein Stück davon ab. Es war in der Eile größer geworden, als sie gewollt, aber es wußte gewiß heute niemand, wieviel oder wiewenig übriggeblieben sei. Und wenn es bemerkt wurde, war es nicht ein leichtes, den Verdacht auf Fräulein Maria zu lenken, die mit dem Wegsetzen der Torte beauftragt war? Sie ging mit ihrem Raub in die Küche und verzehrte ihn in größter Ruhe.

Am andern Morgen nach dem Kaffee ging die Tante an den Schrank und sagte: „Von der Torte ist zu meiner Freude viel übriggeblieben, wir wollen heute nachmittag die Damen, die sich angemeldet haben, damit bewirten." Mit diesen Worten nahm sie die Torte heraus und sagte bestürzt: „Was ist denn hier passiert? Es fehlt ja ein gewaltiges Stück. Wo ist es geblieben, Maria?"

„Ich habe die Torte, wie du mir sagtest, in den Schrank gestellt, habe auch den Schlüssel, nachdem ich alles andere aufbewahrt hatte, abgezogen."

„Und das sagst du so ruhig, als ob dich das fehlende Stück nichts anginge?", fuhr die Tante erzürnt auf. „Ich habe sie dir übergeben, du hast die Verantwortung dafür."

„Elsa", sagte die Tante erregt, „wer hat hier von der Torte gegessen?"

„Das muß Fräulein Maria wohl besser wissen als ich, die Torte hat doch im Schrank gestanden und

Fräulein hat den Schlüssel dazu. Sie wissen doch, daß ich nicht ...“

„Gemerkt habe ich noch nicht, daß du naschest, aber wer soll es denn getan haben?“

Elsa, die es eilig hatte, verließ das Zimmer, und die Tante stand Maria gegenüber mit einem Gesicht, dessen Ausdruck zu sagen schien: „Ich muß es glauben, so schwer es mir wird, daß du diejenige bist, die hier im Hause nascht.“

„Maria“, sagte sie, und in dem Ton lag so viele mütterliche Liebe, „Kind, sage es mir offen, hast du von der Torte genommen? Ich will es dir vergeben, ich will dir helfen, gegen den häßlichen Fehler zu kämpfen, nur sage es offen, es kann sonst kein Vertrauen zwischen uns sein.“

Jetzt auf einmal wurde es Maria klar, was die Tante eigentlich meinte.

„Aber Tante“, preßte sie mühsam hervor, „du kannst doch nicht glauben, daß ich, die ich so viele Wohltaten von dir empfange, dich betrüge!“

Mehr konnte sie vor heftigem Weinen und Schluchzen nicht sagen. Die Tante ging unruhig im Zimmer auf und ab. „Wenn ich nur eine Lösung des Rätsels fände? Dir wurde die Torte zum Aufbewahren gegeben, du hast den Schrank verschlossen, auf wen anders soll ich denn einen Verdacht haben?“

Maria sah ein, daß die Tante nicht anders konnte. Sie zermarterte sich mit ihren Gedanken, auf welche Weise jemand zu der Torte hätte gelangen können. Diebe würden doch nicht ein Stück genommen und alles andere unberührt gelassen haben.

Und Elsa? Wäre es möglich gewesen, daß sie in den paar Minuten, als Maria in der andern Stube war, um den Zucker und einige Tassen zu holen, in der Eßstube gewesen war und die Torte genommen hatte? Es wäre sehr gewagt gewesen! Gesehen hatte sie nichts, gehört auch nichts. Sie hatte den Schrank zugeschlossen und den Schlüssel in die Tasche gesteckt. Sollte sie Elsa verdächtigen? Und deshalb, um von sich den Verdacht abzulenken? Ihr lieber Vater hatte gesagt: Besser Unrecht leiden, als Unrecht tun. Sie wollte still tragen, was über sie verhängt war. Gott konnte das Verborgene ans Licht bringen, zu ihm wollte sie beten und ihm vertrauen.

Unrecht leiden war aber schwerer, als sie gedacht. Sie fühlte von einem Tag zum andern, daß Tante Lottchens Vertrauen dahin war. Die Tante behielt jetzt selbst den Schlüssel zum Speiseschrank. Das war für Maria eine große Kränkung. Tante Lottchen war auch wortkarger; sie war freundlich, aber die alte Herzlichkeit war wie fortgeblasen. Maria sehnte sich mehr denn je nach dem Vater; sie hatte niemanden auf der Welt, dem sie sich anvertrauen konnte. Eva war wieder abgereist. Ja, der Weg, den sie jetzt zu gehen hatte, war rauh und dornig, sie verlor oft fast den Mut. Aber wenn sie allein war und in ihrer teuren Bibel las, dann kam Trost und Frieden in ihr Herz. Fröhlich sein in Hoffnung, geduldig in Trübsal, anhalten am Gebet, das galt auch für sie.

Heute war es ihr aber wieder sehr schwer ums Herz. Sie litt mehr, als die Tante ahnte. Übermorgen war ihr Geburtstag. Sonst hatte der Vater den Tisch mit allem geschmückt, was ihr lieb und nützlich war. Und wie manches hätte sie gebrauchen können, aber es war ja niemand mehr da, der sich mit wirklicher Teilnahme um sie gekümmert hätte. Die gute Tante hatte sie freundlich ins Haus genommen; sie sorgte für ihre leiblichen Bedürfnisse, aber sie achtete nicht darauf, daß sie wohl ein Paar neue Schuhe hätte gebrauchen können, daß das tägliche Kleid dünne Stellen bekam; wie sollte sie zu einem neuen kommen? Sie hatte jetzt nicht den Mut, um etwas zu bitten. Sie war auch froh, daß niemand hier von ihrem Geburtstag wußte; sie hätte sich unter den jetzigen Umständen auch gar nicht von der Tante beschenken lassen mögen.

Tante Lotte hatte einen Besuch gemacht und kam zurück. Auch ihr sah man es an, daß etwas schwer auf ihr lastete. Sie fühlte es, lange konnte diese Art des Zusammenlebens nicht fortbestehen. Sie hatte sich getäuscht, hatte mehr von dem jungen Mädchen, das sie bisher nur oberflächlich gekannt hatte, erwartet. War es nicht besser, sie trennten sich? Sie dachte daran, Maria in eine Pension zu geben; ja, wenn sie Lust hätte, sie würde sie aufs Lehrerinnenseminar schicken, auf ihre Kosten. Aber sie als Tochter immer bei sich behalten – daran mochte sie jetzt nicht denken. Wie gern hätte sie mit Pfarrer Berg eingehend über Maria gesprochen; er mußte sie am besten kennen und konnte ihr sagen, ob es ein wahrer oder versteckter Charakter sei. Doch er war nach Evas Abreise zur Erholung fortgefahren. Sie mußte also warten, bis er zurückkehrte; mit andern mochte sie nicht über einen, ihr so nahestehenden Menschen verhandeln. Sie litt selbst sehr unter dieser Sache, wurde aber noch mehr in ihrem Verdacht bestärkt, weil in diesen letzten Wochen nicht mehr genascht worden war.

Als Maria diesen Abend mit Tante Lottchen zusammensaß, bat sie um die Erlaubnis, morgen auf den Kirchhof gehen zu dürfen. Sie fühlte das Bedürfnis, am Schluß des reichbewegten Lebensjahres dort allein zu sein an den Gräbern der Eltern. Da die Tante es gern erlaubte, so ging sie in aller Frühe dorthin. Es war ein wunderschöner Herbstmorgen. Die Sonne brach durch den Nebel, und auf den Büschen und Blumen glitzerten die Tautropfen.

Sie stand jetzt an den mit grünem Efeu umzogenen Hügeln der Ihrigen. Tiefer Friede herrschte hier, kein Blättchen regte sich, kein menschlicher Fuß ließ sich hören. Sie beugte sich nieder zum Grabe und weinte bitterlich. Allmählich wurde sie ruhiger. Sie betete zu Gott, er solle ihr helfen, er solle seine Macht beweisen und das Verborgene ans Licht bringen. „Ich kann ja nicht irre werden an meinem Glauben; Herr, du weißt alle Dinge, du weißt, daß ich bei dir bleiben will, verlaß mich nicht, erbarme dich über mich armes, schwaches Kind und hilf mir! Hilf mir in dieser dunklen Sache und laß die Versuchung ein Ende nehmen."

Sie wurde ruhig und getrost; es überkam sie die felsenfeste Überzeugung: Gott kann helfen, und er wird helfen. Wie? – das war ihr freilich verborgen. Aber – „Weg hat er allerwegen, an Mitteln fehlt's ihm nicht." Sie wußte ihre Sache in seinen Händen und war getröstet. Sie verweilte noch an den Gräbern, blickte zurück auf das verflossene Jahr, ließ seine Tage noch einmal an sich vorüberziehen. Was hatte sie alles erlebt! Die Konfirmationszeit, die letzten Wochen mit ihrem geliebten Vater, seine Krankheit und seinen Tod. Darnach den Abschied von ihrem Heim, das Leben mit Lisa und zuletzt die Wochen mit der Tante. „Herr, hilf, daß ich Tante Lottchens Liebe und Vertrauen wiedergewinne!" seufzte sie noch einmal, dann ordnete sie die mitgebrachten Blumen und verließ den Gottesacker.

Als sie nach Hause kam, sah Tante Lottchen sie aufmerksam an. Es mußte wohl etwas in ihrem Ausdruck sein, was der Tante auffiel. Sie wußte, woher sie kam, sie sah, daß sie geweint hatte; aber eine, die sie belog und betrog, konnte nicht den reinen, friedevollen Ausdruck haben, der auf Marias Gesicht lag.

Die Tante faltete auch die Hände und bat Gott, er solle, was ihr dunkel sei, aufklären. „Vielleicht", dachte Tante Lotte, „hat sie sich entschlossen, mir heute zum Abschluß ihres alten Lebensjahres alles zu gestehen; ich will es ihr nicht schwer machen, ich will ihr entgegenkommen. Und morgen will ich ihr zeigen, daß ich immer noch ein Herz voll Liebe für sie habe, wenn auch das ganze Vertrauen nicht da sein kann."

Elsa ging ruhig ihres Weges. Sie hatte kein Gefühl für das Leid anderer, obwohl sie recht gut merkte, daß das Band zwischen ihrer Herrin und Maria seit dem Geburtstag der Tante bedeutend gelockert war. Mit dem Naschen hatte sie sich in acht genommen; es war klüger, es nach dem Vorfall etwas einzuschränken, denn ihrer Herrin Augen waren jetzt wachsam, das merkte sie. Sie wußte jedoch Frau Helm in anderer Weise, bei den täglichen Einkäufen und Besorgungen, zu hintergehen, und wenn das kleine Fräulein einmal wieder ganz fort sein würde – sie hatte gehört, daß die Tante gegen jemand äußerte: Maria sei begabt, sie werde sie vielleicht auf das Seminar schicken, dann würde sie wieder die Oberhand haben und brauchte nicht mehr zu fürchten, daß Fräulein Maria ihr vorgezogen würde.

Es war nach Tisch. Tante Lotte hatte sich zur Ruhe gelegt, Maria war oben und besserte etwas an ihren Sachen aus, Elsa in der Küche mit Aufwaschen beschäftigt. Heute morgen hatte die Tante einen großen Korb mit Pflaumen zum Einkochen gekauft; er war in die Speisekammer gesetzt, und Else hatte Lust, von den Pflaumen zu kosten. Es waren so viele, daß ein Griff in den Korb nicht gleich bemerkt würde. Tante Lottchen gab ihr mitunter den Schlüssel, um etwas aufzuheben; so hatte sie ihn auch nach Tisch bekommen, um die Fleischreste wegzusetzen, hatte aber versäumt, ihn wieder in die Stube zu hängen. Der Schlüssel war also da und der Appetit erst recht. Sie horchte. Alles war still, dies war die günstigste Zeit, von den Pflaumen zu kosten. Sie schlich also in die Speisekammer, der Korb stand an einem Fenster, das mit Eisenstäben vergittert war. Es war bei dem schönen Wetter geöffnet. Wie blau und lieblich schauten die schönen Früchte aus dem Korb. Elsa streckte begierig die Hand darnach aus und aß. O wie das schmeckte! – nun war einmal gekostet, da wurde die Begierde immer größer. Sie tat gerade einen tüchtigen Griff in den Korb und ließ die Pflaumen in die Tasche gleiten, da klopfte jemand ganz energisch mit einem Regenschirm an die Eisenstäbe des Fensters. „Hallo", rief eine Stimme, „hier wird wohl genascht!" Elsa, statt schnell fortzulaufen, blieb vor Schreck wie angewurzelt stehen. Nach wenigen Sekunden stand eine ältere Person, die durch die Küchentür gekommen war, in der offenen Speisekammertür. Sie hatte ein buntgewürfeltes Tuch um und einen Regenschirm in der Hand. Es war niemand anders als unsere alte, wohlbekannte Mine.

„Nun, das ist aber ein sauberes Mädchen, das ihrer Herrschaft etwas stibitzt, wenn sie sich unbeobachtet glaubt! Aha! Sie sind es, mein Fräulein! Schöne

Bekanntschaft! Und Sie sind in einem Hause mit meiner Maria, der Ihr sauberer Bruder die Uhr gestohlen hat."

Elsa wurde weiß wie der Kalk an der Wand. „Ja, nun erschrecken Sie, haben Sie denn keine Furcht vor Gottes allmächtigem Auge, das alles sieht?"

Mine stand mit dem Rücken gegen die Küche und hatte nicht, wie Elsa, die den Blick frei hatte, gesehen, daß Frau Helm mit verstörtem Gesicht näherkam und nun hinter dem scheltenden Mädchen stand. Diese drehte sich um. „Das ist wohl Frau Justizrat Helm. Ich bin die Mine, die so lange bei Doktor Ruben war. Ich wollte mein Herzenskind, die Maria, besuchen und fand sie nicht im Landhaus. Man wies mich hierher, und als ich von hinten durch den Garten komme, überrasche ich durch das offene Fenster Elsa beim Naschen. Da ich die aus dem Effeff kenne und schon einen derben Tanz mit ihr hatte, weil sie eine vom Bruder gestohlene Uhr trug und sie nicht wieder herausrücken wollte, da konnte ich es nicht unterlassen, sie einmal tüchtig abzukanzeln. Entschuldigen Sie, daß ich hier gleich mit Schelten ins Haus komme. Doch sagen Sie mir, um alles in der Welt, wie sind Sie zu diesem Mädchen gekommen?"

Frau Helm winkte Elsa und sagte kurz, sie möge in ihre Kammer gehen, dann schloß sie die Speisekammer und bat Mine, zu ihr ins Zimmer zu kommen. Mine war lange bei ihr, die beiden hatten viel zu besprechen. „Wie ich Ihnen sage, Frau Justizrat, alles, was Ruben heißt, ist treu wie Gold, in der Maria ist nichts Falsches, nichts Verstecktes, nur etwas schüchtern ist das gute Kind. Sich selbst zu verteidigen, das versteht sie nicht."

„Gott sei Lob und Dank, daß Sie gekommen sind, beste Mine, nun ist die Wahrheit aufgedeckt, das Mädchen muß sofort aus dem Hause. Ich habe ihr zu viel vertraut, wer weiß, wie sie mich schon hintergangen hat. Ich gehe jetzt zu ihr, gehen Sie hinauf zu unserm Kind, und wenn Sie sie begrüßt haben, kommen Sie sobald als möglich mit ihr herunter."

Die alte Mine schnaufte die Treppe hinauf. Sie fand bald Marias Zimmer. Die saß am Tisch, mit dem Rücken gegen die Türe, und nähte eifrig. Als Mine Maria, nach der sie sich so oft gesehnt, vor sich sah, nahm sie sie mit freudigem Ruf in die Arme.

„O Mine, daß du gekommen bist! Du willst meinen Geburtstag mit mir feiern, aber es weiß hier niemand davon. Ja, wenn der Vater noch lebte!"

Und nun war es, als ob aller Jammer, den das arme Gemüt so lange in der Stille getragen hatte, mit einem Male hervorbräche. Sie wußte sich geborgen unter dem Schutz eines treuen Menschen, der sie liebhatte; ihr konnte sie alles sagen, alles klagen. Und sie tat es. Mine hörte ruhig und geduldig zu; sie streichelte ihr nur ab und zu ihr heißes Gesicht.

„Sei ruhig, mein Kind, meine Maria, es wird alles gut", sagte sie, als Maria geendet hatte, und fügte hinzu: „Nun laß uns zu Frau Helm gehen."

„Sie hält noch Mittagsruhe“, wandte Maria ängstlich ein.

„Ich habe sie schon gesehen und gesprochen, mein Kind; sie möchte uns gerne unten haben.“

Maria wäre gern noch ein wenig allein mit Mine oben geblieben; sie ahnte ja nicht, was sich in der kurzen Zeit unten zugetragen hatte, aber da Tante Lotte es wünschte, ging sie mit dem Mädchen hinab. Die Tante eilte mit ausgebreiteten Armen auf Maria zu. „Mein liebes, liebes Kind“, rief sie, „deine Unschuld ist an den Tag gekommen, wie konnte ich so blind sein!“

Maria war im ersten Augenblick ganz überwältigt. Sie wußte es nun: Der Herr erhört Gebete! Es war eine selige Erfahrung, die sie nie vergessen konnte. In ihrer glücklichen Stimmung übersah sie es, daß Tante Lottchen sehr ernst und betrübt aussah. Als sie nun aber die Kaffeetassen aus dem Schrank holte und verwundert äußerte: „Wo bleibt nur Elsa heute?“ da sah die Tante sie traurig an und sagte: „Mein Kind, Elsa hat unser Haus für immer verlassen.“

Da wurde Maria manches klar; sie sah fragend von einem zum andern, als möchte sie nun auch alles wissen.

Die Tante fuhr fort: „Dank deiner guten alten Mine wurde Elsas Betrug entdeckt. Es ist dasselbe Mädchen, das deine Uhr gestohlen hat.“

„Die Elsa, deren Bruder meine Uhr gestohlen hat?“ rief Maria erschrocken.

„Ja, leider; ich habe den Fehler begangen, daß ich mich nicht genau nach den Eltern und dem Mädchen erkundigt habe. Sie hatte aber etwas Bestechendes im Äußern und war geschickt und gewandt in der Arbeit. Es ist schade um das Mädchen."

„Sie tut mir so leid", sagte Maria voll Mitgefühl. So sehr sie sich freute, daß sie endlich von dem schweren Druck befreit war, der so lange auf ihr gelastet hatte, so traurig war sie über Elsas Verirrung, während die treue Mine polterte: „Dem Mädchen ist schon recht geschehen, es hätte noch eine ganz andere Strafe verdient, als nur weggejagt zu werden."

Frau Helm fragte Mine, ob sie wohl einige Tage bei ihr bleiben würde, bis sie ein neues Mädchen gefunden habe. Mine willigte gern ein; sie tat es schon ihrer Maria zuliebe; sie sollte den morgigen Tag nicht ohne sie feiern, das hatte sie sich vorgenommen, und auf einen oder zwei Tage länger kam es ihr nicht an.

Nachdem Mine zur Ruhe gegangen war, zog Tante Lottchen Maria zu sich aufs Sofa und versicherte ihr, daß sie sie immer liebgehabt habe, auch in dieser schweren Prüfungszeit, daß sie aber nicht anders gekonnt habe als zu glauben, sie sei es gewesen, da alle Beweise gegen sie gesprochen hatten, sie aber nie an Elsa, so lange sie im Hause gewesen, etwas Derartiges bemerkt habe; sie müsse es sehr schlau angefangen haben.

Maria schlang ihren Arm um die Tante. „Behalte mich nur lieb, das macht mich so glücklich“, sagte sie ganz schlicht und bescheiden.

Marias Geburtstag

Heute wurde Maria sechzehn Jahre alt. Wie festlich war es sonst gewesen an ihrem Geburtstag, was hatte der gute Vater alles getan, um seinem Kinde Freude zu machen! Und heute? Die Tante wußte nicht, welchen Festtag sie heute hatte, wenn Mine es nicht verriet. Es schadete nichts, ihr größtes Geschenk war, daß nun ihre Unschuld an den Tag gekommen, daß sie wieder fröhlich ihr Haupt erheben konnte, seit der schwere Druck von ihr genommen war. Nun konnte sie Tante Lottchen unbeschwert liebhaben und ihr vertrauen; es war ein schöner Anfang des neuen Lebensjahres. Sie wollte aber vor allen Dingen daran denken, daß sie der Tante alles schön machte, sie wollte gleich hinuntergehen, um den Morgenkaffee zu bereiten. Als sie in die Küche kam, brannte schon ein helles Feuer auf dem Herd, die alte Mine eilte geschäftig hin und her, als wäre sie lange im Haus.

„Mine, es ist mir wie in alten Zeiten, nur daß der Vater fehlt“, rief Maria, und Tränen füllten ihre Augen.

„Heute wird nicht geweint, mein gutes Kind“, sagte das Mädchen. „Der Vater fehlt uns freilich, aber er hat's ja so gut droben im Himmel mit der Mutter zusammen, das mußt du ihnen gönnen. Du hast es auch gut bei der Tante, danke Gott dafür; sie ist ganz wie eine Mutter zu dir. Komm nur mit, du wirst sehen, daß ich recht habe.“

„Ist denn Tante Lottchen schon auf?" fragte Maria eben – da öffnete sich die Tür zum Vorzimmer, die Tante erschien und rief: „Guten Morgen, Geburtstagskind, Gott sei mit dir!" Maria flog auf sie zu. Und wie geburtstäglich war das Zimmer geschmückt! In der Mitte stand ein großer Tisch, mit einer Blumengirlande verziert; was gab es auf dem Tisch für Herrlichkeiten! Da war ein neues, schwarzes Kleid, wie es Maria gut gebrauchen konnte. Es gab neue Schuhe und Schürzen, Bänder, Handschuhe, kurz alles, was ein junges Mädchen wünschen kann und woran es Freude hat.

„Aber Tante, woher wußtest du nur, daß heute mein Geburtstag ist?" rief Maria verwundert.

„Denkst du, ich nehme mir ein Kind an, ohne zu wissen, wann es geboren ist?"

„Und woher wußtest du, daß ich gerade dies alles, was du mir geschenkt hast, so nötig gebrauchte?"

„Da ich sah, wie dein Kleid schlecht wurde und deine Schuhe ausgebessert werden sollten, so habe ich lange gesorgt, daß du zum heutigen Tage alles neu bekommst."

Maria sah die Tante mit einem innigen Blick an und sagte: „Du sorgtest so treu für mich, während du denken mußtest, ich sei eine falsche Schlange, die immer suchte, dich zu hintergehen?"

„Ich wollte dich durch meine Liebe zwingen, mir das Geständnis deiner Schuld zu machen, nun habe ich dir Abbitte zu tun für das dir zugefügte Unrecht."

„Du konntest nicht anders, liebe Tante, aber ich muß dich um Verzeihung bitten für alle Bitterkeit und allen Groll, den ich im Herzen hegte, darüber, daß mir Unrecht geschah. Ich kämpfte wohl dagegen, aber es gelang mir nicht immer."

„Wir wollen nun das Vergangene vergessen und Gott danken, der uns den Sieg gegeben hat", sagte die Tante und drückte Marias Hand.

„Mutter und Tochter haben so viel zu verhandeln, daß ich gar nicht mit meinem Geschenk ankommen kann." Da stand die alte, treue Mine mit einem Paar selbstgestrickter Handschuhe.

„Die habe ich in meinen Feierstunden für dich gestrickt, liebes Kind, du wirst sie wohl gebrauchen können. Frau Justizrat, der Kaffee ist auch bereit." Maria dankte ihrer Mine gerührt, während Tante Lotte ausrief: „Könnte ich Sie doch behalten, Mine, es ist, als wären Sie hier ganz zu Hause."

„Damit würde meine Schwester nicht zufrieden sein", meinte Mine. „Sie hat ein großes Anwesen, dazu die vielen Kinder, da kann sie mich sehr nötig gebrauchen. Maria wird Ihnen nun recht schön helfen. Dann können Sie vielleicht mit einer Putzfrau auskommen und haben keinen Ärger mit dem neuen Mädchen."

Maria bat die Tante, es mit ihr zu versuchen, kochen habe sie drüben ganz gut gelernt, auch mit dem Reinigen der Zimmer wisse sie Bescheid. Wenn eine Frau zur Hilfe genommen würde, glaube sie gut durchzukommen. Tante Lottchen war damit einverstanden, erklärte aber, dann würde sie Maria natürlich jeden Monat einen bestimmten Betrag geben. Maria war glücklich. Ihr Wunsch, sich selbst mit ihrer Hände Arbeit etwas zu verdienen, war erfüllt, unter angenehmeren Verhältnissen konnte sie es sich gar nicht denken.

Während sie beim Kaffee saßen, hörte man leichte Schritte vor der Tür. Drei kleine, duftig gekleidete Mädchen und ein kleiner, braungelockter Knabe kamen herein mit schönen Blumenkörbchen und Sträußen. Mit großem Ernst sagten sie ein gelerntes Geburtstagsverschen her und beglückwünschten ihre Maria. Frau Schwarz stand hinter ihnen und hatte einen Rosenstock in der Hand, über und über mit Knospen bedeckt. „Den sollst du dir an dein Fenster stellen und pflegen, liebe Maria, dies Bild aber zur Erinnerung in dein Zimmer hängen." Es war die gutgetroffene Photographie der vier Geschwister, die Maria schon lange gewünscht hatte.

„Es ist zu viel des Guten!" rief sie aus. Sie hatte geglaubt, niemand würde von ihrem Geburtstag erfahren, nun wurden ihr von allen Seiten Liebesbeweise entgegengebracht. Sie war nicht eine einsame, von aller Welt verlassene Waise, sondern ein junger, von vielen geliebter Mensch. Das sollte sie heute noch mehrfach erfahren. Manche Schulfreundin klopfte im Laufe des Morgens an Tante Lottes Tür; die Blumen mehrten sich, kleine niedliche Geschenke, wie sie junge Mädchen einander machen, zierten den Geburtstagstisch.

Alle Gratulanten wurden zum Nachmittag eingeladen, auch die Kinder von drüben hatte Maria sich ausgebeten. Tante Lotte mochte es gern, wenn junge Leute vergnügt waren, besonders heute wollte sie alles tun, um ihrer Maria Freude zu machen.

Zwei Briefe bekam das Geburtstagskind sehr verschiedenen Inhalts. Lisa bedauerte, Marias Geburtstag nicht mitfeiern zu können, aber sonst gefalle es ihr großartig. Der ganze Brief war voll von dem, was sie erlebt hatte und was noch für Vergnügen ihrer warteten.

Evas Brief war ernster. Sie erwähnte zuerst den seligen Vater, ohne den Maria den heutigen Tag begehen mußte. „Aber ich weiß", schrieb sie, „du hast dich in Gottes Willen ergeben; wenn wir ihn auch oft nicht verstehen, so wissen wir doch, daß denen, die Gott lieben, alle Dinge zum Besten dienen müssen. Du hast ein Heim gefunden bei Tante Lottchen, sonst möchte ich dir wünschen, du könntest hier mit mir arbeiten; es ist so schön, weiter zu lernen, die Kenntnisse zu erweitern, um sie dann an andere weiterzugeben. Und wenn Gott uns beide verschiedene Wege führt im irdischen Beruf, so können wir doch den einen Weg zusammengehen, auf dem Jesus vorangeht und uns leuchtet. Nicht wahr? Maria, wir denken beide an das Wort, das uns bei der Konfirmation mit auf den Weg gegeben wurde: ‚Kindlein, bleibet bei ihm!' Es ist doch schön, wenn wir das Ziel im Auge haben, wenn wir immer daran denken, daß wir hier nur Pilger sind, daß droben unsere rechte Heimat ist. Ich fand kürzlich ein schönes Lied, das ich dir zum Geburtstag abgeschrieben habe; ich denke, es wird dir auch gefallen. Es ist mein Geschenk für dich, weiter habe ich nichts. Lerne es auswendig, wie ich es getan, und schreibe mir, ob es dir gefallen hat."

Maria nahm das auf ein sauberes, mit hübschen Randzeichnungen verziertes Blatt geschriebene Lied und las. Es lautete:

Ein Jahr älter durch Gottes Gnade,
ein Schritt weiter auf seinem Pfade.
Immer ferner dem eitlen Spiele,
immer näher dem hohen Ziele.
Immer leerer des bloßen Scheins,
immer voller des wahren Seins.
Immer kleiner im eigenen Herzen,
immer größer durch Christi Schmerzen.
Immer betrübter ob meiner Schuld.
Immer froher ob deiner Huld.
Immer ärmer am eigenen Werke,
immer reicher durch deine Stärke.
Immer verschlossener zum Klagen der Mund,
offener zum Beten in jeder Stund.
Immer strenger im eignen Verbrechen,
immer milder bei andrer Gebrechen.
Immer befreiter vom Sündenreiz,
immer gebundner an Christi Kreuz.

Immer stiller, mein Kreuz zu tragen,
immer lauter, sein Lob zu sagen.
Immer sel'ger in seiner Liebe.
O daß ich's würde und immer bliebe!

Maria las den Brief und das Lied immer wieder durch, dann gab sie beides der Tante.

„Das ist eine Freundin, wie ich sie mag, an dem Brief hast du etwas. Wie schön, wenn ihr euch gegenseitig ermahnt. Ja, meine liebe Maria, wollte Gott, Lisa wäre die dritte in eurem Bunde."

Am Nachmittag empfing Maria ihre Gäste. Wie vergnügt war die kleine Schar, als sie nach dem Kaffee sich die Zeit mit allerlei Gesellschaftsspielen vertrieb. Als es dunkelte, zogen sich die Gäste ins Haus zurück; da beteiligte sich sogar Tante Lottchen mit am Spiel, während Mine hin- und herlief, um für Speise und Trank zu sorgen. Zum Schluß kam Frau Schwarz, um ihre Kleinen zu holen, die sehr vergnügt fortgingen. Bubi sagte beim Nachhausegehen: „Maria, ist nun dein Geburtstag bald wieder?", was große Heiterkeit erregte.

Nachdem sich auch die Freundinnen verabschiedet hatten, saßen Tante Lottchen und Maria noch ein Stündchen mit Mine zusammen, die am folgenden Nachmittag wieder abzureisen gedachte. Sie versprach, wenn sie gesund sei, im nächsten Jahr wiederzukommen. Als das Mädchen sich zur Ruhe gelegt hatte, dankte Maria der Tante nochmals für alle ihr erwiesene Liebe, sagte ihr, daß sie Gott bitten wolle, ihr die Kraft zu geben, daß sie der Tante alles, was sie an ihr getan, einst möge vergelten können. „Das tust du, mein liebes Kind, wenn du bei mir bleibst und mich nicht verläßt. Ich werde immer älter und habe das Zutrauen zu fremden Menschen durch die traurige Geschichte mit Elsa verloren. Wenn du nun wie Eva Lehrerin werden wolltest, so würde es mich schmerzen, aber ich würde dich natürlich nicht hindern, wenn du besondere Lust und Neigung dazu hättest."

„Nein, nein, ich bleibe bei dir, immer, immer, das verspreche ich dir", rief Maria stürmisch. „Nun habe ich noch eine Bitte auf dem Herzen", fuhr Maria fort; „ich bin so glücklich gewesen, ich habe so viel Liebe von allen Seiten erfahren an meinem Geburtstag, nur der Gedanke an die unglückliche Elsa quält mich; darf ich sie nicht einmal besuchen und ihr sagen, daß ich ihr nicht zürne, weil sie mir Böses zugefügt hat? Die Strafe, aus dem Dienst entlassen zu werden, ist doch schon sehr groß für sie gewesen."

Tante Lottchen strich leicht über den blonden Scheitel des Mädchens. „Es ist recht, mein Kind, daß du, wenn es dir gut geht, an die Unglücklichen denkst. Ich will morgen zu Elsa und mit ihr reden. Bei der Untersuchung ihrer Sachen sind manche Unredlichkeiten zutage gekommen. Es haben sich verschiedene Gegenstände, die ich seit einiger Zeit vermißt habe, wieder vorgefunden. Es war hohe

Zeit, daß die alte Mine kam und alles ans Licht brachte. Wenn du willst, kannst du mich morgen begleiten."

Am andern Morgen gingen Tante Lotte und Maria zu Elsas Mutter. Sie kamen an eine ziemlich große Mietskaserne. „Hier muß es sein", sagte Tante Lottchen, nach der Hausnummer sehend. Sie betraten das Haus, in dem es viele kleine Einzelwohnungen gab. „Wohnt hier eine Frau Müller?" fragte Tante Lottchen eine Frau, die mit einem kleinen Kinde auf dem Arm dastand und mit einer andern plauderte. „Im dritten Stock", war die mürrische Antwort. Sie erstiegen die Treppen und standen ein Weilchen still, um Atem zu holen. Da wurde eben eine Tür geöffnet, und Elsas Kopf kam zum Vorschein. Als sie die Tante sah, zog sie sich zurück und machte die Tür hinter sich zu. Als dann auf ihr Klopfen kein „Herein" ertönte, öffneten sie die Tür und standen Elsa gegenüber. Die Mutter war nicht zu Hause. Elsa stand wie mit Blut übergossen da und senkte die Augen beschämt zu Boden.

„Elsa", sagte Tante Lottchen, „wir kommen nicht in böser Absicht. Ich hätte wohl Grund, dich dem Gericht zu übergeben, denn du bist nicht nur als Näscherin, sondern auch als Diebin erkannt. Ich hatte dir mein Vertrauen geschenkt, und du hast es mißbraucht und meinen Verdacht auf Maria gelenkt, die dir nie etwas zuleide getan hat. Einen Dienst bekommst du nicht wieder, denn ich bin genötigt, es in dein Dienstbuch zu schreiben, daraufhin nimmt dich doch kein Mensch mehr. Doch ich will dich in eine Anstalt schicken, in der du unter strenger Aufsicht und fleißiger Arbeit lernen kannst, dein Unrecht einzusehen und mit Gottes Hilfe ein anderer Mensch zu werden."

Elsa, die in lautes Weinen ausgebrochen war, als Tante Lottchen zu reden begann, stotterte nun unter Schluchzen: „Es tut mir ja so leid, Frau Helm. Ich bin von früh an von meinen Eltern zum Lügen und Stehlen angehalten worden. Wir mußten immer sehen, daß wir den Leuten heimlich etwas wegnahmen; wir mußten Lebensmittel auf dem Markt stehlen und aus den Läden, wo wir es kriegen konnten. Wer am meisten nach Hause brachte, wurde gelobt, und wer am meisten lügen und betrügen konnte, bekam von der Mutter noch eine Belohnung. Bei den andern Herrschaften, bei denen ich diente, ist es nie herausgekommen, da habe ich auch gar nicht eingesehen, daß es unrecht war. Bei Ihnen habe ich zuerst erkannt, daß ich etwas Böses tat, weil Sie immer so fein zu erklären wußten, was gut und böse ist. Aber ich konnte es doch nicht lassen, weil es so in mir steckte. Nun bin ich erschrokken, daß alles so plötzlich an den Tag gekommen ist, ich muß seitdem immer denken: Es gibt doch einen Gott, der das Böse aufdeckt und bestraft."

„Bereust du dein Unrecht, hast du den Wunsch, anders zu werden?", fragte die Tante ernst.

„Ja, ich möchte wohl, aber ich kann es nicht, es

steckt alles zu tief in mir. Gestern wollte ich ins Wasser springen, dann wäre alles aus gewesen ... aber ... ich hatte ein Grauen davor."

„Versündige dich nicht noch mehr", sagte die Tante. „Gott hat Erbarmen mit dem Sünder; wenn du aufrichtig deine Sünden bekennst und ein neues Leben anfängst, so vergibt er dir alles und nimmt dich als dein Kind an."

Elsa sah Tante Lottchen groß an, als könnte sie das nicht glauben. „Wenn es dir wirklich ernstlich leid ist, so wirst du tun, was ich dir sage. Ich habe hier eine Adresse aufgeschrieben, dort wirst du heute abend sechs Uhr erwartet. Tue, was man dort von dir fordert, sprich vor allen Dingen die Wahrheit, nach acht Tagen werde ich mich dort nach dir erkundigen. Wenn du nicht dorthin gehst, so ist es deine eigene Schuld. Fräulein Maria wollte mich begleiten, weil sie dir sagen möchte, daß sie dir nicht zürnt."

„Das kann ich nicht glauben. Ich habe es nie gut mit Fräulein Maria gemeint, sondern mich immer gefreut, wenn Sie unzufrieden mit ihr waren. Ich bin immer ihre Feindin gewesen, und seine Feindin kann man nicht lieben."

„Maria macht es aber Freude, nach dem Wort der Bibel zu handeln: ‚Liebet eure Feinde', darum will sie dich liebhaben."

„Ja, Elsa", sagte nun Maria, „ich trage es dir nicht nach, was du mir Übles zugefügt hast; ich möchte lieber deine Freundin als deine Feindin sein."

Elsa legte ihre Hand zwar in die dargebotene

Marias, aber sie sah immer noch aus, als könnte sie so etwas nicht glauben, es kam ihr als etwas Unmögliches vor.

Auf dem Rückweg sprachen sie bei Alwarts vor. Die Frau war wieder gesund und stand in voller Kraft und Tätigkeit mitten unter ihrer kleinen Kinderschar. „Sehen Sie, Frau Helm, nun ist alles wieder gut; der Mann hat Arbeit, und ich kann zu Hause wieder meine Pflichten erfüllen, kann mir sogar auswärts etwas mit Waschen verdienen."

„Deshalb komme ich eben, liebe Frau Alwart; ich wollte bei Ihnen anfragen, ob Sie wohl täglich etwas Arbeit bei mir übernehmen möchten; ich habe augenblicklich kein Mädchen, wir wollen uns eine Zeitlang so behelfen."

Die Frau sann nach. „Alle Tage ..." sagte sie langsam. Nach einigem Besinnen fügte sie aber hinzu: „Doch – ich will es einrichten. Ihnen tu' ich gern etwas zuliebe. Die Kinder sind zwar noch klein, aber die Älteste ist schon sehr verständig, und wenn sie sich nicht zu helfen weiß, kommt die Nachbarin, die gewöhnlich zu Hause ist."

Tante Lottchen verabredete nun das Weitere, und dann ging sie mit Maria nach Hause. Die war froh und glücklich im Herzen. Wie liebte und verehrte sie die Tante, die mit stillem, sanftem Geist und doch mit Festigkeit und Willenskraft überall etwas Gutes schaffte. Daß sie Elsa nicht fallen ließ, sondern in leiblicher und geistlicher Weise für sie sorgte, war für Maria eine große Freude.

Im Laufe des Tages nahm Mine wieder Abschied. Maria brachte sie an den Bahnhof, und wenn es ihr auch wieder schwer wurde, sich von der treuen Seele zu trennen, so war es doch leichter als das erstemal. Maria hatte ein Herz gefunden, das sie liebhatte; sie konnte ruhig und getrost an die Zukunft denken.

Siehe, ich stehe vor der Tür

Auf einem Landgut war es, um die neunte Stunde morgens. Die dunkelblauen Vorhänge in dem Schlafzimmer zweier junger Mädchen waren noch dicht zugezogen. Lisa und Adelheid waren zwar eben aufgewacht, aber es kam ja gar nicht darauf an, ob sie um neun oder um zehn Uhr unten erschienen, Pflichten oder dringliche Arbeiten gab es nicht, und die gestrige Gesellschaft auf dem Nachbargut hatte sie erst spät nach Hause geführt. Darum waren sie heute so müde. Eine gähnte und die andere gähnte, bis sie sich endlich entschlossen, aufzustehen und sich langsam anzukleiden. Dabei wurde von der gestrigen Gesellschaft gesprochen; jedes Kleid wurde für sich durchgenommen, über eine alte Dame, die etwas sonderbar angezogen war, wurde gelacht, über einige junge Herren gespöttelt, kurz, der Tag wurde nicht mit Gebet oder mit Gottes Wort begonnen – das lag hinter Lisa.

„Womit unterhalten wir uns nun heute?" sagte Adelheid, als sie zum Kaffeetrinken hinuntergingen. „Du vergißt unsere schönen Bücher aus der Leihbibliothek; ich bin so gespannt auf die Fortsetzung, ich setze mich nach dem Kaffee in einen Winkel des Gartens, wo ich ungestört bin. Dort lese ich bis mittag", war Lisas Antwort.

„Eine Stunde vor Tisch radeln wir, oder wollen wir lieber Krocket spielen?"

„Das habe ich wirklich satt“ sagte Lisa gelangweilt, „ich will einmal überlegen, wozu ich Lust habe.“

Später finden wir Lisa mit einem ziemlich dicken Roman in der äußersten Ecke des Gartens auf einer Bank unter dem Walnußbaum. Sie war so vertieft, daß sie nichts sah und hörte, was um sie her vorging.

„Sieh einmal Lisa, die Leseratte“, sagte ein Bruder Adelheids zum andern, „wir wollen sie ein bißchen necken.“

Sie kletterten hinter ihr leise auf den Baum, ohne daß es Lisa beachtete. Sie hörte es wohl knacken und knistern, hielt es aber nicht der Mühe wert, vom Buch aufzusehen. Ernst warf nun geschickt ein Blatt, das er zu einem Kügelchen geformt hatte, auf das Buch. Sie machte mit der Hand eine kleine Bewegung, las aber ruhig weiter, ohne etwas zu merken. Jetzt fiel ein Zweig auf das Buch; sie schob ihn beiseite und las unverdrossen weiter. Als das Buch fortgesetzt mit Blätterkügelchen beworfen wurde, wurde sie endlich aufmerksam. „Wartet, ihr seid's“, rief sie lachend, als sie die beiden Vettern da oben erblickte. Gleichzeitig wurde nach den Jungen gerufen. Ihr Hauslehrer kam, und da sie vor ihm große Achtung hatten, rutschten sie schnell vom Baum.

„Herr Behr“, sagte Lisa scherzend, „strafen Sie einmal die bösen Jungen, sie stören ihre Kusine, wenn sie bei der schönsten Stelle ist.“

„Was lesen Sie denn da Schönes, Fräulein Lisa?" Sie reichte ihm das Buch, er blätterte darin.

„Aber", sagte er verwundert, „das ist doch noch kein Buch für ein so junges Fräulein; würde das die Frau Mutter erlauben?" Er gab es ihr zurück, blieb noch stehen und meinte kopfschüttelnd: „Meine Schwestern durften am Vormittag überhaupt nicht lesen, hatten auch keine Zeit dazu; in den Mußestunden lasen sie nur wirklich wertvolle Bücher."

„Was schadet es denn, Romane zu lesen?" fragte Lisa, halb keck, halb neugierig.

„Die jungen Mädchen, welche ihre Zeit mit Romanlesen hinbringen, werden Träumerinnen; sie werden dem wirklichen Leben entrückt, leben in Traumbildern, vernachlässigen ihre Pflichten, werden träge und verflachen. Doch entschuldigen Sie, daß ich meine Ansicht freimütig ausgesprochen habe, ich bin ja nicht dazu berufen." Hiermit zog er seinen Hut, rief die Jungen und ging mit ihnen ins Haus. Jetzt kam gerade Adelheid.

„Großartig!" sagte Lisa und legte lachend das Buch in den Schoß, „da glaubt sich dieser Herr berufen, mir Vorstellungen wegen meines Lesens zu machen."

„Er tadelt gern", versetzte Adelheid beschwichtigend, „er ist übrigens ein tüchtiger Lehrer für die Jungen, Vater schätzt ihn sehr, aber es ist jedenfalls unpassend, meinem Besuch Vorträge über das viele Lesen zu halten."

Sei dem, wie ihm wolle, Lisa hat noch oft an die

Worte des Mannes denken müssen, wenn sie immer leidenschaftlicher die wertlosen Romane verschlang. Aber da sie im Anfang nicht dagegen ankämpfte, hatte sie später nicht mehr die Kraft, von der üblen Gewohnheit loszukommen.

Adelheid zog übrigens auch ein ähnliches Buch hervor, und nun saßen die beiden Mädchen und füllten ihre Köpfe mit dem unnützen Stoff, von dem weder sie noch andere Nutzen hatten.

„Aus!" rief Lisa, „wenn ich nur gleich den dritten Teil hätte!" Adelheid sah nach der Uhr. „Noch eineinhalb Stunden bis Mittag. Wir nehmen unsere Räder, fahren in die Stadt, holen uns neuen Vorrat aus der Bibliothek, sind in einer Stunde zurück und können nach Tisch, zur Freude des Herrn Behr, wieder mit vollen Segeln loslesen. Übrigens wollte ich dir sagen, daß wir für heute abend wieder eine Einladung nach Birkental haben. Die sind sehr vornehm, weißt du, und geben was auf feine Kleidung."

„Was soll ich heute abend anziehen, Adelheid, rosa oder weiß?"

„Weiß steht dir besser bei deinem dunklen Teint", sagte Adelheid, „ich wähle blau, das ist für Blonde vorteilhafter."

„Wer hat gestern abend zu deiner Mutter gesagt, ich sähe in dem weißen Kleid und der dunklen Rose so gut aus?" fragte Lisa.

„Das sollst du eigentlich gar nicht wissen, kleine eitle Person, wer hat es dir gesagt?"

„Ich habe gehört, daß deine Mutter es zu deinem Vater äußerte", lachte Lisa und sah dann eine Weile träumerisch vor sich hin. Vielleicht verglich sie sich mit einer Romanheldin, von der sie soeben gelesen hatte.

Es mochten acht Tage seit dem eben Erzählten vergangen sein. Lisa dachte allmählich an die Heimreise; die Zeit, die sie bei den Verwandten zubringen durfte, neigte sich ihrem Ende zu. Wenn sie davon sprach, so sagte Adelheid: „Vorerst lassen wir dich noch nicht fort, du mußt noch mancherlei mitmachen." Lisa ließ sich nicht zweimal bitten. Besondere Pflichten hatte sie zu Hause keine; es war recht schön, hier das Leben in vollen Zügen genießen zu können. Sie war schon gelangweilt, wenn nicht jeder Tag etwas Besonderes brachte. Am heutigen Tag kam ein Brief von Maria. Natürlich, Lisa hatte ihr zum Geburtstag geschrieben, da mußte sie danken. Aber der Brief enthielt etwas ganz Besonderes. Lisa war offenbar verstimmt oder wenigstens nachdenklich geworden, nachdem sie ihn gelesen hatte. Maria teilte ihr nämlich mit, daß in nächster Woche die Abendmahlsfeier der Neukonfirmierten stattfinden werde. Pfarrer Berg habe alle in der Stadt Anwesenden aufgefordert, sich bei ihm zur Teilnahme anzumelden. Diejenigen, die ihr Beruf in die Fremde geführt habe, könnten ja natürlich nicht kommen, sie sei jedoch nur auf einer Besuchsreise und könne jeden Tag heimkehren. Da Maria nun glaube, daß Lisa jedenfalls an der Feier teilzunehmen wünsche, so schreibe sie ihr dies, damit sie ihre Abreise danach einrichten könne.

Ja, es war wohl in der Ordnung, daß sie jetzt nach Hause reiste und sich zu diesem wichtigen Gang vorbereitete. Es war wohl in der Ordnung, daß sie einmal innere Einkehr hielt und sich, die Einsegnung und alles, was damit zusammenhing, ins Gedächtnis rief, daß sie sich prüfte, ob es mit ihrem Glauben vorwärtsgegangen sei oder zurück. Schon nach Hause? Nein, sie wußte, sie war hier gern gesehen. Der Onkel hatte sie noch kürzlich sein kleines, munteres Vögelchen genannt. Es war wieder übergewissenhaft von Maria, von ihr zu verlangen, gerade jetzt nach Hause zu kommen, jetzt, wo der Geburtstag des alten General Posen auf dem benachbarten Gut glänzend gefeiert werden sollte.

„Lisa, du sitzest ja ganz in Gedanken, als ob du schwermütig werden wolltest, was ist dir?“ fragte Adelheid, die Lisa schon gesucht hatte, um ihr etwas Wichtiges mitzuteilen. „Du hast einen Brief, hat er dir Unangenehmes gebracht?“ Sie hob ihn auf. „Von wem ist er denn?“

„Von Maria, du kannst ihn lesen.“

Adelheid durchflog ihn. „Du wirst nun doch nicht gerade zum Mittwoch nach Hause reisen wollen? Ich bitte dich, Maria schreibt ja ausdrücklich: Pfarrer Berg habe nur die in der Stadt anwesenden Konfirmanden aufgefordert. Du kannst ja später mit deinen Eltern die Feier nachholen, es heißt einfach: du bist nicht dagewesen, das entschuldigt alles.“

Wie gern ließ Lisa sich das ausreden; sie machte allerdings noch einige Einwendungen, aber Adelheid wußte alle Bedenken zu zerstreuen und erzählte nun, daß am Mittwoch lebende Bilder aufgeführt werden sollten, und zwar war Lisa für die Hauptrolle vorgesehen, weil sie schlank gewachsen sei und dunkles Haar habe. Das schmeichelte Lisa. Bald war der Brief Marias in den Hintergrund getreten.

Und doch – inmitten aller Vorbereitungen zum Fest war es Lisa, als ob eine leise, mahnende Stimme sie fragte: „Lisa, hast du so bald deines Herrn vergessen? Wie ist es mit deinem Gelübde der Treue, deinem Glaubensbekenntnis?"

Wie dumm, daß dies gerade dazwischen kommen mußte! Hätte Lisa nur die Stärke gehabt, zu sagen: „Dies ist ein zu wichtiger Tag, nichts soll mich abhalten, daran teilzunehmen, ich fahre nach Hause", so würde sie reichen Segen gehabt haben. Lisa war schon nicht mehr frei, sie achtete deshalb längst nicht mehr auf die mahnende Stimme im Herzen und suchte sie auch heute wieder zum Schweigen zu bringen.

Der Abendmahlstag

Maria wartete sehr auf Lisas Antwort, aber die Antwort blieb aus. Am Montag, als der Briefträger wieder vorbeigegangen war, sah Maria recht betrübt aus. „Heute hätte die Antwort spätestens kommen müssen – aber vielleicht will sie uns überraschen, Tante Lottchen."

„Geh doch einmal hinüber ins andere Haus, vielleicht haben die Eltern einen Brief." Daran hatte Maria noch nicht gedacht. Sie eilte hinüber und fand Herrn und Frau Schwarz am Kaffeetisch.

„Nun, mein liebes Kind, was führt dich so früh schon herüber", sagte diese mit gewohnter Herzlichkeit.

„Ich möchte nur fragen, ob du einen Brief von Lisa erhalten hast?"

„Ja, gewiß, heute morgen hat sie geschrieben, wir sprachen eben darüber. Ich hatte sie gefragt, ob sie zum Mittwoch nach Hause kommen wolle zur Abendmahlsfeier der Neukonfirmierten."

„O ", sagte Maria, von neuer Hoffnung belebt, „deswegen schrieb ich auch, sie kommt also?"

„Das scheint eben nicht, nach dem heutigen Brief. Wir pflegen ja im Herbst zu der heiligen Feier zu gehen, sie kann sich uns dann anschließen, es macht keinen großen Unterschied."

„Aber die Eltern der Neukonfirmierten schließen sich am Mittwoch fast alle an", wagte Maria zu sagen, „ich glaubte sicher, daß Lisa es möglich machen würde, zu diesem wichtigen Tag heimzukommen."

„Deshalb schrieb ich ihr ja auch", entgegnete Frau Schwarz, „aber erzwingen läßt es sich nicht, sie und die Tante schreiben beide, daß sie es dem alten General schuldig sind, sich zu seinem Geburtstag einzufinden, was soll man dagegen machen?"

Maria kam betrübt zur Tante. „Sie kommt nicht", sagte sie.

„Du gehst nicht allein, mein liebes Kind, ich begleite dich, ich vertrete Vater- und Mutterstelle an dir."

Es war jetzt ein feines Verhältnis zwischen Tante Lotte und Maria; die Tante voll mütterlicher Zärtlichkeit gegen ihr Pflegekind, und Maria suchte ihr auf jede Weise Liebe und Vertrauen zu zeigen; sie wetteiferten miteinander, wer dem andern mehr Liebe gab. So hatte Maria eine wirkliche Heimat gefunden.

Der Abendmahlstag brachte viel Frieden und Freude. Noch einmal wurde im Herzen das Gelübde erneuert: „Bei dir, Jesu, will ich bleiben", noch einmal redete Pfarrer Berg zu der kleinen Schar eindringliche Worte und ermunterte sie zur Nachfolge Christi.

Nachmittags sagte Tante Lottchen: „Nun wollen wir am heutigen Tage noch etwas recht Schönes vornehmen. Sieh, da draußen blühen so viele Herbstblumen, laß uns ein schönes Sträußchen winden und es dem kranken Riekchen bringen. Dann will ich mit dir ins Diakonissenhaus gehen; wir wollen einmal sehen, wie es Elsa geht."

„Ja, das wollen wir", rief Maria erfreut, „ich muß immer, wenn ich schöne Blumen sehe, an Fräulein Riekchen denken, ich möchte ihr am liebsten unsern ganzen Blumengarten hintragen."

Maria war nun geschäftig beim Blumenbinden, und bald war ein ganzes Körbchen voll. Sie ging in ihr Zimmer und sah sich um. Sie hätte so gern noch etwas mitgenommen. Weil sie selbst so glücklich war, hatte sie das Bedürfnis, auch andere zu erfreuen. Da stand eine Vase, die sie sehr gern hatte, vielleicht würde sich die Kranke darüber freuen. Maria legte sie zu den Sträußchen ins Körbchen.

Von der Vorstadt mit ihren Blumen und Gärten gelangten sie bald in die innere Stadt und kehrten in Fräulein Riekchens engem Stübchen ein. „Riekchen, bei Euch ist es immer sauber und hübsch, man könnte denken, es sei alle Tage Sonntag", begrüßte Tante Lotte die Kranke.

„Ach, meine liebe Frau Helm", sagte die Kranke, „ich habe heute einen bösen Tag gehabt. Als die Nachbarin kam, um mir zu helfen, hatte sich eine Katze mit hereingeschlichen; sie wollte sie hinausjagen, da geriet das arme Tier in Angst, sprang auf meine Kommode, riß die Decke und die schönen Tassen, die darauf standen, herunter, stieß mein Tischchen mit der Vase und den Sonntagsblumen um und brachte in mein stilles Stübchen einen solchen Aufruhr hinein, daß mir angst und bange wurde. Endlich fand das Tier den Ausweg, aber meine gute Nachbarin hatte lange zu tun, um das Zimmer wieder herzurichten. Doch meine schönen Tassen sind kaputt, es schadet nichts: Kaffeegesellschaften gebe ich ja nicht. Aber die Vase!"

„Nun weiß ich", rief Maria erfreut, „warum ich diese Vase mitgebracht habe, ich wollte sie Ihnen heute schenken und diese Blumen dazu."

„Wie gut von Ihnen, mein liebes Fräulein, daß Sie mich so treu versorgen mit dem, was das Leben schmückt."

„Tante Lottchen", sagte Maria, als sie die Kranke verlassen hatten, „hier ist es mir immer, als sei ich der Erde entrückt. Sie dient uns allen zum guten Vorbild."

Sie wanderten nun weiter bis an das andere Ende der Stadt. Dort lagen die großen Gebäude der Diakonissenanstalt. Maria hatte oft von dieser Anstalt gehört; sie hatte auch wohl diese oder jene Schwester kennengelernt, war aber nie hineingekommen. Die Tante war hier bekannt. Sie ging zunächst zu der Oberin, um von ihr die Erlaubnis für Maria zu erbitten, die Anstalt anzusehen. Sie wurde gern erteilt. Da die Tante noch einiges mit der Frau Oberin zu besprechen hatte, besonders über Elsa Erkundigungen einziehen wollte, wurde eine junge Schwester gerufen, die die Führung übernahm. Schwester Hanna nahm Maria mit sich. Die sah die Schwester immer von der Seite an, als nun aber aus einem hohen Flurfenster das volle Licht auf ihr Gesicht fiel, da rief Maria: „Wir kennen uns ja“, und reichte ihr herzlich die Hand. Sie hatte in der Schwester eine frühere Mitschülerin erkannt; sie waren zwar nicht in derselben Klasse gewesen, sondern Hanna war zwei Jahre voraus. Sie hatten sich aber gut gekannt und sich täglich in der Schule gesehen. „Maria Ruben“, sagte die Schwester erfreut, „jetzt erkenne ich dich auch, willst du auch Schwester werden?“

„Ich bin als Pflegetochter bei Frau Helm; ich habe meinen Beruf in ihrem Hause gefunden und kann sie nicht verlassen.“

„Das ist etwas anderes, sonst würde ich dir vorgeschlagen haben, bei uns einzutreten. Ich bin seit Ostern Probeschwester und fühle mich so glücklich hier, daß ich nicht wieder heraus möchte. Es fehlt uns immer noch an Schwestern; hättest du keinen Beruf gehabt, würde ich gesagt haben: Bleibe bei uns.“

Unter diesem Gespräch waren sie an das Ende des langen Ganges gekommen; sie gingen um die Ecke und sahen einen andern langen Gang vor sich mit vielen Türen auf beiden Seiten. „Hier sind die Krankensäle: ich bin in der Kinderabteilung, damit fangen wir Probeschwestern unsere Arbeit an.“ Sie öffnete die zweite Tür und ließ Maria eintreten. Da stand Bett an Bett und aus jedem Bett, das weiß und sauber war, schaute ein Kinderköpfchen heraus. Die sehr Kranken lagen teilnahmslos und still, die

Genesenden saßen aufrecht in ihren Bettchen und hatten irgendein Spielzeug, mit dem sie sich vergnügten. Oben am Fenster saßen einige Kinder, die schon aufstehen durften. Eine Schwester spielte mit ihnen.

Der Diakonissendienst trat Maria in schönster Weise entgegen. „Hier möchte ich arbeiten", sagte Maria zu Schwester Hanna, „wie köstlich ist es!"

„Es sieht sich leichter an, als es ist; wir Probeschwestern haben außerdem Hausarbeit zu leisten, müssen uns jeder Arbeit unterziehen, um in allen Dingen fest und sicher zu sein. Vor allen Dingen müssen wir lernen, uns selbst zu verleugnen. Doch wir müssen weitergehen." Maria nickte den Kindern freundlich zu und folgte Schwester Hanna, die mit ihr durch die Krankensäle der Frauen ging, ihr die Küche mit ihren großartigen Einrichtungen zeigte, dann das Altersheim, in dem es viele alte und gebrechliche Leute gab, die sich selbst nicht mehr helfen konnten und ganz auf die Hilfe der Schwestern angewiesen waren.

Dann traten sie in die Waschküche. „Hier", sagte Schwester Hanna zu Maria, „arbeiten die Mädchen, die im Magdalenenstift untergebracht sind." Im gleichen Augenblick kam Frau Oberin mit Tante Lotte herein. Maria durchfuhr es plötzlich, daß hier wohl Elsa zu finden sei. Wirklich, dort in der Ecke am Fenster stand sie am Waschfaß, eifrig waschend. Sie hatte den Kopf tief gesenkt, denn ihre Augen hatten sofort die Eintretenden erkannt.

„Elsa Müller soll einmal herkommen, die Damen wollen mit ihr sprechen."

Elsa wischte sich mit der großen Schürze den Seifenschaum von den Händen, band die Schürze ab, da sie darunter eine saubere, blaugedruckte trug, und näherte sich der Gruppe.

„Schwester Hanna, Sie können zu Ihrer Arbeit gehen", sagte die Oberin, „und du, Elsa, kannst die Damen, die mit dir reden wollen, in das Zimmer von Schwester Berta begleiten."

Schwester Hanna verabschiedete sich, und die Tante trat mit Maria und Elsa in das benachbarte Zimmer.

„Elsa, ich habe gehört, daß man mit dir zufrieden ist. Wenn du so fortfährst, wird vielleicht noch ein braves Mädchen aus dir." Elsa wagte jetzt, Tante Lottchen anzusehen. Ein dankbarer Blick strahlte aus ihren Augen. „Das habe ich allein Ihnen und Fräulein Maria zu verdanken. Daß Sie und Fräulein Maria alles, was ich Ihnen zugefügt habe, ach! Sie wissen noch nicht alles, mir vergeben haben, und daß Sie für mich gesorgt und mich in dies Haus gebracht haben, das kann ich Ihnen nie vergessen."

„Es gefällt dir also hier? Ich fürchtete das Gegenteil", sagte Tante Lotte.

„Es ist alles neu, was ich hier sehe und höre. Ich bin ja fast nie in eine Kirche gekommen, und wenn ich in dem Jahr vor meiner Konfirmation von der Schule aus gehen mußte, so habe ich nie auf die Predigt achtgegeben, sondern habe geplaudert. Wie schön ist es hier in der Kirche! Ich kann mich selbst noch nicht zurechtfinden, aber das fühle ich hier im Herzen, daß etwas mit mir vorgeht und daß alles anders, ganz anders werden muß."

„Gott gebe es, er will, daß allen Menschen geholfen werde", sagte die Tante. „Elsa, mein Kind, laß mich weiter nur Gutes von dir hören."

Liebe um Liebe

In den folgenden Tagen war Maria fleißig im Hause. Tante Lottchen freute sich, zu sehen, mit welchem Geschick sie sich in der Wirtschaft bewegte, wieviel sie schon vom Kochen verstand und wie sie ihr in allen Dingen eine treue Hilfe wurde. Der Wunsch, eine eigene Tochter zu haben, war ihr nun erfüllt; denn noch gestern hatte Maria ihr versichert, sie würde sie nie verlassen, sondern bei ihr bleiben bis an ihr Lebensende. Wo hätte es auch schöner sein können! Gegenseitige Liebe und herzliches Vertrauen waltete zwischen ihnen. Maria überwand ganz ihre natürliche Schüchternheit und konnte der Tante alles sagen. Lisas Kommen sah sie mit Bangen entgegen; sie liebte Lisa sehr, und je mehr sie um die Freundin besorgt war, um so mehr schien die Liebe zu ihr zuzunehmen.

Oft dachte Maria an ihren Vater. Er war nun droben in der ewigen Heimat, aber sein Segen war zurückgeblieben, der ruhte auf seinem Kinde, das in stiller Demut seinen Weg ging.

Oft hatte Maria, als sie bei Lisas Eltern war, vom Park aus nach dem Häuschen hinübergeschaut, in dem sie ihre Kindheit verlebt hatte. Eine Bank unter den Kastanienbäumen, die sich mit ihren Zweigen und Ästen nach der anderen Seite hinüberneigten, diente ihr als Aussichtspunkt. In den ersten Wochen hatte sie versucht, in der Familie, die das

Häuschen jetzt bewohnte, Eingang zu finden. Sie hatte einen Besuch dort gemacht, aber die Frau war wenig freundlich gewesen, und die von ihr und ihrem Vater bewohnten Räume, die von Ordnung und Sauberkeit geglänzt hatten, machten jetzt einen düstern, unordentlichen Eindruck. Das väterliche Heim war für sie so gut wie verloren. Dennoch konnte sie es nicht unterlassen, bisweilen über die Gartenhecke zu schauen, denn noch war das Gärtchen unverändert, wenn auch viel Unkraut darin wuchs. Aber auch das Hinübersehen sollte ihr genommen werden. Als sie einmal von der Frau des Hauses gesehen wurde, sprach die laut etwas über „Neugierde, die immer sehen müsse, was andere Leute vorhätten". Von da an unterließ Maria auch dies und begnügte sich, auf Spaziergängen beim Vorübergehen ihre Blicke dahin zu richten, wo sie so viele glückliche Jahre verlebt hatte. Von ihrem Fenster aus konnte sie ein Stückchen vom Dach sehen; wenn sie am Morgen das Fenster öffnete, grüßte sie täglich ihr früheres Heim.

Heute hatte die Tante einen weiten Spaziergang mit Maria gemacht. Sie kamen an dem Häuschen vorüber, und Maria sah, wie gewöhnlich, in den Vorgarten hinein. Sie schrak heftig zusammen, denn an der Haustür sah sie einen Herrn stehen, der ihrem Vater auffallend ähnlich war. Sein Gesicht konnte sie nicht sehen, aber die Gestalt und die Bewegungen erinnerten an ihn. Sie blieb wie gebannt stehen, bis Tante Lottchen, die weitergegangen war, sie rief. Maria erzählte, daß ein Herr, der große Ähnlichkeit mit ihrem Vater gehabt, sie zum Stillstehen veranlaßt habe. „Das ist eine Täuschung gewesen, mein Kind“, sagte die Tante, „wir haben soeben lange von deinem Vater gesprochen, das alles hat dich erregt, so daß du nun in einem fremden Herrn deinen Vater zu sehen meintest.“

„Nein, nur jemand, der mich an ihn erinnert, wenigstens von hinten, sein Gesicht habe ich nicht gesehen.“

Tante Lotte dachte nicht weiter über die kleine Begebenheit nach, aber Maria konnte sie nicht so schnell vergessen. Sie grübelte und grübelte, was wohl der Herr im Häuschen gewollt habe, und ob er in irgendeiner Beziehung zu ihr stehe.

Am andern Tage wurde Lisa erwartet. Darüber vergaß Maria die Erscheinung vor dem Häuschen. Alles ging bei ihr auf in dem Gedanken: Wie wird Lisa kommen? Wie wird sie sich dir gegenüber verhalten? Im Laufe des Morgens ließ Frau Schwarz fragen, ob Maria an den Bahnhof fahren möchte, Lisa abzuholen; gern sagte Maria zu. Bevor sie ging, riet Tante Lottchen: „Empfange Lisa nicht gleich damit, daß sie zum Mittwoch nicht gekommen ist, es würde sie empfindlich berühren und sie zurückschrecken!“

„Ich hatte mir schon vorgenommen, nichts zu sagen, liebe Tante.“

Um drei Uhr fuhr sie in dem Schwarzschen Wagen zum Bahnhof. Als der Zug kam, musterte sie die Wagenklassen und sah bald Lisas feines Gesicht unter einem Federhütchen herausschauen. Die wurde verlegen, als sie Maria erblickte. Als Maria aber in alter Herzlichkeit auf sie zuflog, sie umarmte und sagte: „Es ist schön, Lisa, daß du wieder da bist“, da war sie von Marias Liebe so gerührt, daß sie ausrief: „Ja, ich freue mich auch, wieder mit dir zusammenzusein.“ Das war mehr, als Maria erwartet hatte.

Frau Schwarz, die ihre Tochter daheim erwartete, streckte ihr die Hand mit den Worten entgegen: „Jetzt bleibst du bei uns, Lisa, du bist nun lange genug fortgewesen.“

„Ja, ich habe das Besuchsleben nun satt, immer möchte ich nicht mit Adelheid zusammensein; so gut wie du, Maria, ist sie lange nicht.“ Maria errötete tief; so etwas aus Lisas Munde zu vernehmen, war ihr ganz neu.

Voll Freude erzählte Maria Tante Lottchen von Lisas Ankunft. Gegen Abend kam die, um die Tante zu begrüßen. „Nun wollen wir aber den Schmetterling fangen und ihn nicht wieder davonfliegen lassen“, rief sie. „Nicht wahr, Lisa, du kehrst nun oft bei Tante Lottchen ein, wir arbeiten fleißig zusammen und sind vergnügt dabei? Fürs erste lade ich dich zum Sonntagnachmittag ein; es werden dann mehrere Freundinnen Marias kommen, da könnt ihr vergnügt miteinander plaudern.“

Am nächsten Sonntag kam Lisa wirklich mit dem Gesangbuch und holte Maria zur Kirche ab. Maria hätte jubeln mögen, so glücklich war sie, daß ihre geliebte Lisa einen guten Anlauf nahm. Am Nachmittag kamen die Freundinnen Martha und Emmy, die sich freuten, Lisa nach langer Zeit wiederzusehen. Wie groß war aber Marias Überraschung, als es klopfte und Schwester Hanna erschien. „Ich habe heute einen freien Nachmittag", sagte sie, „und da Frau Helm mir schrieb, ich möchte hierherkommen, bin ich der freundlichen Einladung gefolgt." Lisa erkannte auch die ehemalige Mitschülerin, wunderte sich aber, wie sie sich habe entschließen können, Schwester zu werden. „Ich denke es mir schrecklich, immer die Arbeit bei den Kranken", sagte Lisa, mitleidig auf die Schwester sehend.

„Leicht ist es nicht immer und doch ein schöner Beruf, die Traurigen zu trösten, die Mutlosen aufzurichten, die Ungeduldigen auf den hinzuweisen, der allezeit geduldig erfunden worden ist. Und wenn es uns gelingt, die Kranken aufzuheitern oder für Gottes Wort empfänglich zu machen, so ist das die schönste Belohnung für unsere Arbeit."

„Hast du denn auch schon als Gemeindeschwester gedient?" fragte Maria. „Einige Wochen aushilfsweise, aber ich werde später, wenn ich meine Zeit auf der Kinderabteilung durchgemacht habe, längere Zeit in einer Gemeinde tätig sein. Da geht es von früh an treppauf, treppab, von einem zum andern, da lernt man viel Elend und große Armut kennen. Aber die Leute sind gewöhnlich sehr dankbar für das, was man ihnen tut oder gibt."

Lisa schüttelte immer wieder den Kopf und meinte, bei einem solchen Beruf müsse doch aller Frohsinn vergehen.

„Gerade recht fröhlich sind wir untereinander, ich fühle mich so glücklich, so befriedigt von meinem Beruf, daß ich alle jungen Mädchen, die keinen Beruf haben, bitten möchte: Kommt doch und helft uns bei unserer Arbeit."

Lisa schüttelte wieder den Kopf, Maria aber lauschte begierig auf alles, was die Schwester sagte, und rief aus: „Seit ich im Diakonissenhaus gewesen bin und alles gesehen habe, kann ich mir wohl denken, daß man dort glücklich sein muß."

Und Emmy sagte, indem sie auf Martha zeigte: „Hier sitzt auch eine, die große Lust verspürt, Schwester zu werden."

Martha errötete und sagte leise: „Der Wunsch ist da, ich muß nur erst die Erlaubnis der Eltern haben."

Lisa sah mit Verwunderung, wie vergnügt alle diese Mädchen, die ein ernstes Streben zeigten, sein konnten. Keine von ihnen vertändelte die Zeit mit nichtigen Dingen oder sann auf Vergnügungen von einem Tag zum andern, und doch scherzten und lachten sie, waren voll heiterer Laune und Frohsinn, ja, es dünkte Lisa, sie hätte seit langem nicht ein so fröhliches, harmloses Beisammensein erlebt. Tante Lotte erzählte dem kleinen Kreis aus ihrer Jugendzeit, wußte sich heiterer Begebenheiten zu erinnern, wobei der Vater Lisas eine Rolle gespielt, kurz, der Nachmittag verging allen zu schnell, und Martha und Emmy äußerten, bei der Tante sei es immer so schön, daß sie sich schon lange vorher freuten, wenn man sie einlade. „Ihr seht also, wie gut es ist, daß ich mir eine Tochter angenommen habe, sonst würde ich nie in die Lage kommen, mir junge Mädchen einzuladen."

Lisa wurde verlegen; sie dachte an den Tag, an dem sie sozusagen Maria aus dem Hause getrieben hatte. Nun mußte sie einsehen, daß die Freundin es hier, obwohl manche Arbeit auf ihr ruhte, viel besser hatte als bei ihnen. Sie begriff in diesem Augenblick selbst nicht, wie sie hatte gegen Maria so ungezogen sein können, die ihr alles zuliebe tat, was sie ihr an den Augen absehen konnte, Lisa mußte von allem das Beste haben, Lisa mußte bestimmen, welche Gesellschaftsspiele gemacht werden sollten. Und warum war Lisa damals so zornig gegen Maria geworden, warum wollte sie sie nicht mehr im Hause dulden? Weil sie sie ermahnt hatte, Gottes Wort nicht zu vergessen und das Kirchengehen nicht zu versäumen. Das würde Maria jetzt wieder tun, davon war sie überzeugt. Und sie? – Ja, sie wollte sich wieder an das alles erinnern; sie wollte einmal einen neuen Anlauf nehmen, sie wollte zeigen, daß sie, wenn sie auch vorigen Mittwoch nicht zu der Abendmahlsfeier der Neukonfirmierten erschienen war, doch eine gute Christin sei. Darum war sie auch heute mit zur Kirche gegangen und wollte bei Tante Lottchen mit für die Armen nähen und Kranke besuchen. Daß man das hier von Herzen tat ohne Zwang, daß es der Tante und Maria Freude machte, dem Herrn zu dienen aus Dankbarkeit, davon ahnte Lisa freilich nichts. Sie kam nun wirklich öfter zur Tante, und die unterließ als treue Patin nicht, Lisa immer wieder hinzuweisen auf das eine, was not tut. Doch schon nach kurzer Zeit fühlte sie sich gelangweilt und ließ sich seltener sehen.

So waren einige Wochen vergangen. Die Tage wurden kürzer, und rauhe Winde schüttelten die letzten Blätter von den Bäumen. Tante Lotte, die immer frisch und gesund gewesen war, hatte sich erkältet und hustete. Maria hatte schon Kräutertee gekocht und andere Hausmittel angewandt, aber der Husten wurde schlimmer, und am Abend kam Fieber dazu, so daß Maria beschloß, wenn es am folgenden Tage nicht besser sei, zum Arzt zu schikken. Sie blieb die Nacht in der Nähe der Tante, die unruhig schlief und über Schmerzen beim Husten klagte. Der Arzt, der am folgenden Tage kam, verordnete äußerste Ruhe und kam abends wieder. Als er aus dem Krankenzimmer trat, winkte er Maria und sprach leise und eingehend mit ihr. Sie sah bekümmert aus; er hatte ihr gesagt, daß die Tante Lungenentzündung habe und einer sorgfältigen Pflege bedürfe. Er hatte von einer Pflegerin gesprochen, doch das hatte Maria entschieden zurückgewiesen. Sie wollte die Pflege übernehmen und Frau Alwart bitten, sie zu unterstützen. Auch erhoffte sie von Frau Schwarz und Lisa Hilfe. Es waren schwere Tage, die Maria durchzumachen hatte, dazu kam die Angst und Sorge um das Leben der geliebten Tante. Sie flehte zu Gott um Erhaltung der mütterlichen Freundin, und er erhörte sie. Der Wendepunkt trat ein, die Krankheit nahm einen günstigen Verlauf. Aber nun verlangte der Arzt die größte Schonung und Vorsicht; er hatte Maria eingeschärft, unbedingt darauf zu achten, daß keine Erkältung einen Rückfall bringe.

Es waren etwa vierzehn Tage vergangen, die Tante lag still im Bett, nur ab und zu mit leiser Stimme einen Wunsch äußernd. Wie froh war Maria, daß die schwerste Zeit überstanden war. Frau Schwarz hatte einmal eine Nacht gewacht, einige Male auch ein Mädchen geschickt zu Marias Unterstützung, einmal hatte Frau Alwart es möglich gemacht, die Nacht über zu bleiben, aber in der Hauptsache war Maria immer auf dem Platz gewesen. Es war ein dunkler Abend, der Regen schlug an die Fenster und der Sturm tobte ums Haus, wie es im November zu sein pflegt. Maria hatte sich die Lampe angezündet und saß in der Nebenstube, die Kranke hatte zu schlafen begehrt, und das junge Mädchen freute sich, sie ruhig atmen zu hören. Sie war mit einer Handarbeit beschäftigt und schob sich eben die Lampe näher, um besser sehen zu können, da wurde an die Haustür geklopft. Wer konnte es sein? Frau Schwarz und Lisa waren vor einem halben Stündchen gegangen, auch Frau Alwart war bis zum nächsten Morgen entlassen. Es überkam Maria ein Gefühl der Bangigkeit. Doch es klopfte zum zweitenmal, energischer; sie mußte öffnen, wenn nicht die Tante aufwachen sollte. Sie eilte also an die Haustür, schob den Riegel zurück – gleichzeitig wurde die Tür aufgerissen. Ein Hoteldiener stand da mit einem Brief in der Hand.

„Wohnt hier ein Fräulein Ruben?" fragte er hastig.

„Gewiß, das bin ich selbst."

„Ich sollte schon heute mittag hergehen und habe es vergessen; Sie möchten doch nach dem ‚Deutschen Hof' kommen, ein Herr muß Sie sprechen."

„Ich kann nicht fort; es ist Krankheit im Hause, ich darf die Dame nicht allein lassen." Seine davoneilenden Schritte überzeugten Maria, daß er das, was sie sagte, nicht mehr gehört hatte. Nun besann sie sich, daß Frau Alwart heute morgen, während sie mit der Tante zu tun hatte, einen Herrn, der Maria hatte sprechen wollen, abgewiesen hatte mit dem Bemerken, Fräulein Ruben wäre nicht in der Lage, jetzt Besuche zu empfangen.

Bestürzt schloß Maria die Tür und ging mit dem Brief in der Hand ins Zimmer zurück. Sie besah ihn von allen Seiten. Die Aufschrift war richtig; es mußte jemand sein, der sie kannte. Nun las sie zu ihrem höchsten Erstaunen folgendes:

„Meine liebe Nichte! Seit ich weiß, daß mein teurer Bruder ein Kind hinterlassen, hat es mir keine Ruhe gelassen, danach zu forschen. Endlich ist es mir gelungen, die Spur aufzufinden. Ich war heute morgen an Deiner Tür, wurde aber von einer Frau abgewiesen mit dem Bemerken, Du seiest mit einer Schwerkranken beschäftigt und könnest keine Besuche annehmen. Ich mag deshalb nicht wieder stören, bitte Dich aber dringend, heute nachmittag um drei Uhr in den ‚Deutschen Hof' zu kommen, da ich etwas Wichtiges mit Dir zu besprechen habe. Alles andere mündlich. Dein Onkel Matthias Ruben."

Erschrocken ließ Maria den Brief sinken. Ihr Onkel – der Bruder ihres Vaters, lebte noch? Was nun tun! Sie konnte unmöglich die Tante allein lassen, aber den Onkel ohne Antwort, war ebenso unmöglich. Konnte er nicht vielleicht morgen in aller Frühe schon wieder abreisen, und mußte sie nicht den einzigen Bruder des Vaters, den sie alle längst für tot gehalten, aufsuchen, schon um des seligen Vaters willen? Was sollte sie nur tun? Sie ging unruhig im Zimmer auf und ab. Da klopfte es wieder an die Haustür, aber leise. Sie öffnete. Draußen stand eine vermummte Gestalt mit einem Regenschirm. Als Maria mit der Lampe leuchtete, guckte aus der Kapuze ein frisches, rosiges Gesicht. „Johanna, du bist es", rief sie. „Du willst dich nach dem Befinden der Tante erkundigen?"

„Heute will ich noch mehr. Frau Walter schickt mich, ich soll Sie heute nacht ablösen, Fräulein Maria; ich soll morgen dafür einige Stunden ausschlafen. Nun müssen Sie mir alles sagen, was ich zu tun habe, und sich rechtzeitig ins Bett legen, damit Sie einmal ordentlich ausruhen können."

„Dich hat Gott gesandt, beste Johanna", sagte Maria erregt. „Nun kann ich ruhig einen notwendigen Gang in die Stadt machen, und du versorgst meine Tante."

„Fräulein Maria, Sie wollen doch nicht bei dem Regenwetter hinaus? Ich kann Ihnen ja besorgen, was Sie brauchen."

„Ich komme sehr bald wieder, aber gehen muß ich. Gib der Tante, wenn sie aufwacht, einen Löffel von dieser Arznei, vielleicht schläft sie auch, bis ich wiederkomme."

Die neuen Verwandten

Was kümmerte es Maria, ob es regnete oder stürmte! Das Wetter war ihr in diesem Augenblick ganz Nebensache. Nur ein Gedanke beherrschte sie: Der Bruder meines Vaters lebt, er ist in meiner Nähe. Viel wußte sie nicht von diesem Onkel, nur so viel hatte sie gemerkt, daß der Vater ihn sehr liebhatte und daß es ihm schmerzlich war, von ihm zu sprechen. Sie hatten ja beide geglaubt, er sei tot, darum hatte sie stets, wenn sie jemand gefragt, ob sie keine Verwandte habe, die Frage mit „Nein" beantwortet. Und nun lebte der Onkel! Sie beeilte sich und hatte das Hotel bald erreicht. Sie fragte den Pförtner nach Herrn Ruben. Sofort sprang ein Kellner herbei, der schon Auftrag zu haben schien, und geleitete Maria die hellerleuchtete Treppe hinauf. Marias Herz klopfte hörbar. Sie trat in ein hohes, vornehm ausgestattetes Zimmer. Ein Herr, der auf einem Lehnstuhl saß, erhob sich, doch sah Maria gleich, daß auch Damen anwesend waren.

Der Herr streckte ihr beide Hände entgegen und sagte, ihr in die Augen blickend: „Ja, du bist die Tochter meines lieben Bruders, ich sehe es an der Ähnlichkeit. Konnte ich nicht ein Jahr früher kommen, dann hätte ich ihn am Leben getroffen! Wie heißt du, liebes Kind?"

„Maria."

„Natürlich, so hieß unsere teure selige Mutter.

Maria, sieh, hier ist deine Tante Anna, meine Frau, und hier deine Kusine Erika." Die Tante erhob sich vom Sofa und umarmte Maria. Erika, ein bleiches, langaufgeschossenes Mädchen mit angenehmen weichen Zügen, reichte Maria die Hand und sah sie mit Interesse an.

„Wir sind sehr ungehalten über den Kellner, der dir heute mittag den Brief bringen sollte und es vergessen hat. Ich wäre gern noch einmal zu dir gekommen, da ich aber hörte, daß Krankheit im Hause herrschte, glaubte ich zu stören; doch wollte ich nicht, daß du abends allein ausgehen solltest und besonders nicht bei diesem schlechten Wetter. Mein liebes Kind, in diesem Wetter hättest du nicht kommen müssen." Mit diesen Worten hatte der Onkel ihr den Regenmantel abgenommen und ihr einen Platz angeboten. Maria sagte, sie habe nicht wissen können, wie lange der Onkel sich hier aufhalten würde, sie habe den Bruder ihres Vaters nicht warten lassen wollen, obwohl sie der kranken Tante wegen nicht gut hätte abkommen können.

Der Onkel fragte, ob die Tante eine Verwandte der Mutter sei, und als Maria ihm sagte, daß sie mütterlicherseits gar keine Verwandte habe, fuhr der Onkel fort: „So bist du also bei einer fremden Dame, die dir deine Arbeit vergütet?"

„Ja, das tut Frau Helm, aber sonst ist unser Verhältnis das einer Mutter zur Tochter."

„Dir würde es also schwer werden, die Dame zu verlassen?"

„Verlassen kann ich sie nicht; ich habe Frau Helm versprochen, immer bei ihr zu bleiben."

„Damals wußtest du nicht, daß der Bruder deines Vaters noch lebte und daß er kommen würde, um dich zu holen. Was ist wohl natürlicher, liebes Kind, als daß du jetzt mit uns gehst? Wir sind bereit, dich ganz als eigene Tochter anzunehmen. Du sollst mit Erika gleiche Rechte haben, du sollst mit uns Reisen machen, zunächst wollen wir nach Italien gehen, Erikas wegen, und dort den Winter bleiben; dann gehst du mit uns nach Schottland, wo ich große Kohlengruben besitze und ein hübsches Landhaus habe."

„Ja, bitte, bitte, komm mit uns", bat Erika, die nähergekommen war und plötzlich den Arm um Maria legte, „du sollst meine liebe Schwester sein." Nicht weniger herzlich waren auch die Bitten der Tante. Verlockende Bilder stiegen vor Marias Augen auf. Aus der Krankenstube heraus, eine Reise nach Italien, viele schöne Städte und Länder sehen und schließlich mit der Tochter des Hauses gleichgehalten bei nahen Verwandten, die ihre Pflegeeltern sein wollten! Die Tante hatte eine ruhige, angenehme Art, Maria hätte wohl Vertrauen zu ihr haben können. Und dennoch – konnte sie Tante Lotte verlassen? Nein! Sie schwieg eine Weile, und die drei warteten gespannt auf eine Antwort.

Endlich stand sie auf, ging auf den Onkel zu, reichte ihm die Hand und sagte: „Ich danke dir, Onkel, für alles, was du mir tun willst. Hättest du es mir vor einem halben Jahr angeboten, würde ich es ohne Bedenken angenommen haben, aber jetzt bin ich gebunden. Die Dankbarkeit gegen die alte Dame, die sich meiner angenommen hat, sagt es mir, daß ich dein Anerbieten abschlagen muß, ich habe Tante Lotte versprochen, solange sie lebt, bei ihr zu bleiben."

„Solange sie krank ist, finde ich es natürlich, daß du sie nicht verläßt. Wir müssen allerdings, unsrer Tochter wegen, übermorgen fahren; zunächst nach Tirol, aber in drei Wochen, denke ich, kommst du nach, dann gehen wir miteinander nach Italien. Wir sind dir jetzt noch fremd, aber ich hoffe, wir gewinnen uns bald lieb."

„Ich kann wirklich nicht, Onkel, mein Versprechen bindet mich, aber eben so sehr meine Liebe und Dankbarkeit zu Tante Lottchen."

„Gäbe es denn nicht ein anderes junges Mädchen, das deine Stelle bei der Tante ersetzen könnte, liebe Maria?" fragte Frau Ruben.

„Wohl kaum", sagte Maria, „ich bin nun eingewöhnt, die Tante liebt keinen Wechsel."

„Ich habe mich so gefreut, als ich hörte, ich bekomme eine Schwester", klagte Erika.

„Überlege es dir gründlich, mein Kind, und gib uns morgen Bescheid", entschied der Onkel endgültig. Maria stand auf und dankte dem Onkel, daß er ihr Zeit zum Nachdenken geben wollte; sie müsse nun eilen, nach Hause zu kommen. Sie sagte der neuen Tante und Erika Lebewohl, der Onkel begleitete sie nach Hause. Er nahm ihren Arm und war so fürsorglich und freundlich, daß Maria immer wieder an den Vater erinnert wurde. Er erzählte ihr unterwegs, daß er vor einigen Wochen schon einmal hier gewesen sei. Leider konnte er nicht erfahren, wo sie sich aufhalte. Er habe wichtiger Geschäfte wegen nicht lange bleiben können, sich aber vorgenommen, bald zurückzukehren und ihren Aufenthalt ausfindig zu machen. Das sei nun gelungen; hoffentlich gelinge es auch, sie bald seine Tochter nennen zu können. Dann solle sie auch erfahren, warum er sich von Eltern und Bruder habe trennen müssen.

Sie waren am Ziel. Herr Ruben wartete, bis die Tür geöffnet wurde, und nachdem er noch einmal gebeten, sich die Sache wohl zu überlegen, verließ er sie.

„Wie geht es der Tante, Johanna?" war die erste Frage. „Frau Justizrat hat zuerst noch geschlafen, aber seit einer halben Stunde ist sie wach und fragt immer nach Ihnen, Fräulein Maria." Maria legte schnell Hut und Mantel ab und betrat leise das Krankenzimmer.

„Armes Kind", sagte eine Stimme aus dem Bett, „was hast du im Regen für Besorgungen zu machen?"

„Es ist jetzt das schönste Wetter, Tante Lottchen, beruhige dich, der Weg hat mir sehr gut getan, sieh nur, was ich für frische Backen habe."

Die Tante fühlte mit der Hand nach Marias Wangen. „Kalt sind sie, nun bleibe bei mir, du darfst nicht weggehen, wenn ich krank bin."

„Ja, ich bleibe bei dir, liebste Tante, ich gehe nicht wieder fort, aber du erlaubst doch, daß Johanna diese Nacht bei dir wacht, ich bin etwas müde. Frau Walter schickte sie, damit ich einmal ausschlafen sollte."

„Ja, das hast du nötig, armes Kind. Du hast schwere Wochen hinter dir, aber es wird nun alles wieder gut, ich bin so müde, ich möchte auch schlafen."

Tante Lotte legte sich auf die Seite und schlief sehr bald. Johanna hatte für Maria das Abendbrot bereitet und nötigte sie zum Essen. Maria ließ sich das Versprechen geben, sie im Notfall zu rufen, und begab sich nach oben in ihre Stube. Sie hatte das Bedürfnis, jetzt mit ihrem Gott allein zu sein, um zur rechten Entscheidung zu kommen.

Es war ihr alles wie ein Traum, das Zimmer im Gasthof mit den freundlichen Verwandten, die alle so überzeugt schienen, daß Maria ihre herzliche Bitte nicht abschlagen würde, der Onkel, der sie so sorgsam nach Hause geleitet hatte und sie ganz an den seligen Vater erinnerte. Jetzt wußte sie, daß sie ihn gesehen hatte, er war der Herr gewesen, der im Häuschen nach ihrem Vater gefragt hatte. Eigentlich war es natürlich, daß sie mit den Verwandten ging, es war der gewiesene Weg. Es regte sich wohl auch in der Jugend das Verlangen, etwas von der Welt zu sehen und Reisen zu machen. Aber es waren nur Augenblicke, die Maria schwankend machten. Sie war sich nach herzlichem Gebet bald darüber klar, daß sie die Tante, wenn sie mit Gottes Hilfe gesund werden sollte, auch nach drei Wochen nicht verlassen könnte. Nein, sie wollte bei ihr bleiben, sie hatte es ihr versprochen. Noch kürzlich hatte die Tante sie gefragt:

„Maria, willst du bei mir bleiben, solange ich lebe?“ Da hatte sie geantwortet:

„Wie kannst du daran zweifeln, ich bleibe bei dir, immer, immer.“

Sie wurde nun ruhiger, als sie diesen Entschluß gefaßt hatte. Noch bevor sie sich schlafen legte, schrieb sie an den Onkel, dankbar und kindlich, aber ablehnend. Frühere Verpflichtungen und Versprechungen bänden sie, sie dürfe und könne die alte Dame, die Mutterstelle an ihr vertreten, nicht verlassen, besonders jetzt nicht, da ihre Gesundheit schwankend geworden sei und sie einer treuen Hilfe bedürfe.

Noch lange lag sie wach, aber endlich schlief sie ein. Der Körper, der so viele unruhige Nächte gehabt hatte, verlangte sein Recht. Am andern Morgen fühlte sie sich neu gestärkt und freute sich, von Johanna zu hören, daß die Tante die ganze Nacht durchgeschlafen habe. Das war ein sehr gutes Zeichen, nun war auch das Schwerste überstanden.

Es war am Nachmittag des folgenden Tages, da saß Maria am Bett der Tante und erzählte ihr. Plötzlich sagte Tante Lotte, Maria scharf beobachtend: „Sage mir, was dir in diesen Tagen begegnet ist; ich bin nicht mehr so krank, wie du denkst, ich merke es dir an, daß du etwas Besonderes erlebt hast."

Maria erschrak. Der Arzt hatte sie noch heute morgen ermahnt, die Tante vor jeder Aufregung zu hüten; wenn sie ihr das Erlebnis mitteilte, so wußte sie, daß die Kranke sich sehr erregen würde. Sie wollte das umgehen und antwortete nur: „Das kommt dir wohl nur so vor, liebe Tante. Was sollte ich in unserem Häuschen erlebt haben?"

„Im Häuschen nichts, aber außerhalb. Ich habe vorgestern abend klingeln hören, eine männliche Stimme sprach mit dir; während ihr dachtet, ich schliefe, hatte ich nur die Augen geschlossen. Ich habe dich fortgehen hören, mein Kind, und glaube, daß dieser Gang irgend etwas zu bedeuten hatte, was ist es?"

Maria beugte sich tief zur Tante herab und fragte: „Willst du dich auch gewiß nicht beunruhigen, liebe Tante, dann will ich dir alles sagen."

Die Tante versicherte, daß sie sich viel mehr errege in dem Gedanken, was es sein könne, als wenn sie die volle Wahrheit wisse. Sie hatte gehört, daß Maria heute morgen leise mit Johanna von einem Brief sprach, der in den „Deutschen Hof" gebracht werden sollte, was hatte das zu bedeuten?

Maria erzählte nun alles, und Tante Lottchen hörte mit atemloser Spannung den wundersamen Bericht an. Erst als Maria ihr gesagt hatte, daß die

Verwandten schon heute weiterzureisen gedächten, vielleicht nun schon über alle Berge seien, atmete Tante Lottchen tief auf, wie jemand, der von einer schweren Last befreit wird. Sie sah Maria dankbar an, streckte ihr beide Hände entgegen und rief:

„Das hast du alles einer alten Tante zum Opfer gebracht, mein liebes Kind, hast ohne Tante und Vormund selbständig gehandelt! Wie, wenn ich dich nun gar nicht hätte behalten wollen?"

Maria sah sie erschrocken an.

„Kind, ich scherze nur, was sollte ich wohl ohne dich anfangen! Aber um deinetwillen hätte der Schritt sorgfältig überlegt und die abschlägige Antwort nicht übereilt werden dürfen. Pfarrer Berg hätte es wissen sollen.

Du bist jung und hast voraussichtlich ein langes Leben vor dir, was wird aus dir, wenn ich einmal nicht mehr da bin?"

„Dann werde ich Schwester, wie Hanna, liebe Tante. Im Diakonissenhaus ist Arbeit und Platz für mich."

Tante Lotte zog sie an sich. „Dann bist du ja nun ganz mein", sagte sie. „Wenn es dir aber leid wird? Wenn schwere Tage kommen und du sollst immer aushalten bei der alten Tante, wirst du dann nicht denken: Ich hätte besser getan, mit dem Onkel zu gehen, bei ihm hätte ich gute Tage gehabt?"

„Das werde ich nie denken", versicherte Maria, „wo sollte ich's wohl besser haben, als hier bei dir, Tante? Wieviel verdanke ich dir!"

Die Tante drückte dann noch ihr Erstaunen aus, daß Maria einen Onkel habe, worauf sie erwiderte, sie habe es zwar gewußt, daß der Vater einen Bruder hatte; sie habe aber bestimmt geglaubt, er sei nicht mehr am Leben, und deshalb habe sie nicht mehr an ihn gedacht. Sie erzählte der Tante das, was sie vom Vater über diesen Onkel gehört hatte.

„Ich finde es merkwürdig, daß der Onkel unsere Stadt so schnell verlassen hat. Wenn ihm wirklich daran lag, seines Bruders Kind kennenzulernen, hätte er einige Wochen hier bleiben, hätte deinen Vormund aufsuchen müssen – es ist ihm vielleicht gar nicht so ernst damit, dich an Kindes Statt anzunehmen."

„Ja, er wollte es wirklich", versicherte Maria. „Auch Tante und Erika, alle baten, ich solle mit ihnen gehen. Es schien mir aber, als ob Erika leidend sei, sie sah bleich und schmal aus, ihretwegen hatte es der Onkel eilig, fortzukommen."

„Jedenfalls muß er triftige Gründe gehabt haben, sonst hätte er, meiner Meinung nach, die Sache mit dir nicht so beschleunigen dürfen. Doch vielleicht kommt noch etwas nach; der Onkel wird eines Tages wieder erscheinen und mir mein Kind wegholen."

„Das habe ich durch meinen Brief unmöglich gemacht, ich habe bestimmt für immer abgeschrieben", sagte Maria, doch war sie überzeugt, daß der Onkel noch einmal, sei es schriftlich oder mündlich, von sich würde hören lassen.

Tante Lottchen erholte sich unter Marias Pflege mehr und mehr, und nach einigen Wochen war sie völlig genesen. Da der Winter einen milden Anfang genommen, so wurden ihr vom Arzt tägliche Ausgänge empfohlen. Sie machte erst an Marias Arm kleinere Wege im Park des Bruders, allmählich konnte sie längere Spaziergänge wagen. Erfrischt und gestärkt kehrte sie dann heim. Abends wurden gute Bücher gelesen, es wurden Handarbeiten gemacht oder ein wenig geplaudert.

Daß dabei der fremde Onkel und seine Familie oft erwähnt wurden, ist natürlich. Tante Lotte hatte eingehend mit Pfarrer Berg über die Sache gesprochen, um, wenn der Onkel zurückkommen sollte, zu wissen, was sie zu tun habe.

Der Pfarrer schüttelte bedenklich den Kopf. „Ich bin der Ansicht", sagte er langsam, „daß Sie, verehrte Frau Helm, größere Rechte an das Kind haben als ein Onkel, der sich der Familie ganz entfremdet hat. Wenigstens müßte ich ihn erst genau kennenlernen, bevor ich mein Mündel seinen Händen anvertrauen könnte." Gegen Maria aber erhob er drohend den Finger und sagte lächelnd: „Welch ein selbständiges Mädchen. Alles wurde abgemacht ohne Tante und Vormund." Doch erkannte er Marias besondere Gründe völlig an.

Maria wunderte sich, daß der Onkel ihr keine Antwort auf ihren Brief hatte zugehen lassen. Sollte ihre Ablehnung ihn verletzt haben? So schien es zuerst, aber nach mehreren Wochen kam doch ein

Brief von der Riviera. Der Onkel schrieb, er sei über Marias entschiedene Absage betrübt und gekränkt gewesen, so daß er gar nicht habe antworten wollen. Aber je mehr er es überlege, finde er es doch richtig, den Empfang des Briefes zu bestätigen. Er könne es ja im Grunde der Nichte nicht verdenken, daß sie nicht gern mit der ihr fremden Familie habe gehen wollen, zumal sie eine mütterliche Freundin gefunden, die sich ihrer annehme. Ihm tue es aufrichtig leid, daß die Tochter des Bruders ihm fremd bleibe, aber sie selber habe ja in dieser Sache zu entscheiden. Er wünsche ihr alles Gute. Die Wohnungsangabe fehlte; also war für Maria die Sache so gut wie abgeschlossen. Tief im innersten Herzen regte sich der Wunsch, sie hätte in schriftlicher Verbindung bleiben mögen; es war ihr fast leid, daß mit diesem Brief jede Beziehung zu den Verwandten wieder abgebrochen worden war.

Tante Lottchen war froh, ihr Kind nun für immer behalten zu dürfen. Sie dachte darüber nach, wie sie ihr Haus ihr immer mehr zur Heimat machen könne. Da kam ihr der Gedanke, Maria eine große Freude zu machen. Sie beschloß, diese Überraschung zum Weihnachtsfest auszuführen.

Die Überraschung

In Lisas wohldurchwärmtem, behaglichem Zimmer saßen die beiden jungen Mädchen bei der Handarbeit, Maria stickte eifrig an einem Kissen für die Tante, während Lisa an einer kleinen Decke für die Mutter arbeitete. Draußen war's Winter geworden. Der Schnee wirbelte in dichten Flocken vom Himmel, der Wind pfiff dazu und trieb die Flocken vor sich her. Es war ein ähnliches Wetter wie damals, als Lisa und Maria ihre ersten Sprüche in die neuen Spruchbücher schrieben. Ein Jahr war darüber vergangen.

„Maria", sagte Lisa, indem sie ihre Arbeit auf den nächsten Stuhl warf und gähnte, „ich kann dich immer noch nicht begreifen, daß du das schöne Anerbieten eines reichen Onkels so schnell ablehntest, nur um eine alte Tante zu pflegen."

„Ich glaubte recht zu handeln, und ich habe ja die Tante so lieb."

„Lockte es dich gar nicht, reich zu werden, reich und unabhängig?"

„Der Reichtum der Welt ist ein sehr ungewisses Ding; wer ein Jünger Christi sein will, ist nie abhängig."

Lisa sah sie an, als ob sie sie nicht verstanden habe.

„Ich meine, wer rechte Treue beweisen will, für den findet sich immer Arbeit, die ihn unabhängig macht. Findest du es eines Christen würdig, immer in den Tag hineinzuleben? Ich meine, wir haben ernstere Aufgaben."

„Wir jungen Mädchen doch nicht; junge Mädchen dürfen ihr Leben genießen."

„Hat Pfarrer Berg uns das gesagt?" Lisa wurde rot.

„Immer kommst du damit. Alle meine Freundinnen denken wie ich" – „und die meinen wie ich", fügte Maria hinzu, „dann stehen wir also auf verschiedenen Seiten."

„Es scheint so."

„Aber Lisa, meinst du nicht, wenn man überhaupt dem Herrn angehören will, daß man ihm dann schon in der Jugend sein Herz schenken sollte? Wie hätte ich alles Schwere wohl ertragen können, wenn ich den Heiland nicht gehabt hätte, der mir Trost und Frieden, Geduld und Kraft geschenkt hat?"

„Ich wüßte nicht, daß die Religion so besonders glücklich macht. Ich bin ganz glücklich in allem, was mir geboten wird, mein Vater ist reich, warum sollte er seiner Tochter nicht alles schenken, was sie sich wünscht?"

„Und wenn du alles bekommst an irdischen Gütern, was du dir wünschest, fühlst du dich dann ganz befriedigt, ganz glücklich?"

„Das will ich nicht sagen, es bleibt immer noch etwas zu wünschen übrig. Wenn ich etwas habe und meine Freundinnen haben es schöner, dann fühle ich mich nicht befriedigt."

„Ich freue mich auch über irdische Gaben, aber mein Glück können sie nicht ausmachen. Lisa, wenn du nun plötzlich arm würdest, was dann?"

Lisa lachte. „Wie kommst du auf den Gedanken? Mein Vater mit seinem sicheren Reichtum wird hoffentlich nie in Gefahr kommen, ihn zu verlieren."

„Aber", fuhr Maria fort, „es gibt viele Reiche in der Welt, die sich nicht auf den ungewissen vergänglichen Reichtum verlassen, sondern die dem Herrn Jesu nachfolgen und alle ihre Güter zu seiner Ehre verwenden."

„Nun", sagte Lisa, „ich bin doch auch keine Heidin, ich gehe zur Kirche, gebe den Armen, tue Gutes, wo ich kann."

Maria sah sie traurig an, so daß sie den Kopf senkte. Sie wußte wohl, was diese meinte: das Selbstverleugnen, sein ganzes Herz dem Herrn schenken, das fehlte ihr.

„Maria", sagte Lisa endlich, „wir wollen nicht mehr davon reden, wir stimmen doch nicht überein."

„Und waren so einig, als wir am Konfirmationstag miteinander zur Kirche gingen, versprachen uns gegenseitig, wir wollten bei Jesu bleiben, weißt du es nicht mehr?"

Lisa wußte es wohl, sie wollte es nur nicht wissen. Sie brach deshalb ab und sagte: „Du machst da eine mühsame Arbeit, darüber wird Tante Lottchen sich sicher freuen."

„Deine Stickerei für die Mutter ist nicht weniger schön, aber wir müssen beide noch fleißig sein, in acht Tagen ist schon Weihnachten."

Ja, in acht Tagen war Weihnachten, und Tante Lottchen hatte viel vor. Am liebsten sah sie es, wenn Maria die Nachmittage bei Lisa war. Maria war selbst vollauf beschäftigt, sonst würde sie sich wohl darüber Gedanken gemacht haben. Nun aber hatte sie an Rieke zu denken, für die sie neue Nachtjäckchen nähte; dann gab es Puppen anzuziehen für Frau Alwarts Kinder, und welche Freude machten diese Arbeiten! So kam das Fest und sie feierten es schön. Erst in den Wohnungen der Armen, denen sie in den frühen Nachmittagsstunden ihre Liebesgaben brachten, dann in der Kirche.

Nach dem Gottesdienst gingen Tante Lotte und Maria nach Hause. „Nun wollen wir sehen, was man uns beschert hat", sagte die Tante. Als sie sich dem Hause näherten, rief Maria: „Sieh doch, liebe Tante, in dem großen oberen Zimmer ist Licht, und zwar so helles, daß man glauben könnte, es brenne ein Christbaum dort."

„Man wird doch nicht bei mir eingebrochen haben", scherzte die Tante, „nun, wir müssen die Sache untersuchen. Komm nur."

Sie betraten das Haus, da stand Frau Alwart mit ihren Kleinen. „Siehst du, Maria, ich habe Frau Alwart gebeten, die Lichter anzuzünden, wenn sie die Leute aus dem Abendgottesdienst kommen hörte. Nun wollen wir hinaufgehen." Maria hatte noch kein Weihnachtsfest bei der Tante erlebt, sie hatten auch vorher nicht davon gesprochen, in welchem Zimmer die Bescherung stattfinden sollte. Maria wunderte sich eigentlich darüber, da Tante Lotte sonst alles mit ihr besprach, nun, es sollte wohl eine Überraschung sein. Als sie nach oben kamen, waren die Türen nach dem großen Zimmer weit geöffnet, heller Lichterglanz strahlte ihnen entgegen. Doch was war denn das? Maria sah nicht nach dem Tisch, auf dem der Christbaum brannte, sie sah nur ihre heimatlichen Möbel, die neu aufpoliert im Zimmer standen, wunderbarerweise so, wie es daheim gewesen war in der Blauen Stube.

„O Tante, liebe Tante“, rief sie bewegt, „bin ich daheim? Du weißt dir gerade das auszudenken, was mir am meisten Freude macht. Ich habe wohl oft an die alte Heimat gedacht, aber nie an die Sachen, die Herr Schwarz aufbewahrt hatte. Wie lieb und gut von dir!“ Sie dankte der Tante mit gerührten Worten.

„Ich sann immer darüber nach, womit ich dir wohl eine besondere Freude machen könnte, so kam mir dieser Gedanke. Dies Zimmer ist dir nun zur alleinigen Benützung überlassen. Wenn du Lust hast, allein zu sein, dann gehst du hinein, und wenn du umgeben bist von den heimatlichen Möbeln, dann denke ich, wird dir's in Tante Lottchens Haus auch immer heimatlicher werden, mein liebes Kind.“

„Das ist es schon, liebe Tante, deine Güte und Freundlichkeit machen mich so glücklich.“ Sie sah sich im Zimmer um, wie lieb und traulich grüßte sie alles. „Hier der Schreibtisch“, rief sie, „wie oft hat mein Vater daran gesessen und geschrieben, und ich stand neben ihm und sah ihm zu. Am letzten Heiligen Abend saßen wir beide auf dem Sofa.“

Auch für Tante Lotte war heute noch eine besondere Freude aufgehoben. Es war nach dem Abendbrot. Sie wollte eben mit Maria in das Landhaus gehen, da läutete die Hausglocke. Schwester Hanna trat ein und mit ihr noch jemand, der zuerst nicht kenntlich war. „Ich bringe Elsa, die den Wunsch hatte, heute abend mit Frau Helm zu sprechen“, sagte die Schwester. „In einer halben Stunde hole ich sie wieder ab, ich habe hier in der Nachbarschaft einen Besuch zu machen.“ Elsa reichte Maria verlegen die Hand und fragte, ob die Tante wohl ein paar Minuten zu sprechen sei. Maria führte sie herein und wollte gehen, aber Elsa sagte: „Fräulein Maria, bleiben Sie hier, was ich zu sagen habe, können Sie auch hören.“

„Frau Helm“, begann sie stockend, „es wird mir schwer, Ihnen dies zu sagen, aber ich muß es tun, eine innere Stimme treibt mich dazu. Ich habe Sie, als ich bei Ihnen im Dienst stand, vielfach betrogen. Wenn ich Besorgungen machen mußte, habe ich Ihnen immer einige Pfennige mehr angerechnet, als ich bezahlt habe. Da ich die Arbeit gut verstehe und man mit mir zufrieden ist, bekomme ich seit einiger Zeit Lohn, von dem habe ich mir dies erspart; bitte, Frau Helm, nehmen Sie es als Schadenersatz von mir an.“ Bei diesen Worten ließ sie einige in Papier gewickelte Markstücke in die Hand der Tante gleiten. Die nahm das Geld und sagte:

„Ich freue mich, daß es dir leid ist, Elsa. Wenn deine Reue von Herzen kommt, wird Gott sich deiner annehmen und dir Kraft verleihen, auf dem betretenen Wege vorwärts zu schreiten.“

„Sie sollen sehen, es wird anders mit mir, Frau Helm, ich bin ja nie in einem solchen Hause gewesen, es war mir im Anfang immer, wenn ich die Schwestern singen hörte, als wäre ich im Himmel selber. Ich schämte mich ordentlich, dabei zu sein. Aber es sind noch andere dort; einige lachen und spotten über alles; ich kann es aber nicht mehr tun, und wenn ich auch sehr schlecht bin, so habe ich doch Hoffnung, daß ich Vergebung finde.“

„Ja, mein Kind: ‚Also hat Gott die Welt geliebt, daß er seinen eingeborenen Sohn gab, auf daß alle, die an ihn glauben, nicht verloren werden, sondern das ewige Leben haben.‘“

„Den Spruch haben wir heute auch gehört. Sie glauben es gar nicht, wie schön es bei uns war. Nach der Kirche faßte ich mir ein Herz und fragte Frau Oberin, ob ich zu Ihnen dürfe; ich war so froh, daß sie es mir erlaubte. Ich bin nun ruhiger, seit ich mein Unrecht bekannt habe; Sie vergeben es mir doch?“

„Ich vergebe dir von ganzem Herzen; das Geld, das du mir gebracht hast, wollen wir den Armen geben und sehen, daß wir dafür jemand eine rechte Freude machen können.“

Elsa mußte dann mit hinaufgehen und Marias hübsches Zimmer ansehen. Die Tante schenkte ihr Äpfel, Nüsse und Pfefferkuchen, dann kam Schwester Hanna und holte sie wieder ab.

Tante Lottchen war sichtlich erfreut und bewegt. „Siehst du, Maria, das ist ein Wunder Gottes, das er an einer Menschenseele getan hat. Heute vor einem Jahr streckte Elsa die Hand aus nach einem gestohlenen Gut, und nun bringt sie mir die veruntreuten Pfennige wieder. Ich brauche das Geld nicht, aber ich habe es angenommen, weil es sie geschmerzt haben würde, wenn ich es ihr zurückgegeben hätte. Daß Elsa ein anderer Mensch werden will, ist mir das größte Weihnachtsgeschenk."

Sie schwieg eine Weile wie in Gedanken verloren, dann sagte sie traurig: „Was gäbe ich darum, wenn es nebenan auch anders aussähe! Wenn nur mein Bruder, der von einem Tag zum andern hastet und sorgt, wie er seinen Reichtum vermehren könnte, auch an seine Seele dächte! Doch, es ist die höchste Zeit, wenn wir noch hinüber wollen!"

Ein Unfall

„Es pflegt sonst am Heiligen Abend alles hell erleuchtet zu sein“, sagte Maria, „heute ist nur in einigen Zimmern Licht.“

„Die Christbäume brennen nicht mehr, es ist schon spät“, meinte die Tante. Aber sie hatte auch das Gefühl, als sie sich dem Hause näherten, als ob nicht alles sei wie gewöhnlich. Sie hatten recht.

Am Nachmittag hatte Frau Schwarz Lisa beauftragt, die kleinen Geschwister zu hüten. „Das Kinderfräulein ist abgereist, nun sei du einmal eine verständige große Schwester“, hatte die Mutter gesagt.

„Warum muß die Erzieherin gerade zum Fest verreisen?“

„Sie will gern mit den Eltern und Geschwistern Weihnachten feiern, ich konnte es ihr nicht abschlagen. Du kannst dich wohl auch einmal mit deinen Geschwistern abgeben.“

Ja, sie konnte es wohl, wenn sie nicht so viel anderes gehabt hätte, was ihr mehr Vergnügen machte. Wenn es ihr gerade paßte, konnte sie ganz gut mit den Kleinen spielen, heute paßte es ihr aber nicht; sie mußte den letzten Teil eines spannenden Romans zu Ende lesen. Mit verdrossenem Gesicht begab sie sich ins Kinderzimmer, in diesem Augenblick lebhaft wünschend, Maria wäre zur Hand, um ihr das langweilige Geschäft abzunehmen. Sie hatte beinahe Lust, Maria zu rufen, kommen würde sie gewiß, sie tat ihr ja gern einen Gefallen. Doch halt, um vier Uhr war die Christvesper, natürlich gingen Tante Lottchen und sie hin – damit war es also nichts. Nun, auf alle Fälle hatte sie ihr Buch mitgenommen; man konnte ja die Kinder zu einem ruhigen Spiel anleiten und dann ein wenig ins Buch sehen.

Als die Kleinen ihrer ansichtig wurden, kamen sie alle vier fröhlich auf sie zu und riefen: „Lisa, erzähle uns von Weihnachten, heute ist Heiliger Abend, bitte, liebe Lisa."

„Ich weiß jetzt nichts, seid nur recht still und lieb, dann bekommt ihr etwas Schönes."

„Wir sind schon den ganzen Tag artig gewesen, aber es geht doch noch so lange bis zur Bescherung; es muß erst ganz dunkel werden."

„Es dauert gar nicht lange, wenn ihr euch mit Spielen die Zeit vertreibt."

„Lies uns eine Geschichte vor aus einem hübschen Buch", bat Dorchen.

„Nein, gelesen wird nicht, ihr spielt", war die heftige Antwort. Mit diesen Worten ging Lisa an den Schrank, wo die Spielsachen aufbewahrt wurden, entnahm ihm eine große Schachtel mit Blechsachen, öffnete sie, setzte sie auf den Kindertisch und sagte: „Spielt recht schön damit, dann vergeht die Zeit um so schneller." Die Kinder grollten erst ein wenig, endlich gaben sie sich zufrieden, als Dorchen, die älteste, ein hübsches Spiel für die kleineren erfand. Nun trat endlich die gewünschte Ruhe für

Lisa ein. Sie setzte sich bequem in einen Lehnstuhl am Fenster und begann zu lesen.

Sobald Bubi sah, daß Lisa ein Buch in der Hand hatte, kam er, da er noch unschlüssig war, ob er am Spiel der Schwestern teilnehmen solle, auf Lisa zu und rief: „Liest du mir nun etwas vor?“

„Jetzt läßt du mich in Ruhe, Bubi, oder du bekommst gar nichts zu Weihnachten“, brauste sie auf. „Dort steht dein Pferd, spiele doch damit, sonst sollst du sehen, wie böse ich werde!“ Eingeschüchtert schlich Bubi davon und streichelte sein Lederpferdchen, mit dem er sich schon den Tag über viel beschäftigt hatte. Dorchen aber rief freundlich: „Bubi, komm doch zu uns, du bist unser Herr, wir laden dich zum Mittagessen. Erst mußt du aber der Diener sein und mußt den Tisch decken.“ Das leuchtete dem Bubi ein. Nun blieb Lisa unbehelligt; sie war bald so vertieft in ihr Buch, daß sie nichts sah und hörte, was um sie her vorging.

Das Festmahl der kleinen Gesellschaft war vorüber, man bekam das Spiel satt. „Wenn Lisa uns nichts vorlesen will, wollen wir uns die schönen Bilderbücher vom Schrank holen“, sagte Dorchen. „Aber wir können nicht drankommen“, fügte sie hinzu.

Da lief Bubi abermals zu Lisa, zupfte sie am Ärmel und sagte: „Lisa, bitte, willst du uns die Bilderbücher vom Schrank holen.“ Keine Antwort; sie merkte nicht einmal, daß Bubi neben ihr stand.

„Sie hört es gar nicht“, sagte er, zu den Schwestern zurückkommend. „Ich steige auf den Stuhl.“

Er schob den Stuhl an den Schrank, stieg hinauf, langte mit den Ärmchen hinauf, es war zu hoch. Da – eins, zwei, drei, erkletterte er die Lehne, wollte eben triumphierend auf die Schwestern herabsehen, da verlor er das Gleichgewicht, stürzte herab, und zwar so unglücklich auf das Kindertischchen, wo das Blechgeschirr stand, daß er mit dem Gesicht auf eins dieser kleinen Blechgefäße fiel, das, tief einschneidend, eine klaffende Wunde schnitt. Der Tisch fiel natürlich mit ihm und mit allem, was darauf stand, um, das Blut strömte über das kleine Gesicht, und er und alle kleinen Schwestern mit ihm erhoben ein lautes Jammergeschrei, so daß Lisa auffuhr, das Buch hinwarf und rief:

„Was habt ihr denn gemacht, ihr unartigen Kinder?“ Als sie aber den kleinen Bruder auf der Erde liegen sah mit bleichem, blutüberströmtem Gesicht, da erschrak sie, drückte hastig auf die Klingel, öffnete die Tür und rief nach dem Mädchen. Daran gewöhnt, daß Lisa oft ohne Not klingelte, beeilte man sich nicht sehr, zu erscheinen. Als sie aber Lisas Hilferuf vernahm, kam sie herbei, schrie laut, als sie den Jungen sah, tauchte schnell ein Tuch ins Wasser, um das Blut zu stillen und befahl Lisa, schleunigst zum Arzt zu schicken.

Unterdes kam die Mutter, die von den kleinen Schwestern mit Weinen empfangen wurde. „Sie hat immer gelesen und gar nicht gehört.“

„Bubi wollte gern die Bilderbücher haben und konnte nicht zukommen."

„Erzählen wollte Lisa uns gar nichts."

„Das Blut kommt immer aus der Stirn." Mit bangen Ahnungen betrat sie das Kinderzimmer.

Eine Stunde später lag Bubi verbunden im Bett, bleich und still. Die Wunde war, wenn auch nicht gefährlich, doch so tief, daß sie hatte genäht werden müssen. Der Kleine hatte sich brav gehalten, nur ein leises Wimmern verriet, daß er Schmerzen hatte. Lisa aber saß und schluchzte, vielleicht war es das erstemal, daß sie wirklich für andere fühlte. Es war ihr zum Bewußtsein gekommen, daß durch ihre Lesewut das Unheil entstanden war. Hätte sie sich nur eine Stunde den Kleinen gewidmet und mit ihnen gespielt oder gesungen, dann hätte die Mutter sich freuen können über ihre älteste Tochter. Statt dessen hatte die Mutter sie tief betrübt angesehen und ihr Worte sagen müssen, die sie lieber nicht gehört hätte.

Der Vater traf Lisa weinend im Eßzimmer. „Was, meine Tochter, heute am Heiligen Abend in Tränen?" Er war so liebevoll besorgt um seinen Liebling, daß Lisa dies gleich benützte, die Sache in ein für sie günstiges Licht zu setzen.

„Bubi ist vom Stuhl gefallen und hat ein Loch in der Stirn", erzählte sie. „Ich habe es nicht gleich bemerkt, aber Mutter ist so böse; sie sagt, wir wollen die Bescherung verschieben." Nun flossen wieder die Tränen; der Vater aber ging in das Kinderzimmer, da er seinen einzigen Sohn sehr liebte. Hier erfuhr er, daß es leicht um das Leben des Jungen hätte geschehen sein können. Aber schlimm genug war die Sache immerhin, da der Kleine zart war und viel Blut verloren hatte. Der Vater fand seine Frau am Bett des Kleinen. Die Augen waren geschlossen, die drei jüngeren Schwestern saßen in einiger Entfernung und sprachen leise miteinander. Es war eine große Seltenheit, daß der Vater im Kinderzimmer erschien, gewöhnlich ließ er sich die Kinder morgens oder mittags bringen, freute sich ihres Wohlergehens und ging dann wieder in sein Geschäft.

Am Heiligen Abend aber widmete er sich ganz seiner Familie; die Bescherung wurde, weil man auf ihn wartete, etwas später. Heute fand er alles anders, als er es gewohnt war, und er hatte ein unbehagliches Gefühl. Als er aber seines Bubis ansichtig wurde, der so bleich und still dalag, und als er sich alles von seiner Frau erzählen ließ, wurde er böse auf Lisa, die allein Schuld an dem Unfall trug. „Wozu hat man das große Mädchen“, rief er, „wenn es nicht einmal auf die jüngeren Geschwister achten kann; es soll nichts, gar nichts zu Weihnachten bekommen.“

„Und Papa, sie hat gesagt, wir sollten nichts haben, wenn wir nicht ruhig wären“, erhob sich ein Stimmchen im Hintergrund.

„Ihr sollt alle nichts haben“, rief der Vater; er war verstimmt, daß ihm die Festfreude verdorben war. Darob erhoben die kleinen Mädchen ein Geschrei, so daß die Mutter sie schleunigst ins andere Zimmer brachte. Unter Schluchzen: „Wir haben gar nichts getan", – „nischt getan", trippelten sie davon.

Die Mutter suchte den aufgeregten Vater zu beschwichtigen, sie bat ihn, ganz stille zu sein, Bubi sei nahe am Einschlafen und das sei nach des Arztes Ausspruch das beste. So saßen nun Vater und Mutter bei dem kleinen Kranken, die Schwestern bei Trina, die ihnen die Tränen trocknete und sie auf den Schoß nahm und tröstete. Lisa hielt sich in den vorderen Zimmern auf, während niemand an die Bescherung dachte und der große Saal, in dem alles fertig war bis zum Lichteranzünden, dunkel und verödet blieb.

So fanden es Tante Lotte und Maria, als sie das Haus betraten. Tante Lotte schüttelte den Kopf, als sie nach und nach die Berichte von den verschiedenen Seiten hörte, Maria aber, die im Hause bekannt war, ging direkt ins Schlafzimmer, um ihren kleinen Liebling zu sehen.

„Er schläft jetzt", sagte Frau Schwarz, „aber ich mag ihn nicht verlassen." Herr Schwarz aber war gleich aufgestanden, um seine Schwester zu begrüßen.

„Du kannst ruhig gehen, liebe Tante, ich bleibe bei Bubi und rufe dich gleich, wenn er aufwacht, bitte, laß mich bei ihm", sagte Maria.

„Auf dich kann ich mich verlassen, mein liebes Kind, dann werde ich gehen", sagte Frau Schwarz freundlich und ging, die Türen offen lassend, zu ihrer Schwägerin.

„Wie ganz anders hatten wir uns den heutigen Abend gedacht, Lottchen“ , begrüßte sie die Tante, die erwiderte: „Wie viel trauriger hätte es sein können! Dankt Gott, daß er Schlimmeres von euch abgewandt hat, und redet vor allen Dingen ein ernstes Wort mit Lisa.“

„Das ist schon geschehen, von beiden Seiten. Lisa ist sehr traurig, man kann und mag heute, da überall Freude herrscht, nicht mehr zanken, aber ich habe mir vorgenommen, von jetzt an strenger gegen Lisa zu sein“, klagte Frau Schwarz.

„Du mußt sie lehren, treuer zu werden, sie muß gegen ihre Selbstsucht kämpfen; ein selbstsüchtiges, junges Mädchen wird nie eine treue und zuverlässige Hilfe sein können.“

Lisa, die sich Tante Lottchens Blicken entzogen hatte, war, als sie merkte, daß Maria bei Bubi war, zu ihr gegangen. Sie schlang die Arme um sie und weinte bitterlich. Einesteils, weil sie Bubi wirklich liebhatte und es ihr leid tat, ihm Schaden zugefügt zu haben, andernteils bedauerte sie sich selbst unendlich, daß sie diesen Abend so düster und traurig verbringen mußte und nicht, wie sie sich vorgestellt, bei hellem Kerzenlicht und strahlendem Christbaum, umgeben von Geschenken.

„Arme Lisa“, sagte Maria, „es tut mir leid, daß du diesen Kummer um Bubi hast, aber sieh, jetzt schläft er, die Wunde wird heilen, die Narbe wird dich stets an diesen Abend erinnern, und dann wirst du immer recht gut gegen ihn sein, nicht wahr?“

Lisa kniete am Bett, nahm das herabhängende Händchen des Kleinen und drückte einen leisen Kuß darauf. „Maria, es scheint mir, er bekommt schon wieder Farbe, vielleicht ist er morgen wohler, dann kann die Bescherung hoffentlich stattfinden; wir können das Bettchen in den Saal tragen lassen."

Trina kam und sagte, sie hätte den Auftrag, bei Bubi zu bleiben, die beiden Fräulein möchten zu den Eltern kommen. „Nun bekomme ich von Tante Lottchen noch eine Strafpredigt", sagte Lisa und verbarg sich hinter Maria. Es half aber nichts, sie mußte der Tante guten Abend sagen. Diese behielt ihre Hand einen Augenblick in der ihren und sagte nur: „Lisa, mein Kind, wir wollen Gott danken, daß er Bubi vor größerem Unfall gnädig bewahrt hat."

Maria mußte das Klavier öffnen, und während sie die Begleitung spielte, stimmten alle an: „Lobe den Herren, den mächtigen König der Ehren."

„Und nun noch ein Weihnachtslied", rief die Tante, „den Herrn können wir preisen, auch wenn wir betrübt sind."

Als das Lied verklungen war, zog Tante Lottchen ihr Patenkind an sich und sagte leise: „Mein liebes Kind, der Heiland steht heute wieder vor der Tür und klopft an; er klopft stärker, öffne ihm dein Herz und laß ihn ein, willst du?" Lisa nickte unter Tränen; sie war heute weich und zugänglich.

Auch zum Bruder trat Tante Lotte. Er stand etwas fernab in einer Fensternische. „Ernst", sagte sie und legte ihre Hand auf seine Schulter, „laß nun einmal das Sorgen und Arbeiten, geh morgen mit den Deinen in die Kirche und feiere Weihnachten in christlicher Weise."

„Lotte, wenn du hier bist, muß alles nach deinem Willen gehen, du hast uns alle am Bändchen."

„Wollte Gott, du folgtest mir in dieser Beziehung", sagte die Tante. Aber sie wußte nur zu gut, was ihres Bruders vornehmste Sorge war.

Rückerinnerungen

Ein halbes Jahr ist vergangen. Maria, die nun die Trauer abgelegt hat, sitzt am offenen Fenster ihres trauten Stübchens. Sie nennt es ihr „Heim", und das mit Recht, denn sie ist umgeben von alten Erinnerungen, und die Vergangenheit redet mächtig zu ihr durch die Bilder an der Wand und durch all die Dinge, die einst das Elternhaus schmückten. Sie kann es Tante Lotte nie vergessen, daß sie ihr das Zimmer hat herrichten lassen; wie viele haben sich mit ihr darüber gefreut, die das Zimmer ganz entzückend finden und sich immer freuen, wenn sie bei Maria in ihrem „Heim" sitzen. Eva kommt natürlich, wenn sie Ferien hat, gleich zu Maria.

„Siehst du", sagte sie das erstemal, als Maria sie in ihr schönes Zimmer führte und sie alles genügend bewundert hatte, „siehst du, wie wohl der Herr alles gemacht hat. Als ich das letztemal bei dir war, warst du traurig, weil Tante Lottchen dir nicht völlig vertraute; nun ist alles klar zwischen euch und die gegenseitige Liebe ist immer größer geworden. Wie gut hast du es nun; wenn man dich hier oben besucht, glaubt man, in deinem Elternhause zu sein."

„Besonders lieb ist es mir, wenn ich an Vaters Schreibtisch sitze und die Schubfächer öffne. Wie viele schöne Briefe habe ich gefunden, die mir so wichtig sind."

Auch heute sitzt Maria mit einem Paket zusammengebundener Briefe am Fenster. Sie lagen in einem Fach ganz zuunterst und waren mit einem blauseidenen Band zusammengehalten. Obenauf lag ein Zettel mit den Worten: „Briefe von Matthias." Matthias hieß der Onkel. Nun konnte Maria endlich etwas Näheres über diesen Bruder ihres Vaters erfahren. Heute hatte die Tante mehrere Besuche zu machen; gern hätte sie Maria mitgenommen, doch da sie wußte, wie die sich freute, wenn sie ein Stündchen in ihrem „Heim" zubringen durfte, ging sie allein und ließ Maria zu Hause. Nun saß diese am offenen Fenster und schaute in die grünen Blätterkronen der Linden, die sich im Winde leise wiegten. Sie hörte das Zwitschern der Vöglein, das Summen der Bienen; es überkam sie ein Gefühl von Heimweh nach den so früh heimgegangenen Eltern. Ob Vater wohl gewünscht hätte, daß sie mit dem Onkel gegangen wäre? Wenn sie fragte, warum er in die weite Welt gegangen sei, war die Antwort: „Später sollst du alles erfahren."

Nun, da sie den Onkel inzwischen selbst gesehen hatte, war es ihr nicht zu verdenken, daß sie gern etwas über ihn hörte. Sie band das Paket auf und las einen Brief nach dem andern. Alles war durchdrungen von der großen Liebe zum Bruder, aber eine Bitterkeit gegen den Vater war spürbar, der in seiner Härte den Sohn wegen eines geringfügigen Vergehens in die Welt geschickt hatte. Es war in der Schule etwas vorgekommen, das zur Folge hatte, daß Matthias mit noch andern Primanern eine scharfe Rüge seitens des Direktors bekam, mit der Drohung, daß bei nochmaliger Wiederholung des Streiches Ausweisung vom Gymnasium die Folge sein werde. Das war dem Vater, der einen maßlosen Ehrgeiz hatte, zuviel. Er wurde so zornig, daß er, ohne die Sache gründlich zu untersuchen, Matthias vom Gymnasium nahm und bestimmte, er solle sofort zu einem entfernten Verwandten reisen, der ein großes Geschäft in St. Louis hatte. Matthias, der ein sehr begabter junger Mann war, bat den Vater dringend, ihn nicht wegen einer jugendlichen Torheit so hart zu strafen, er solle keinen Grund mehr haben, mit ihm unzufrieden zu sein. Der Vater war unerbittlich: einesteils sollte der Sohn auf diese Weise seine Strafe erhalten, andernteils hoffte er, der alte Onkel, der keine Kinder hatte, würde seine Reichtümer auf ihn vererben. Dieses willkürliche Verfahren des Vaters, seine Härte und Lieblosigkeit, verletzte tief des Sohnes Gemüt.

Aus Briefen, welche Marias Vater in späteren Jahren an seine Verlobte schrieb, erfuhr Maria den ganzen Zusammenhang noch deutlicher. Der Onkel in St. Louis war schon im ersten Jahr nach Matthias' Ankunft gestorben, ohne ihm etwas vermacht zu haben. Matthias war nun seine eigenen Wege gegangen, er hatte an Marias Vater zuletzt geschrieben, daß er ums Dasein kämpfe, und daß er weiter ins Innere des Landes gehen wolle, um sich Arbeit und Verdienst zu suchen. Von da an hörte jegliche Nachricht auf.

Sie wußte nun, daß Onkel Matthias noch lebte, und zwar, wie es schien, in sehr guten Verhältnissen. Hätte sie ihn doch gebeten, in brieflichen Verkehr mit seiner Familie treten zu dürfen!

Sie ordnete die Briefe wieder und legte sie in das Fach zurück, immer noch im Geiste mit der Vergangenheit beschäftigt. Da kamen die Kinder von drüben. Mit lautem Jubel begrüßten sie Maria. Bubi stürmte voran; er war ein kräftiger, kleiner Junge geworden, der Unfall vom Weihnachtsabend war längst verschmerzt, nur eine Narbe, die quer über die Stirn lief, erinnerte daran. Wenn auch Lisa sich seitdem Mühe gab, etwas freundlicher mit den Geschwistern umzugehen, so zogen sie doch Maria bei weitem vor; niemand konnte schöner erzählen als sie, auch wußte sie so viele hübsche Spiele.

„Komm mit uns in unserm Garten Versteck spielen", schmeichelten die Kinder.

„Ich muß warten, bis Tante Lottchen hier ist", sagte Maria.

„Warum gehst du nicht fort, wenn Tante Lottchen nicht hier ist?"

„Weil sie mir gesagt hat, ich möchte im Hause bleiben, bis sie zurück ist."

„Aber sie sieht es gar nicht, wenn du jetzt mit uns kommst."

„Der liebe Gott aber sieht es, er sieht immer, wenn wir unrecht tun."

„Hat er auch gesehen, daß ich Mimi heute geschlagen habe?" fragte Bubi ehrlich.

„Freilich hat er es gesehen, du mußt sie liebhaben, sonst bist du kein artiger Bubi." Flugs lief der kleine Schelm zum Schwesterlein und umarmte es so stürmisch, daß sie alle beide umfielen. „Das kommt davon", rief Mimi und verzog das Mündchen zum Weinen, da sprang Maria schnell dazu, nahm sie auf den Schoß und erzählte eine schöne Geschichte, von denen sie immer Vorrat hatte. Inzwischen kam die Tante, und nun konnte Maria noch ein Weilchen mit den Kindern Versteck spielen. Sie ging mit ihnen in den Park, und bald ertönte das Lustgeschrei der Kleinen, wenn Maria sie hinter den Büschen und Bäumen ausfindig machte. Endlich waren sie des Spielens müde; Maria mußte auch wieder zur Tante, so brachte sie die Kinder nach Hause.

In der großen Plättstube hing ein schönes Kleid neben dem andern, alle waren für Lisa bestimmt, die wieder einmal auf Reisen wollte. In diesem Jahr hatte sie von Ida eine Einladung erhalten, und obgleich Maria gebeten hatte: „Lisa, geh nicht, bleibe hier", hatte Lisa die Achseln gezuckt und gesagt: „Das würde Ida mir sehr übelnehmen, sie ist im vorigen Jahr bei mir gewesen, warum soll ich sie nicht wieder besuchen, es wird sicher sehr schön werden." Sich vergnügen, das war Lisas Hauptbestreben. Sie hatte sich den ganzen Winter wohl unterhalten, hatte Tanzgesellschaften mitgemacht, Theater und Konzerte besucht. Als sie erst einmal die Theaterfreuden gekostet hatte, da wurde der

Vater bestürmt, für sie eine Dauerkarte zu nehmen, dann ging sie die Woche regelmäßig zweimal dahin.

So kam es, daß Lisa keine Zeit fand, die regelmäßigen Kränzchen zu besuchen. Was gelesen wurde, langweilte sie, und Handarbeiten brauchte sie nicht zu machen, sie hatte ja die Leute dazu. Auch die jungen Mädchen, die alle weiterstrebten, sagten ihr nicht mehr zu; sie hielt sich lieber zu denen, die Scherz und Kurzweil liebten.

Daß dabei von wirklicher Freundschaft zwischen Maria und ihr nicht mehr die Rede sein konnte, kann man sich denken. Lisa äußerte einmal im Übermut gegen eine Bekannte, Maria vertrauere ihr junges Leben bei einer alten Tante. Aber wer sich die Mühe gab, Maria und Lisa zu beobachten, konnte bald den Schluß ziehen: „Maria ist bei weitem die Glücklichere." Ihre Fröhlichkeit kam von innen heraus, sie entsprang aus dem Glaubensleben, das Maria führte, während Lisas Fröhlichkeit oft nur Tünche war, unter der sich ein mürrisches, unzufriedenes Wesen verbarg. Jetzt sollte ein Besuch bei Ida neues Vergnügen schaffen.

Als der Wagen sie zur Bahn brachte, konnte er kaum alle die notwendigen Sachen, die mitgenommen werden mußten, fassen.

Maria sah dem Wagen wehmütig nach. Sie wußte es, Ida würde Lisa mehr schaden als nützen; wenn sie wiederkam, war sie vielleicht ihr noch mehr entfremdet. Um so fester schloß sie sich an Martha und Emmy an, mit denen sie viele vergnügte Stunden verlebte. Sie genossen, was das Leben Schönes bot, aber mit Maß, sie ließen es nicht die Hauptsache sein.

Veränderungen

Oft geht ein Jahr nach dem andern ohne merkliche Veränderungen dahin. Mitunter aber genügt eine Woche, ja ein Tag, um die Menschen in ganz andere Verhältnisse und Umgebungen zu versetzen.

Zwei Jahre und einige Monate sind seit dem zuletzt Erzählten verflossen. Es ist wieder Herbst. Ein schöner, warmer, sonniger Tag mit klarem blauem Himmel nach einer kalten Nacht. Die Blätter sind gelb geworden und fallen beim leisen Hauch des Windes in Menge zur Erde. Auf dem Gottesacker der Stadt ist es still und friedlich. Der schöne Tag wird von manchem benützt, die Gräber der Lieben zu besuchen, ihnen die letzten Blumen, die der Herbst wachsen ließ, zu bringen. Zwei Damen, die eben den Kirchhof verlassen wollen, begegnen einem jungen Mädchen in tiefer Trauer. Es ist einfach und geschmackvoll gekleidet, die Gestalt ist schlank und stattlich, das Gesicht hat etwas außerordentlich Anziehendes. Über den Arm trägt es mehrere Kränze, in der Hand hat es einen wunderschönen Blumenstrauß. Es grüßt die Damen und schreitet ernst und traurig weiter, während diese stehenbleiben und eine zur andern sagt: „Die arme Maria Ruben. Sie muß in ihrer Jugend schon viel Schweres durchmachen, erst sind beide Eltern früh aus der Welt gegangen, und nun ist Frau Justizrat Helm, die sie an Kindes Statt angenommen hat, so schnell dahingerafft worden. Was wird nun aus ihr werden?"

„Sie wird wohl zur Familie Schwarz ziehen und künftig dort bleiben."

„Das glaube ich nicht; die beiden jungen Mädchen sollen sehr verschieden sein; Fräulein Lisa Schwarz ist sehr oberflächlich, während Fräulein Ruben ein ernsthafter Mensch ist. Übrigens soll es mit den reichen Schwarzens gewaltig bergab gehen."

„Was Sie sagen! Ich denke, die Fabriken des Herrn Schwarz bieten eine so sichere Grundlage, daß der Reichtum gesichert ist."

„Wenn Herr Schwarz sich nicht in gewagte Spekulationen eingelassen hätte, möchte es wohl besser für ihn aussehen. Mein Mann sprach gestern davon, ich selbst weiß nichts Näheres darüber."

Die Damen entfernten sich, eifrig redend. Wir gehen mit Maria Ruben, die auf die Gräber der Eltern selbstgewundene Kränze legte und betend stehenblieb.

Dann ging sie weiter nach dem neuen Teil des Friedhofes, wo sie an einem frisch aufgeworfenen Hügel, der mit vielen Kränzen bedeckt war, verweilte. Sie legte den frischen Kranz zu den schon welk gewordenen und stellte die schönen Blumen, über die sich Tante Lottchen vor kurzem noch so sehr gefreut hatte, in ein Gefäß mit Wasser. Dann blickte sie in tiefem Schmerz auf die Stätte, wo Tante Lottchen nun seit acht Tagen ruhte. Wie war es alles so plötzlich, so schnell über sie gekommen.

Von einem Tag zum andern hatte der Herr schnell und leicht dem Leben der Tante durch einen Herzschlag ein Ende gemacht. Es waren wieder schwere Tage für Maria gewesen. Herr Schwarz stand ihr natürlich zur Seite, und dann der Sohn von Tante Lotte, der telegraphisch herbeigerufen wurde. Er war ein freundlicher, lieber Herr; Maria hatte ihn und seine Familie im vorigen Sommer kennengelernt, da hatte die gute Tante eine schöne Reise mit ihr unternommen und war zum Schluß mit ihr in dem gastlichen Hause des Gutsbesitzers Helm eingekehrt, der eine liebenswürdige Frau und niedliche Kinder hatte. Da hatte sich das Herz der Großmutter noch erquickt; Herr Helm hatte versprechen müssen, wenn die Kinder größer seien, mit Frau und Kindern zu Besuch zu kommen.

Nun hatte der Herr die Tante heimgerufen, ehe man's gedacht. Maria stand wieder allein auf Gottes Erde. Tränen der Wehmut liefen über ihre Wangen, ihre Lippen bewegten sich, unwillkürlich rangen sich die Worte los: „Tante Lottchen, warum hast du mich auch verlassen?" Aber Gott sei Dank, Maria gehörte nicht zu denen, die keine Hoffnung haben; sie hatte in ihrem kurzen Leben schon oft Gottes Güte und seine gnädige Durchhilfe erfahren, sie vertraute ihm auch heute und betete: „Soll's uns hart ergehn, laß uns feste stehn und auch in den schwersten Tagen niemals über Lasten klagen; denn durch Trübsal hier geht der Weg zu dir."

Sie stand noch eine Weile, dann wandte sie sich

langsam zum Gehen. Sie war einige Schritte vom Grabe entfernt, da kehrte sie noch einmal um, brach aus dem Blumenstrauß einige Blümchen heraus und nahm sie mit sich. Sie ging nicht gleich nach Hause, sondern begab sich zu ihrer lieben Kranken, dem Fräulein Rieke, die sie seit dem Trauerfall noch nicht gesehen hatte.

„Mein armes, liebes Kind", sagte die und fuhr mit der mageren Hand über den blonden Scheitel des jungen Mädchens. „Wie oft habe ich gewünscht, der Herr hätte mich heimgeholt und hätte Ihnen die Tante gelassen. Aber Gottes Wege sind unerforschlich, seine Gedanken sind so tief. Seien Sie still, mein Kind, der Herr wird für Sie sorgen, er ist ja ein Vater der Waisen."

„Ich weiß es, Fräulein Rieke, ich bin ganz ruhig, denn ich habe schon meinen Plan gefaßt. Ich gehe ins Diakonissenhaus und werde Schwester. Dort braucht man mich, und die Arbeit tu' ich gern."

„Wie schön, Maria, daß Sie den Diakonissenberuf erwählt haben, werden Sie mich dann auch nicht vergessen?"

„Gewiß nicht, wenn ich Gemeindeschwester bin, dann sehe ich jeden Morgen zu Ihnen herein, mache Ihr Bett und ordne Ihr Zimmer. Dann sollen Sie jeden Tag Blumen haben." Sie malten sich nun beide aus, wie schön das sein würde.

Als sie nach Hause kam, brannte schon die Lampe, und Herr Helm, Tante Lottchens Sohn, saß von Papieren umgeben am Sofatisch. Es gab viel zu ordnen mit dem Nachlaß der Mutter, und seine Zeit war kurz bemessen; in einigen Tagen gedachte er abzureisen.

„Es ist gut, daß Sie kommen, liebes Fräulein“, sagte er freundlich, „ich habe etwas Besonderes mit Ihnen zu sprechen. Sie stehen allein in der Welt und sind noch so jung; wollen Sie mit uns gehen und uns helfen bei der Erziehung unserer Kinder? Wir könnten Sie gut gebrauchen.“

„Es ist sehr freundlich von Ihnen, Herr Helm, ich habe aber die Absicht, wenn alles geordnet ist, als Probeschwester in das hiesige Diakonissenhaus einzutreten.“

Herr Helm sah das junge Mädchen überrascht an, es fuhr fort: „Wenn ich Tante Lottchen nicht so liebgehabt und sie nicht meiner bedurft hätte, würde ich schon früher eingetreten sein.“

„Sie sind meiner Mutter eine Tochter gewesen“, fuhr Herr Helm in weichem Ton fort, „Sie haben durch Ihre Treue und Aufopferung ihr viel Gutes erwiesen; meine Mutter hat es anerkannt, sie hat Ihnen in ihrem Testament eine Summe ausgesetzt, die Sie, solange Sie leben, vor Not und Mangel schützt. Hier sind die betreffenden Papiere, bitte wollen Sie sie ansehen.“ Mit diesen Worten überreichte er Maria eine Schrift, die sie unter tiefem Erröten las.

„Das ist ja viel zu viel“, rief sie, „das kann ich nicht annehmen.“

„Nehmen Sie es ruhig“, sagte Herr Helm

lächelnd. „Mir und meinen Kindern entziehen Sie dadurch nichts, wir haben mehr, als wir gebrauchen. Nehmen Sie es als letzten Gruß von Tante Lottchen." Er reichte ihr die Hand und drückte sie.

„Ich danke Ihnen", sagte Maria, „aber ich weiß ja gar nicht, wo ich das viele Geld unterbringen soll."

„Dafür ist schon gesorgt, ich werde, wenn ich in einigen Wochen wiederkomme, die Sache mit Ihrem Vormund erledigen. Sie haben weiter keine Mühe damit, als die Zinsen in Empfang zu nehmen."

„Wie gütig", sagte Maria bewegt.

„Morgen muß ich abreisen, meine Frau ist krank, ich bin in Sorge um sie. Aber ich kehre bald zurück, weil ich mit dem Verkauf dieses Hauses zu tun habe, außerdem gibt es mit dem Onkel geschäftliche Sachen zu erledigen." Er zuckte dabei mit den Achseln; Maria merkte es ihm an, es war drüben nicht alles, wie es sein sollte. Sie hatte auch gerüchtweise von Geldnöten des Herrn Schwarz gehört.

Maria war tief gerührt über Tante Lottchens Güte. Sie hatte nicht im mindesten daran gedacht, daß die Tante ihr etwas vermachen würde; sie hatte überhaupt nicht geahnt, daß die gute Tante, die trotz ihrer 68 Jahre noch rüstig und frisch gewesen war, so bald heimgehen würde.

Maria glaubte, das Geld eigentlich nicht nötig zu haben. Sie hatte im Schwesternhaus, was sie brauchte. Und doch viel Gutes ließ sich mit dem Ererbten schaffen, sie konnte den Armen und Notleidenden helfen, ja, Freude konnte sie spenden mit dem Geld. Und nun begann sie sich darüber zu freuen und war der lieben Tante dankbar, daß sie in dieser Weise an sie gedacht hattte.

Am andern Tage, als Herr Helm abgereist war, brachte Maria mit Hilfe der Frau Alwart, die immer noch treu der Tante gedient hatte, das Haus in Ordnung. Ihre Sachen blieben einstweilen, wo sie waren. Herr Helm hatte erlaubt, daß sie, sooft sie wolle, dort verweilen könne; der Schlüssel blieb bei Schwarz. Als alles fertig war, durchwanderte sie noch einmal Haus und Garten. Viel hatte sie hier erlebt, Gutes und Schweres, doch auch für das Leid mußte sie Gott danken, es hatte sich alles zum Segen gewendet.

Nun ging sie durch das bekannte Pförtchen in den Park. Wie schön war er in der Herbstfärbung, aber die Bäume wurden schon recht durchsichtig, besonders die Kastanienbäume, hinter denen das väterliche Häuschen verborgen lag. Sie konnte das Dach klar sehen, der Giebel mit dem kleinen Fenster, das früher ihr gehört hatte, grüßte herüber. Hier und dort, zwei Stätten des Friedens, dazwischen das reiche, stolze Landhaus.

Vor der Tür traf sie Lisa, die auch in Schwarz gekleidet, einen schlichteren Eindruck machte als gewöhnlich. „Maria, du bist es! Ist es wahr, daß du Schwester werden willst?“

„Ja, das will ich.“

„Komm herein, du willst Mutter doch auch sehen?

Sie hat heute ihre Nervenschmerzen und liegt; das ist immer recht langweilig; man soll nach allem Möglichen sehen, und ich habe gerade ein so anziehendes Buch, daß ich mich nicht gern stören lasse."

Die Mutter empfing Maria wie immer freundlich, aber sie schien bedrückt. Sie klagte, daß sie jetzt mehr denn je an ihren Schmerzen leide; sie hatte in diesem Jahr kein Bad besuchen können, die Verhältnisse gestatteten es nicht mehr. Da Frau Schwarz sehr leidend aussah, blieb Maria nicht lange. Sie wollte nur Abschied nehmen, da für sie ein ganz neuer Lebensabschnitt beginnen sollte.

„Lisa, besuche mich einmal im Diakonissenhaus, du glaubst nicht, wie schön es dort ist."

„Das kann ich mir nicht denken, wenn ich mir alle kranken Menschen vorstelle, die dort mit allerlei Krankheiten behaftet liegen. Nein, dorthin werde ich wohl nicht kommen.

Ich begreife dich nicht, Maria, wie du den Einfall haben konntest, Schwester zu werden."

„Es ist gut, daß die Ansichten verschieden sind, sonst sähe es schlimm um die armen Kranken aus."

So schieden beide voneinander.

Im Pfarrhaus, wo Maria noch einige Tage zu bleiben hoffte, wurde sie mit offenen Armen empfangen. Eva, die nach glücklich bestandener Prüfung eine Stelle als Lehrerin bekleidete, war gerade zum Besuch eingetroffen.

„Liebe, liebe Maria", sagte sie und schloß sie in die Arme, „was hast du alles erlebt! Nun wollen wir dich recht liebhaben, solange du noch hier bist. Elsa freut sich besonders, daß du noch bei uns bleibst; sie hat dein Zimmer oben blank gescheuert und alles geputzt, daß es blitzt."

„Sie macht sich also gut?" fragte Maria.

„Mutter sagt, sie habe noch nie ein so gutes Mädchen gehabt; sie ist nun schon ein halbes Jahr in unserem Hause."

Die Pfarrersleute waren wie Eltern gegen Maria; der Pfarrer sah mit besonderem Wohlgefallen auf sie. „Nur immer näher, Elsa, hier ist Besuch, den du auch kennst", rief der Pfarrer, als Elsa, etwas verlegen zwar, aber sehr erfreut ins Zimmer trat, um zu sagen, daß Frau Alwart Marias Koffer gebracht habe. Maria ging hinaus, dankte der Frau und wollte ihr für ihre Mühe etwas geben.

„Was denken Sie, Fräulein Maria – ich werde doch nichts nehmen, das habe ich aus Liebe getan. Und hier", sie zog unter ihrer Schürze etwas vor, „mein Mariechen hat in der Schule hübsche Handarbeit gelernt und hat für Sie zum Andenken eine Kleinigkeit gearbeitet." Es war ein Paket feiner Spitzen, die die Kleine sehr hübsch und sauber gehäkelt hatte. Maria dankte sehr, und Frau Alwart drückte ihr die Hand so kräftig, daß sie Maria noch lange nachher schmerzte. „Vergessen Sie uns nicht, Fräulein, wir denken auch immer an Sie." Elsa stand mit feuchtschimmernden Augen dabei und sagte nichts, aber ihre Blicke waren ein beredtes Zeugnis von ihrer Ergebenheit und Liebe.

Die Tage im Pfarrhaus waren wunderschön. So freundlich und harmonisch, alle bemüht, Maria ihre Liebe zu zeigen.

Nachdem alles zur Aufnahme in das Diakonissenhaus geordnet war, wurde Maria an einem Abend von Pfarrer Berg hingebracht.

Die Nachbarskinder scheiden

Vier Wochen schon ist Maria Probeschwester. Sich selbst verleugnen, wird ihr nicht schwer; sie hat es schon gelernt und geübt. In Liebe dienen ist ihr eine Freude, und das Gemeinschaftsleben der Schwestern untereinander, die schönen Gottesdienste, alles erfüllt sie mit großem Glück. Die kleinen Kranken auf der Kinderstation haben Schwester Maria schon liebgewonnen. Sie hat eine geschickte Hand zum Verbinden, eine zarte Hand, wenn sie mit tröstenden Worten die zarten Wangen streichelt und zur Geduld ermahnt. „Sie ist zur Schwester wie geschaffen", sagen die älteren Diakonissen untereinander, und Schwester Hanna freut sich, eine treue Freundin und Helferin in ihr gefunden zu haben.

Eines Abends, als die Tagesarbeit getan war, saß Maria ein Weilchen bei Schwester Hanna in ihrem Stübchen. Da trat eine ältere Schwester ein mit der Nachricht, Maria möge sofort in das Landhaus Schwarz kommen, ein plötzlicher Schlaganfall habe Herrn Schwarz dahingerafft. Maria war sehr erschrocken. Sie erbat sich von der Frau Oberin die Erlaubnis, gleich gehen und für den Notfall die Nacht bleiben zu dürfen. Sie hatte Lisa nicht wiedergesehen seit dem Tage, da sie Abschied genommen und Lisa sich so wenig freundlich über Marias Entschluß geäußert hatte.

Als Maria das Haus betrat, lief alles wirr durcheinander. „Der Herr – wissen Sie's denn schon, Fräulein Maria – unser Herr – o, es ist alles so plötzlich gekommen – der Arzt ist noch da – aber es geht doch zu Ende. Und das Schlimmste", die Köchin machte eine Bewegung mit der Hand, „ist der Zusammenbruch, ich habe nur so etwas gehört – mit dem Reichtum ist es aus." Maria sagte nichts dazu, sie bat nur, die Köchin möge Lisa sagen, daß sie da sei, und ging in das ihr bekannte Zimmer, wo die Familie gewöhnlich abends beisammen saß. Es war leer, die Lampe brannte, sonst war alles unverändert, die reichgeschnitzten kostbaren Möbel, die schweren Vorhänge, die wertvollen Gemälde. Sie setzte sich und horchte. Aus der Nebenstube drang kein Laut, nur draußen hörte man Türen zuschlagen, laufen und sprechen. Die große Uhr im Zimmer tickte laut und vernehmlich, sie ging ihren ruhigen Gang, unbeirrt, was die Zeit der Familie brachte, die nur an Reichtum und gute Tage gewöhnt war.

Da – plötzlich ein Schrei – es mußte Frau Schwarz sein, Maria wußte nicht, sollte sie weitergehen oder bleiben, da stürzte Lisa herein, bleich, verstört. Sie stutzte und wich zurück, als sie Maria in der schwarzen Schwesterntracht erblickte, dann aber rief sie: „Maria, du bist's, o komm, der Vater ist tot – und die Mutter stirbt auch." Ruhig nahm Maria das geängstigte Mädchen in den Arm u ging mit ihr in das Schlafzimmer der Eltern Ärzte waren um Frau Schwarz bemüht, s nur eine Ohnmacht, und Maria beruhigte Lisa, daß es mit der Mutter nicht schlimm stände, die aus dem Raum, in dem der Gatte eben den letzten Atemzug getan hatte, gebracht und auf das Sofa des Nebenzimmers gelegt wurde. Maria fand den Abend und die Nacht vollauf Diakonissenarbeit, bat auch durch ein Briefchen die Oberin, sie am folgenden Tag noch hier zu lassen.

„Was soll aus uns werden“, sagte Lisa händeringend am andern Morgen zu Maria. „Die Eltern haben alles verloren; es ist schon lange bergab gegangen, der Vater wollte es nur nicht sagen, sondern hat gehofft, durch neue Unternehmungen den Schaden wiedergutzumachen.“

„Man kann auch ohne Reichtümer glücklich sein. Du wirst es sehen, Lisa, wenn du fleißig bist und vielleicht eine Stelle anzunehmen suchst, wird es dir innere Befriedigung geben. Was man sich selbst verdient durch seiner Hände Arbeit, macht Freude.“

Aber Lisa war für gute Ratschläge wenig zugänglich, und Maria mochte heute noch nicht viel sagen. Es war nur gut, daß man an Herrn Helm telegraphiert hatte; er war der einzige, der hier helfen konnte. Frau Schwarz war so vom Schmerz ergriffen, daß sie nichts sagen und tun konnte. Sie klammerte sich an Maria und sagte immer wieder: „Maria, Kind, verlaß uns nicht.“

„Gewiß nicht, Tante“, beruhigte diese. „Wo ich euch mit Rat und Tat beistehen kann, will ich es gerne tun, soweit es meine Zeit erlaubt.“

Bevor sie gegen Abend ins Diakonissenhaus zurückging, stand sie noch einmal mit Lisa in ihrem Zimmer, es bewegte sie schmerzlich, daß der Konfirmationsspruch von der Wand verschwunden war. Sie zeigte auf die Stelle und sagte: „Lisa, warum hast du das getan?“

Lisa errötete und antwortete: „Daran ist Alma schuld; sie meinte, ich wollte wohl mein Zimmer mit Bibelsprüchen tapezieren.“

„Und du hattest nicht den Mut, ihr zu sagen, daß es dein Konfirmationsspruch sei, der dir mit auf den Lebensweg gegeben wurde. Lisa, allein Gottes Wort vermag uns zu trösten in aller Not. Du wirst Frieden und Ruhe im Herzen spüren und glücklich sein, auch im Unglück und in allerlei Widerwärtigkeiten.“ Lisa schwieg und weinte.

Nach einigen Wochen kehrte Maria zum letztenmal im Landhaus ein. Ihr Gang war kräftig und leicht; es mußte sie etwas froh bewegen. Die Verhältnisse waren ja traurig, aber durch Herrn Helms Güte hatte sich für die Witwe alles so gestaltet, daß sie bei bescheidenen, mäßigen Ansprüchen leben konnte. Herr Helm hatte das seiner Mutter gehörige Haus nicht verkauft, sondern Frau Schwarz mit ihren Kindern als Wohnung angeboten mit dem Vorbehalt jedoch, daß Marias Zimmer unangetastet bleibe, bis diese über ihre Sachen verfügt habe. Lisa sollte eine Stelle annehmen und sich ihren Unterhalt selbst verdienen. Herr Helm erkannte ganz rich' daß Lisa der Mutter keine besondere Hilfe sei.

aber bei Fremden zusammennehmen und eher etwas leisten würde. Die Mutter war ganz einverstanden mit dem Vorschlag gewesen. Was Maria jetzt froh bewegte, war, daß sich eine ihrer Ansicht nach sehr passende Stelle bei einem älteren Ehepaar gefunden hatte, das bereit war, Lisa als Gesellschafterin in ihr Haus zu nehmen. Es war eine leichte Stelle, für Lisa wie geschaffen; der Einfluß der älteren prächtigen Dame konnte für die Freundin gewinnbringend sein.

Maria traf Frau Schwarz und Lisa beim Packen; in einigen Tagen mußte das Landhaus, das in andere Hände überging, geräumt werden. Beide waren verhältnismäßig ruhig und gefaßt. Frau Schwarz war froh, daß sie endlich ein Heim gefunden hatte, das nach außen hin anständig und hübsch war. Trina hatte sich bereit erklärt, bei ihr zu bleiben und ihr in der Wirtschaft und bei den Kindern zu helfen.

„Lisa, für dich habe ich eine schöne Stelle, sie ist dir so gut wie gewiß. Du sollst morgen zu Frau Weber kommen.“ Und nun malte sie ihr die Vorteile der für sie ausfindig gemachten Stelle mit schönen Farben aus.

„Es tut mir leid, das Angebot ausschlagen zu müssen“, sagte Lisa betreten, „ich habe schon eine andere Stelle so gut wie sicher.“

„Und wo?“ fragte Maria.

„Denke nur, Lisas Glück“, fiel Frau Schwarz ein, „Fräulein Marowskis wollen Lisa als Reisebegleiterin mit nach Italien nehmen und sich dort den Winter über aufhalten."

„Ist es nicht reizend", frohlockte Lisa, „Ende dieser Woche geht's schon fort; ich werde viel Schönes sehen und erleben."

Maria stand einen Augenblick wie versteinert. „Aber Tante", sagte sie vorwurfsvoll, „das hast du zugegeben? Diesen Damen willst du Lisa anvertrauen?"

„Ich dachte es schon", fuhr Lisa gereizt auf, „daß du wieder etwas dagegen haben würdest, du solltest dich lieber freuen, daß ich eine so gute Stelle gefunden habe."

„Das kann ich nicht, Lisa. Wenn du mich liebhast, mache es rückgängig, es ist nicht gut für dich. Nimm die andere Stelle, da bist du besser beraten, bitte, bitte, tue es."

„Wir können es ja noch einmal überlegen, Lisa", sagte die Mutter begütigend. „Wenn Maria meint, daß die Stelle bei Webers vorteilhafter ist" – Maria atmete erleichtert auf. „Morgen abend um diese Zeit komme ich wieder, dann hast du dich für Webers entschieden, nicht wahr?" Sie sah Lisa so bittend an, daß sie den Blick senkte.

„Ich will mir's überlegen", sagte sie langsam.

Maria ging mit der Hoffnung im Herzen, daß Lisa recht wählen würde. Sie schlug den Weg nach Tante Lottes Haus ein. Wieder saß Herr Helm in dem bekannten Wohnzimmer an einem mit Papieren überdeckten Tisch. „Das", sagte er nach freundlicher Begrüßung, „war eine schwerere Arbeit, als meiner Mutter Nachlaß zu ordnen. Und was liegt noch alles im Kontor vor! Das gibt Kopfzerbrechen."

„Ich komme in einer besonderen Angelegenheit, Herr Helm", sagte Maria, „Sie müssen mir aber vorher versprechen, daß Sie meine Bitte erfüllen."

„Das kann ich nicht, wenn ich nicht weiß, worin sie besteht, Maria. Sonst, wissen Sie, bin ich Ihnen gern gefällig."

Maria brachte ihr Anliegen zögernd vor. „Ich soll Ihr Erbe auf Lisa verschreiben, nein, das geschieht nicht, da können Sie ganz sicher sein."

Maria bat dringender, sie stieß auf hartnäckigen Widerstand. Erst als Maria Herrn Helm gesagt hatte, daß ihre Zukunft gesichert sei, daß sie das Geld nicht brauche, daß sie auch bereits die Genehmigung ihres Vormundes habe und daß sie bestimmt wisse, Tante Lotte würde ihre Handlungsweise billigen, da ließ sich Herr Helm erweichen. Er legte die Hand auf Marias Haupt und sagte:

„Gott segne Sie, teures Kind, hundertfältig für das, was Sie an der Freundin tun."

Nachdem Maria ihn noch gebeten hatte, Lisa vorderhand nichts zu sagen, verließ sie das Haus.

Am Abend des folgenden Tages ging sie, sich Antwort von Lisa zu holen. Sie war nicht zu Hause. Die Mutter war sehr verlegen und meinte, Lisa habe doch nicht gut anders können. Die Damen hätten ihr große Versprechungen gemacht, und es sei nun beschlossen. Es wäre ja nicht für immer, wenn die Damen Marowski nach einem Jahr zurückkehrten, und es gefiele Lisa nicht, könne sie ja immer noch die andere Stelle annehmen. Sie hätte es auch lieber gesehen, Lisa wäre zu Webers gegangen, aber Maria wisse ja, daß Lisa ihren eigenen Kopf und Willen habe.

Als Maria das Haus verließ, dunkelte es schon. Sie sah eben eine Gestalt durch das Gittertor kommen, es war Lisa. Sie ging auf sie zu, um wenigstens Abschied zu nehmen. Da standen die beiden jugendlichen Gestalten wieder, wie zu Anfang unserer Erzählung, am Tor zusammen.

„Du gehst doch, Lisa", sagte Maria traurig. „Lebe wohl, Gott behüte dich."

„Laß es dir auch gut gehen, Maria", sagte Lisa etwas verlegen, „schreibe mir einmal."

„Wenn ich deine Adresse weiß, gerne." Sie gaben sich einen Abschiedskuß, und Maria sagte noch einmal: „Gott behüte dich. Er helfe dir, immer den rechten Weg zu finden."

Dann schieden sie. Als Maria später in ihrem Zimmer saß und einen Abschnitt in ihrer Bibel gelesen hatte, legte sie den Kopf auf den Tisch und weinte bitterlich.

Schluß

„Eine Dame wurde gestern abend ins Haus gebracht, die heute eine sehr schwere Operation zu bestehen hat", erzählte Schwester Hanna unserer Maria. „Ihr Mann scheint sehr besorgt um sie. Ich muß bei der Operation zugegen sein." Hanna war nicht mehr Probeschwester sondern schon seit einem Jahr eingesegnet. Sie war schon auswärts gewesen in fremden Krankenhäusern und in Einzelpflegen, nun hatte sie wieder Dienst im Hause. Sie hatte eine ruhige Hand und einen festen Sinn, die Ärzte sahen es gern, wenn sie bei den Operationen zugegen war.

Am Abend fragte Maria Schwester Hanna, ob die Operation glücklich verlaufen sei. Es kamen ja täglich dergleichen Dinge vor. Maria wußte auch nicht, wie sie zu der besonderen Teilnahme für diesen Fall kam. „Ja", antwortete Hanna zögernd, „die Operation ist soweit geglückt, aber die Kräfte der armen Frau sind so gesunken, daß leider das Schlimmste zu befürchten steht. Der Mann ist außer sich, besonders weil er sie nicht sehen darf. Aber jede kleine Aufregung muß ferngehalten werden. Diese Nacht muß ich wachen."

Acht Tage später hörte Maria, daß die Frau nun außer Gefahr sei, daß aber noch längere Zeit vergehen würde, bevor sie aufstehen dürfe. Immer rühmten die Schwestern, wie geduldig und freundlich sie sei, welche Liebe zwischen den Gatten zu herrschen scheine. Der Herr hatte in einem naheliegenden Hotel Wohnung genommen und kam täglich, um nach seiner Frau zu sehen.

Heute war Schwester Maria zur Pflege befohlen. Die Kranke lag in einem Einzelzimmer und Schwester Hanna, die am besten Bescheid wußte, führte Maria ein und verließ das Zimmer. Maria setzte sich still mit einer Arbeit ans Fenster, sah aber ab und zu nach der Uhr, um die Kranke gewissenhaft zu bedienen. Die Dame, die zwar noch immer schwach war und noch nicht aufstehen durfte, war doch wieder so weit, daß sie Anteil nahm an dem, was um sie her vorging. Sie beobachtete Maria vom ersten Augenblick an mit Spannung; wenn sie leise im Zimmer umherging, folgte sie ihr mit ihren Blikken, und als Maria ihr das Frühstück brachte, sagte sie: „Liebe Schwester, Sie kommen mir so bekannt vor, es ist mir, als hätte ich Sie schon einmal gesehen." Maria lächelte. Es konnte doch wohl nicht sein, sie kannte die Kranke nicht. Und doch – nun – als sie sie schärfer ansah, tauchte etwas in ihrer Erinnerung auf. Aber nein – das war ja nicht möglich. Es klopfte. Ein großer Herr kam herein, Maria trat zurück, als er auf das Bett zuging, sich herabbeugte und mit liebevoller Stimme fragte:

„Wie geht es dir heute, Anna?"

„Ich habe gut geschlafen, das erstemal, ich fühle mich viel wohler und kräftiger. Heute habe ich eine ganz junge Schwester zur Bedienung, aber ich glaube, ich werde gut beraten sein." Maria sah genauer hin – aber es war nicht nötig. Sie wußte es, und er wußte es, wer sie waren; er streckte beide Hände aus und zog sie an sich.

„Maria, ich wußte, daß du hier warst; ich hatte Erkundigungen eingezogen und erfahren, daß Frau Helm gestorben sei und du als Schwester eingetreten seiest. Gestern habe ich es gehört, und heute finde ich dich als Pflegerin meiner Frau." Maria meinte, ob es die Tante nicht aufrege, ob sie lieber gehen und eine andere Schwester schicken solle, aber Herr Ruben äußerte, er glaube nicht, daß es seiner Frau schade.

Tante Anna ergriff Marias Hand und sagte: „Geh nicht fort, liebe Maria, bleibe bei mir – du müßtest denn", fügte sie nach einigem Stocken hinzu – „nicht gern wollen."

„Von Herzen gern", war Marias Antwort.

Maria war nun, wenn nicht andere Pflichten sie abhielten, viel bei der Tante und leistete ihr die Dienste, die sie von einer Schwester brauchte. Nur das eine wunderte sie, daß die Tante noch gar nicht von der Tochter gesprochen hatte. Sie selbst hatte nicht den Mut zu fragen, denn wenn Erika gestorben war, würde sie die Tante ja nur aufregen; das durfte sie nicht. Als aber der Onkel wiederkam, hörte sie näheres; er redete nicht in Gegenwart seiner Frau darüber, sondern er bat sie, ihm zu sagen, wenn sie eine freie Stunde habe, er möchte gern an das Grab seines Bruders gehen.

An einem Sonntagnachmittag gingen sie miteinander hin. „Als wir im November vor drei Jahren diesen Ort berührten“, erzählte der Onkel, „waren wir schon in großer Sorge um unser einziges Kind, deshalb hatte ich solche Eile, nach dem Süden zu kommen, zumal das Wetter plötzlich rauh und kalt wurde und der Arzt jeden Aufschub für gefährlich hielt. Wir hofften, in dir eine Schwester und Freundin für Erika zu haben, nachdem wir endlich die Heimat meines verstorbenen Bruders aufgefunden hatten. Wir zweifelten nicht im geringsten, daß du unser Anerbieten annehmen würdest, da wir wußten, daß du keine Verwandten weiter hattest, und waren alle drei, ich muß es dir offen gestehen, böse, als du es rundweg abschlugst.“

„Ich konnte nicht, Onkel, und jetzt, da meine mütterliche Freundin, der ich unendlich viel Gutes verdanke, gestorben ist, freue ich mich, daß ich ihr die Treue bis zuletzt gehalten habe.“

„Ich habe auch eingesehen, daß es so besser war“, fuhr der Onkel fort, „denn da unser liebes Kind an der Schwindsucht gestorben ist, hättest du leicht durch nahe Berührung mit ihr angesteckt werden können.“

„Das hätte ich nicht gefürchtet“, rief Maria lebhaft.

„Ich glaube es schon, Maria, sonst sähe ich dich nicht in der Schwesterntracht. Es ist alles gut so, wie es gekommen ist, denn es kommt vom Herrn. Wir haben unser Kind unter Lorbeerbäumen begraben, denn wir sahen, daß unseres Bleibens in England nicht lange mehr sein würde. Ich habe meine Besitzungen dort verkauft und mir in Bregenz am Bodensee ein Landhaus mit Garten erworben. Meine Frau, die schon seit Jahren gekränkelt hat, entschloß sich, den hiesigen berühmten Professor Dirkhoff zu befragen. Der erkannte das Übel sofort und riet uns, in das hiesige Diakonissenhaus zu gehen, wo die Operation glücklich ausgeführt worden ist. Wir hatten uns vorgenommen, wenn meine Frau alles gut überstände, Frau Helm einen Besuch zu machen und sie zu bitten, dich wenigstens jedes Jahr einmal einige Wochen auf Besuch zu uns zu schicken. Da hörte ich, daß deine Pflegemutter gestorben sei und du hier im Hause als Schwester weilest. Ich erschrak, als ich hörte, du seiest Schwester geworden, denn sonst, Maria –

„Lieber Onkel", unterbrach ihn diese, „ich kann euch ja in meinem Urlaub besuchen."

„Ja, gewiß", sagte der Onkel und sah sie traurig an. Der Blick ging ihr durchs Herz, sie verstand ihn wohl.

Sie hatten den Friedhof erreicht und standen an den Gräbern der Eltern.

„Den Spruch", rief der Onkel, als er auf das Kreuz der Mutter sah, „hat unsere Erika auch bekommen. Er paßte für sie, sie war wie eine Lilie reingewaschen durch das Blut ihres Erlösers."

Wie jubelte Maria innerlich, als sie mehr und mehr wahrnahm, daß der Bruder dem Vater auch in seiner Gesinnung so ähnlich war. Er las den Spruch des Bruders und fuhr fort: „Der teure Christian, hätte ich ihn nur noch einmal sehen können."

„Es war ihm sehr schmerzlich, daß er nie wieder von dir gehört hatte, Onkel."

„Hat er dir von mir erzählt?"

„Nur wenig, es wurde ihm schwer, von dir zu sprechen, ich habe später etwas durch Briefe erfahren."

„Ich werde dir vieles aus meinem Leben erzählen. Maria, wenn ..." er brach kurz ab und sagte wieder traurig: „Wären wir doch etwas früher gekommen, vielleicht würdest du dich dann entschlossen haben, unser Kind zu werden, jetzt will ich nicht die Ursache sein, daß du, vielleicht gezwungen, einen Beruf aufgibst, den du fürs Leben erwählt hast."

Er schwieg, und Maria schwieg auch, obgleich ihr das Herz zum Zerspringen voll war. Er hatte so ganz die Art des Vaters; es war ihr, als wandle der Vater selbst neben ihr. Auch in der Gestalt erinnerte er an den teuren Heimgegangenen. Es war ihr, als möchte sie ihm sagen: „Lieber Onkel, ich gehe mit dir; ich will euer Kind sein an Erikas Stelle." Und doch durfte sie es nicht tun, sie war gebunden. Schweigend traten sie den Heimweg an.

„Ich habe noch eine halbe Stunde Zeit", sagte Maria endlich, „wollen wir vielleicht im Pfarrhaus einkehren, Pfarrer Berg ist mein Vormund." Gern willigte der Onkel ein, er hatte den Mann schon auf der Kanzel gehört. Pfarrer Berg fand zu Marias

Freude auch, daß Onkel Matthias dem Vater außerordentlich ähnlich sei, und bedauerte, daß er nicht noch bei Lebzeiten desselben etwas hatte von sich hören lassen.

„Durch mancherlei Mißverständnisse und Mißgeschicke, wie sie im Leben oft vorkommen, war ich daran verhindert", sagte Herr Ruben. „Ich freue mich aber, wenigstens eine Erinnerung an den Bruder – er wies auf Maria – zu haben."

Am Abend lag Maria noch lange wach. Hanna war bei ihr gewesen und hatte Frau Ruben bedauert, die ihr einziges Kind verloren hatte und nun außer ihrem Mann niemand auf der Welt besaß. Sie hatte sie beauftragt, ein junges Mädchen ausfindig zu machen, das bereit sei, mit ihr zu gehen, auf deren Treue und Zuverlässigkeit sie aber bauen könne, da sie noch sehr der Pflege bedürftig sein werde. Hanna hatte gemeint, das sei eine schwere Aufgabe, die jungen Mädchen seien heute sehr anspruchsvoll, verlangten viel Gehalt und wollten wenig leisten, ob Maria eines wisse.

Maria wußte wohl jemand, aber durfte sie? Es war ein großer innerer Kampf in ihr, und was ihn noch schwerer machte, war, daß weder Onkel noch Tante sie aufforderten. Sie sahen es als selbstverständlich an, daß sie blieb, wo sie war.

Die Tante konnte nun aufstehen, hatte schon kleine Ausfahrten gemacht, und auch die Gehversuche waren günstig ausgefallen. Sie sprach davon, in einigen Tagen ins Hotel überzusiedeln und dann baldigst nach ihrem neuen Wohnort abzureisen. Dort hoffte Frau Ruben sich mehr und mehr zu kräftigen. Gegen Maria war sie voll mütterlicher Zärtlichkeit, doch merkte Maria wohl, wie oft ihr Blick traurig auf ihr ruhte.

Maria war still und in sich gekehrt. Sie tat wohl die Arbeit mit Freuden, aber eine innere Stimme sagte immer wieder: Du mußt mit den Verwandten ziehen.

Da, eines Tages wurde sie zur Oberin gerufen.

Sie betrat voll Bangen ihr Zimmer. Es war immer etwas Besonderes, zur Frau Oberin gerufen zu werden. Sie fragte Maria, ob sie gern im Hause sei und ob sie sich eingelebt habe. Maria bejahte dies der Wahrheit gemäß.

„Wenn ich Sie nun aber fortschicken will, was dann?"

„Ich gehe, wohin ich geschickt werde, wenn Sie, Frau Oberin, mich tüchtig genug dazu finden." Da sie wußte, daß die Schwestern oft am Morgen Weisung erhielten und nach einigen Stunden reisefertig sein mußten, so sagte sie zögernd: „Dann möchte ich nur bitten, Frau Oberin, mir zu erlauben, von Onkel und Tante Abschied zu nehmen, da sie in einigen Tagen von hier fortgehen."

„Möchten Sie nicht mit ihnen gehen, Maria, möchten Sie nicht Diakonissendienste üben in einer Familie, die Ihnen so nahesteht? Ihr Onkel ist gestern bei mir gewesen; wir haben lange miteinander verhandelt, auch Ihr Vormund kam dazu und da er Sie für unser Haus nur bedingungsweise angemeldet hatte, so habe ich Sie freigegeben. Es ist nun die Frage, ob Sie selber den Dienst hier im Hause aufgeben wollen, um Ihren Verwandten, die ihre einzige Tochter verloren haben, die zu ersetzen. Sie sollen nicht gezwungen werden; es soll ganz freier Entschluß sein. Wie denken Sie darüber?"

Maria, die abwechselnd rot und blaß geworden war, sagte nach einigem Zögern: „Ich wäre sehr gern hier im Hause geblieben, aber ich glaube, mein Vater würde sagen – ich sollte mit den Verwandten gehen, besonders da die Tante leidend ist."

„Ich denke auch so, mein liebes Kind. Unser Haus bleibt Ihnen offen, Sie können zu jeder Stunde zurückkehren. Ziehen Sie in Frieden!"

Onkel Matthias und Tante Anna saßen im Zimmer des Hotels in Erwartung, wie Marias Entschluß ausfallen würde. Da nahten sich leichte Schritte. Maria trat ein, und mit den Worten: „Wenn ihr mich haben wollt, will ich mit euch gehen", umarmte sie Onkel und Tante, die sie hocherfreut und bewegt in die Arme schlossen. Sie hatten nun wieder eine Tochter, und Maria hatte Eltern gefunden.

Sie hat es nie bereut, mit ihnen gezogen zu sein.

So verlassen wir denn unsere zwei Freundinnen, Lisa, die den Genüssen der Welt nachjagt und doch unbefriedigt dabei ist, während Maria die eine köstliche Perle gefunden hat und einen Schatz besitzt, der mehr wert ist als alle Güter der Welt: sie ist reich in Gott.

Vielleicht hören wir später einmal, ob die Freundinnen sich wieder getroffen haben.

Als Fortsetzung zu dieser Erzählung liegt vor:
„Maria und Lisa"
Bestell-Nr. 330 344
ISBN 3-86122-344-9
340 Seiten, fester Einband